The Adventures
of Sherlock Holmes

福尔摩斯历险记
The Adventures of Sherlock Holmes

Arthur Conan Doyle

〔英〕阿瑟·柯南·道尔 著 冯涛 张坤 译

上海译文出版社

Arthur Conan Doyle

The Adventures of Sherlock Holmes

First Published 1892

由上海译文出版社有限公司与企鹅兰登(北京)文化发展有限公司联合出品

Simplified Chinese edition by Shanghai Translation Publishing House in association with Penguin Random House (Beijing) Culture Development Co., Ltd.

Cover design and illustration Coralie Bickford-Smith

图书在版编目(CIP)数据

福尔摩斯历险记 / (英) 阿瑟·柯南·道尔
(Arthur Conan Doyle) 著;冯涛, 张坤译. -- 上海:
上海译文出版社, 2024. 10. -- (企鹅布纹经典).
ISBN 978-7-5327-9557-4

Ⅰ. I561.45

中国国家版本馆 CIP 数据核字第 2024ME1865 号

福尔摩斯历险记

[英]阿瑟·柯南·道尔 / 著　冯涛　张坤 / 译
总策划 / 冯　涛　责任编辑 / 宋　金　美术编辑 / 张志全工作室
内文插图 / Sidney Paget

上海译文出版社有限公司出版、发行

网址:www.yiwen.com.cn

201101　上海市闵行区号景路 159 弄 B 座

苏州市越洋印刷有限公司印刷

开本 850×1168　1/32　印张 13.25　插页 6　字数 189,000
2024 年 10 月第 1 版　2024 年 10 月第 1 次印刷
印数:0,001—8,000 册

ISBN 978-7-5327-9557-4/I·5986
定价:98.00 元

目　录

译本序

　　若我们好事，在街上随便拦住一位行人问他"知不知道福尔摩斯是何许人也"，想来无论老幼妇孺，十有八九都会告诉你："是最厉害的侦探。"他可能根本就没读过阿瑟·柯南·道尔爵士（Sir Arthur Conan Doyle，1859.5.22—1930.7.7）那著名的系列探案故事，甚至压根儿都不知道柯南·道尔是何方神圣。

　　想想这有多了不起啊。一个主要活动于十九世纪一位英国小说家笔下的人物，竟然超越了他的时代、国籍甚至他的作者，成了一个永远不老、不朽的神探，甚至成了一个通用名词。（杨绛先生的《洗澡》里女主人公姚宓的母亲姚老太太就喜欢"玩儿福尔摩斯"。）而且，柯南·道尔爵士虽未必像巴尔扎克那样真把他笔下的人物当了真（据说巴尔扎克在临终的痛苦中呼唤的竟是皮安逊——他作品中一位医生的名字），成千上万的读者却当了真。直到网络时代的现在，每天仍有数以百计请求帮助侦破谜案的信函，从世界各地寄往英国伦敦贝克街二二一号B———块纪念铜牌挂在这幢古色斑斓的楼房的门墙上，上书：一八八一年至一九三〇年，著名私家侦探夏洛克·福尔摩斯曾在这里生活和办公。

　　柯南·道尔实在是开创了侦探小说一个历久不衰的传统，堪称这一类型小说真正的大师。虽然在福尔摩斯之前，已经有了美国作家爱伦·坡创造的杜宾，在其后还有继承了柯南·道尔衣钵

1

的阿加莎·克里斯蒂女爵士笔下的大侦探波洛，但论起形象的丰满以及大众的影响力，他们都无法跟福尔摩斯抗衡。

福尔摩斯的形象异常丰满立体，套用英国作家 E. M. 福斯特的说法，他绝对是个"圆形人物"。（"圆形人物"是相对于性格单一的"扁平人物"而言，但论起易于为人所牢记，甚至便于用以概括一类人来——像狄更斯笔下的辟果提和班布尔先生都成了某类人的代名词——倒是"扁平人物"更占了便宜。福尔摩斯倒似乎占尽了两面的好，性格既复杂立体，还成了个通用名词。）从外形看来，他个头瘦高，面容最突出的是一个鹰钩鼻和一双犀利的眼睛，烟斗不离手，平常的日子里经常倦怠懒散，但一碰到罪案——特别是"有趣"的罪案，马上就变成一个最精明强悍、足智多谋的大侦探。他之所以热中于探案，根本原因就在于分析线索、理出头绪直至最后侦破罪案的过程本身其乐无穷，他甚至公开承认，他可不是为了所谓伸张正义才做私家侦探的。他是个十足的务实主义者，只相信事实、逻辑。他曾向华生承认自己对哥白尼的理论都一无所知；华生曾半开玩笑地对他进行过概括："哲学、天文学和政治学得零分；植物学说不准；地理学，对伦敦方圆五十英里以内任何地区的泥巴都了如指掌；化学很古怪；解剖学不系统；惊悚文学和犯罪记录，独一无二；同时身兼小提琴手、拳击家、剑术家、律师和嗜好可卡因、烟草的瘾君子。"（见本书《五粒橘核》）他生性傲慢，个人中心（这可是他"唯一的朋友"华生的评判），但见人身处危难又自然拔刀相助；他对女性生来就有偏见（还请如今的女权主义者们高抬贵手），不允许有"稍稍软性的情感"侵蚀到他那"精密严谨的性格禁地"，但又生性敏感，对艺术特别是音乐别有会心。更值得一提的是，福尔摩斯本就复杂立体的性格在系列探案故事中还有不断的丰富和发展。如果我们按时间顺序读下来的话，会感觉，最初那个冷峻无情的"推理机器"在逐渐软化，寡情理性渐渐被情理兼容所取代。

除了性格鲜明的福尔摩斯之外，他的探案搭档、"传记作者"、"唯一的朋友"华生大夫的形象也不容小觑，他是所有福尔摩斯探案故事的讲述者，他其实是在代表我们千万的读者亲历其境。面对他朋友出神入化的推理和果决坚定的行动，他跟读者同感惊讶也同享欢乐。作为"读者之友"，他受欢迎的程度几乎与福尔摩斯不相上下。

《福尔摩斯历险记》是继长篇探案小说《血字研究》和《四签名》之后柯南·道尔的第一个短篇探案集，是福尔摩斯已经大受欢迎之后的系列探案故事。由于广大读者都急于知道这位大侦探的最新建树，所以作者第一次用长话短说的形式来交代破案经过，其结果是这些故事由于更浓缩并更集中于案情的破解，愈加显得紧张刺激。

当然，如果我们换一种眼光，完全跳出小说创造的情境，用更挑剔的眼光来看这些探案故事，也会觉得某些案情难免略显牵强。在追随福尔摩斯的推理过程中虽然五体投地、兴味盎然，如果"逆向思维"地深究一下，他无时不在的推论也难说都站得住脚。但不犯错的是神，但凡是人，无论谁都不可能完美。如果柯南·道尔爵士当初没有弃医从文，如果这个世界上压根儿没有了福尔摩斯，太阳当然照常升起，但我们的精神生活真的会平白缺少了好大一块乐趣呢。美国批评家苏珊·桑塔格为自己研究大众文化做过这样的辩解：如果说非要她在陀思妥耶夫斯基和摇滚乐队"大门"之间做一抉择，她当然会选陀思妥耶夫斯基——但，非得进行选择吗？为什么我们不能同时享受这两者——这无数种精神生活的乐趣？同样，如果让我在托尔斯泰跟柯南·道尔之间选择，我当然会宁肯牺牲道尔爵士，但我知道我不需要作出这样的牺牲，我们能够也需要同时享受多样的精神乐趣——就像我们没有必要为了鲁迅而牺牲金庸一样。这有多好啊！真该为了陀思妥耶夫斯基和"大门"乐队，为了托尔斯泰和柯南·道尔，为了鲁迅和金庸的并存而感谢上帝。我的一位笃信基督的朋友经常告诫我，应该怀着一种感恩的心情面对生活——我觉得再对不过了，哪怕只因为我们竟然有神探福尔摩斯。

美国 Airmont 版《福尔摩斯历险记》的导言言简意赅地交代了一些福尔摩斯创作背景，对普通读者不乏参考价值。现原样译出附在书后供读者参阅。

冯　涛

二〇〇四年春于上海

4

波希米亚①丑闻

一

夏洛克·福尔摩斯总是称她为那位了不起的女人。提到她时我几乎从没听他用过别的什么名号。在他看来，她是整个女性中的首领，使所有女人都黯然失色。这倒并不表示他对艾琳·阿德勒怀有类似爱情的情感。对他那个冷静、精确而又和谐到近乎完美的头脑来说，一切情感，尤其是所谓"爱情"，都是与之格格不入的。在我看来，他就是这个世界上最完美无瑕的推理和观察机器，至于说到情人云云，那就感觉跟他风马牛不相及了。他从不会涉及稍稍软性的情感，除非是对其进行嘲弄和讥诮。对一位观察家而言，它们倒不失为难得的良机——借此可以扯下人们蒙在动机和行为上面用以遮羞的面纱。训练有素的理性之士如果也允许此类情感侵入他精密严谨的性格禁地，那简直是自动缴械，会使他苦心取得的所有智力成果都显得可疑起来。精密仪器中落入了沙砾，他自己的高倍放大镜裂了道口子，都不会比他这样的本性中竟然侵入了一丝强烈情感更让人心烦的了。然而仍然有一个女人——只有一个，就是已故的艾琳·阿德勒——进入了他那精密无比的头脑，成为一段很成问题的记忆。

我近来很少见到福尔摩斯。新婚使我跟他疏于往来了。我自

1

已完满的幸福，第一次发现自己成了一家之主之后自然产生的一切以家庭为上的观念转变，占有了我的全副身心。而福尔摩斯因为有波希米亚人的自由灵魂，厌恶社会上的一切繁文缛节，所以仍然住在我们那所贝克街上的房子里，埋头于他的旧书堆；上一周沉醉于可卡因，下一周又雄姿勃发，一周嗑药昏睡，再一周又回复本性，干劲十足、精力充沛。他仍然一如既往兴致勃勃地埋头于犯罪的研究，以其卓越的才能和非凡的能量潜心追踪警方已经因无能为力宣布放弃的罪案的线索，最终揭示暗藏的各种秘密。时不时地，我会听到些关于他的所作所为的模糊传闻：他一会儿奉召远赴敖德萨②破解特罗普夫谋杀案，一会儿又跑到亭可马里③厘清阿特金森兄弟离奇古怪的悲剧，最后还极为巧妙地圆满解决了涉及荷兰王室的那桩案件。除了这一鳞半爪之外——这些还都是跟所有读者一样通过每日的新闻报道知道的——对我这位曾经的好友兼同伴我就真是知之甚少了。

　　一天晚上——一八八八年三月二十日的晚上——我看望一位病人回来的路上正好经过贝克街（我已经重新开业行医）。当我经过那道如此熟悉的大门时——在我的心中这道门将永远跟我的求婚以及《血字研究》中的黑暗事件密不可分了——我突然被一阵想再见到福尔摩斯的热望所攫住，很想知道他那非凡的能力现在正应用在什么事情上。他的几个房间相当明亮，我抬头望的时

①Bohemia，欧洲中部历史地区，原为神圣罗马帝国的王国，继为哈布斯堡奥地利帝国的省份。一九九三年起构成捷克共和国的大部分领土。本书脚注除特殊说明外均为译注。
②Odessa，现乌克兰西南港市。
③Trincomalee，斯里兰卡东北港市。

2

候，都能看到百叶窗后面他瘦高身形的黑色侧影两次从窗前经过。他正迅速、急切地在房间里踱步，头垂到胸前，两手紧握着背在身后。我深知他的情绪变化和生活习惯，从他的态度和举止中我就能知道个大概：他又开始工作了。他已经从嗑药产生的梦境中清醒过来，正在集中精力探索解决某个新问题的线索。我拉响了门铃，然后就被引进那个曾经也是我的一部分的房间里。

他对我的欢迎并不热情洋溢。他历来如此。不过我想，他见到我毕竟还是挺高兴的。他几乎一句话都没说，但他亲切的眼神示意我在一把扶手椅上坐下，接着就把他的雪茄烟盒扔过来，并指了指角落里的上锁酒瓶架和苏打水制造器。他站在壁炉前，带着他那独特的内省神情看着我。

"婚姻的锁链倒是挺适合你，"他品评道，"华生，依我看自从上次见面以来你体重已经增加了七磅半。"

"只有七磅！"我回答。

"确实，在我的想象中不免多了点。也就那么一点，华生。据我观察，你又开始行医了。你先前并没说起你打算开业行医这件事。"

"那你又是怎么知道的？"

"我看出来的，推断出来的。要不然我怎么又知道你最近挨过雨淋，而且你的女仆堪称笨拙、粗心之最呢？"

"我亲爱的福尔摩斯，"我说，"这太不可思议了。你要是生活在几个世纪前，一定会被烧死的。①没错，星期四我是去了一趟

_____

① 被当作"巫师"烧死。

3

"他站在壁炉前" ①

乡下，步行去的，回来时被淋得一塌糊涂，但我已经换了衣服了
啊，我无法想象你是怎么推断出来的。至于说到玛丽·简，她确
属无可救药，我妻子已经把她给打发走了；不过我仍然不明白你

---

① 本书所有插画，均由西德尼·佩吉特（Sidney Paget，1860—1908）绘制。

是怎么看出这一点来的。"

他轻轻一笑，搓了搓修长、神经质的双手。

"事情本身其实非常简单，"他说，"我的眼睛告诉我在你左脚穿的鞋子内侧，就是壁炉的火光正好照到的地方，皮面上有六道几乎平行的裂痕。很明显这是由一个很粗心大意的人沿着鞋底的边沿刮掉鞋上粘的泥疙瘩造成的。你瞧，我就是这么着'一石二鸟'，推断出你既碰上了糟糕的天气，又不幸碰上了个全伦敦城都少见的恶意的擦鞋工。至于说到你开不开业的问题，如果有位绅士满身碘酒的气味走进我的家门，右手食指上有硝酸银的黑色斑点，他的大礼帽右边还鼓起一块，表明那儿藏过听诊器，我要是还看不出他是位活跃的医务工作者的话，那我可真成了个白痴了。"

他对推理过程的解释是如此轻而易举，我忍不住笑了起来。我说："在听了你给出的原因后，情况总是显得简单到可笑的地步，就像我自己也能轻而易举地推导出来，但实际上我每次都一筹莫展，得等到你解释一番之后才豁然开朗。但我相信我的眼力应该并不比你差多少啊。"

"差不多吧，"他答道，点了根香烟，一屁股坐在一把扶手椅上，"你是在看，而不是在观察。其间的差别是很明显的。譬如说，你经常看见门厅里通这个房间的楼梯吧。"

"经常。"

"有多经常？"

"喔，有几百次了吧。"

"那么有多少级台阶呢？"

"多少级？我不知道。"

"就是啊！你并没有认真观察。虽然看是看到了。我就是这个意思。我就知道总共有十七级台阶，因为我不但看到了，而且还进行了观察。顺便说一句，你既然对这些小问题感兴趣，而且还出于善意记录了一两件我微不足道的破案经过，你或许会对这个有点兴趣。"他从桌子上拿起一张厚厚的粉色信笺扔给我。"最近一班邮差送来的，"他说，"读读看。"

信上没注日期，连签名和地址都没有。

（信上说）今晚七点三刻，将有一绅士来访，该绅士急于向阁下请教一紧急非常之事件。阁下近来在事关一欧洲王室之事件中不负重托、妥帖周详，足证阁下堪当重托。且事关紧急，危如累卵，思之再三，唯信托阁下。届时请于贵寓接见，访客如戴面罩亦请勿惊怪为盼。

"这可真够神秘的，"我评论道，"你觉得此信何解？"

"现在还没有事实依据。在没有事实依据前就贸然推论可就大错特错了。人们不自觉地就会歪曲事实以屈就推论，而不是将推论建立在事实依据之上。不过单以这封短信而言，你从中有何推论？"

我仔细审视了一番字体和信笺。

"写信的人想必相当阔绰，"我论道，尽力模仿我这位同伴的推理过程，"这种信笺可不是半克朗就能买一包的便宜货。特别挺括耐用。"

"特别——这个词用得好，"福尔摩斯说，"这压根就不是英国产的纸。把它举起来就着灯光看看。"

我照此办理，看到信笺的纹理中印有一个大写"E"和一个小写"g"，一个"P"还有一个大写"G"和小写"t"交织在一起。

"你看出什么来了？"福尔摩斯问道。

"毫无疑问这是造纸商的名号；确切些应该说是他的花押字①。"

"我仔细审视了一番字体和信笺"

---

① monogram，姓名或公司等起首字母相互交织成图案，常用作信笺或商标等的标记。

"根本不对。'G'加小写't'代表的是'Gesellschaft'，就是德语中的'公司'。这是一种习惯性的缩写，就像我们的'Co.'。'P'当然就是'Papier'（纸）了。问题是'Eg'何解？我们查查《大陆地名一览表》吧。"他从书架上取下一本厚厚的棕色大书。"Eglow，Eglonitz——就是它了，Egria（埃格里亚）。这是个讲德语的国家——在波希米亚，离卡尔斯巴德不远。'以华伦斯坦逝世于该地以及玻璃、造纸厂林立著称。'哈，哈，老伙计，你能得出什么结论？"他的双眼闪闪放光，并吐出一大口大获全胜的蓝色烟雾。

　　"纸是波希米亚出产的。"我说。

　　"一点没错。而且写这封信的是个德国人。你有没有注意到'思之再三，唯信托阁下。'这句话的特殊结构？①换了法国人或是俄国人都不可能这么写的。这肯定是个乱用动词的德国人。因此，现在我们唯一需要揭示的就是这个使用波希米亚信笺而宁肯戴着面罩而不肯显露庐山真面的德国人到底要干吗。如果我没弄错的话，他本人已经到了，我们的疑问也该迎刃而解了。"

　　说话间，只听见骏马踢踏街石和车轮摩擦路缘的刺耳声音，紧接着门铃被拼命拉响，简直震耳欲聋。福尔摩斯吹了声口哨。

　　"从声音判断是两匹马。"他说。"没错，"他继续道，瞥了一眼窗外，"一辆漂亮的小型四轮马车外加一对骏马，每匹值一百

---

①这句话的原文是"This account of you we have from all quarters received."。正常的英文语序应为"We have received this account of you from all quarters."。直译应为"我们从各处得到关于你的这一报导"。事实上，从译文中读者是发现不了这句话的"特殊"之处的。

8

五十几尼①。华生，这桩案子里可是有大把的金钱，即使别的什么都没有。"

"我想我还是先走一步的好，福尔摩斯。"

"千万别，医生。安心待着。没了我的鲍斯威尔我也就找不着北了。②而且这案子一定非常有趣。失之交臂未免太可惜了。"

"但你的委托人——"

"管他呢。我没准会需要你帮忙，他没准也需要。他来了。在扶手椅上坐好，医生，并提请你密切关注一切动静。"

脚步声缓慢而沉重，先是上了楼梯，接着就进了走廊，在门外犹豫了片刻。然后就是响亮而又带着权威感的叩门声。

"请进！"福尔摩斯说。

进来的访客身高不下六英尺六寸③，前胸和四肢跟大力神一般健壮。他衣饰华丽，华丽到按英国的标准近于俗艳的程度。袖口跟双排扣上衣的前襟都镶着宽阔的羔皮滚边，肩上披的深蓝色大氅用鲜红色丝绸衬里，领口处用一枚单颗火焰形的绿宝石别针别住。半截小腿肚都裹在靴子里，靴口上镶着深棕色毛皮。全身的衣饰更加深了他整个外表既粗野又华丽的印象。他手里拿着一顶大檐帽，脸的上半部直达颧骨处戴着一个黑色的面罩，显然他刚刚把面罩戴好，因为进门的时候手还在脸旁举着。从脸的下半部看来，他应该是个性格坚定的人，嘴唇厚而下垂，下巴又长又直，给人的印

---

① guinea，英国的旧金币，值一镑一先令。
② Boswell（1740—1795）是著名的作家、词典编纂家约翰生博士（Samuel Johnson，1709—1784）的仰慕者兼密友，所著《约翰生传》详细记述约翰生的日常言行和交往圈子。此处福尔摩斯既然将华生比作鲍斯威尔，那就是自比约翰生了。
③ 约合一米九八。

"进来的访客"

象与其说是坚定，不如说已经近于顽固了。

"您收到我的条子了？"他的嗓音低沉沙哑，带着浓重的德国口音。"我告诉过您我会来访。"他轮流看着我们俩，像是拿不准该跟谁讲话。

"请坐，"福尔摩斯说，"这位是我的朋友兼同事——华生医生，我办案时经常得到他的好意相助。请问，阁下该怎么称呼？"

"您可以称呼我冯·克拉姆伯爵，我是一位波希米亚贵族。我明白这位绅士——您的朋友应该是位值得尊敬、审慎周详的人，足堪托付机密要事。如若不然，我宁愿单独跟您详谈。"

我起身要走，但福尔摩斯一把抓住我的手腕，又把我推回到椅子上。"要么跟我们两个谈，要么干脆免谈，"他说，"您对我说的每一句话都可以对这位绅士讲。"

伯爵耸了耸宽阔的肩膀。"那我必须事先言明，"他说，"请二位在两年之内对此事守口如瓶；两年后这事就无关紧要了。但在目前，说此事严重到会影响整个欧洲历史的进程或许都不过分。"

"我保证守口如瓶。"福尔摩斯说。

"我也是。"

"请原谅我戴着这个面罩，"我们这位奇怪的访客继续道，"我尊贵的雇主不愿他的代理人暴露身份，坦白地说，我刚刚自称的名号并不属于我。"

"我已经有所察觉。"福尔摩斯淡淡地说。

"情况实属微妙之极，实在必须步步谨慎，才能不致使其发展成为严重伤及欧洲一个王室的重大丑闻。坦率地讲，此事牵连到伟大的奥姆斯坦因家族——就是波希米亚的世袭王族。"

"此事我也有所察觉。"福尔摩斯喃喃道，在扶手椅上坐下来，闭上了眼睛。

我们的访客面带明显的惊异之情瞥了一眼面前这个倦怠、慵懒的人，这就是那个世所公认的欧洲最深刻敏锐的推理家、最精力充沛的私家侦探吗？福尔摩斯又慢条斯理把眼睛睁开，不耐烦地望着眼前这位巨人般的客户。

"恳请陛下屈尊讲述一下案情，"他说，"在下才能更好地为陛下效劳。"

那个人一下子从椅子里弹了起来，在房间里来回踱步，激动到难以自控的程度。然后，以一种绝望的姿态，他一把将脸上的面罩扯下来扔在了地上。"您说得没错，"他叫道，"我就是国王本人。我干吗还要遮遮掩掩呢？"

"他一把将脸上的面罩扯下来"

"是呀，到底为什么？"福尔摩斯低声道，"陛下未及开口，我已经察觉到站在我面前的就是威廉·格特赖希·希吉希蒙德·冯·奥姆斯坦因，卡塞尔-费尔斯坦因大公、波希米亚的世袭国王本人。"

"但您能理解吧，"我们这位奇怪的访客说，他重新落座，手抚过又高又白的额头，"您能理解我是不惯于亲自做这种事的。然而情况实在太过微妙，我无法把它信托给任何一位代理人，这要冒任其要挟的大险。我隐姓埋名从布拉格前来就是专门候教的。"

"那就请谈吧。"福尔摩斯说，又把眼睛闭上了。

"情况大致是这样的： 约五年前，我在华沙勾留了较长时间，期间认识了著名的女冒险家艾琳·阿德勒。这个名字您应该熟悉的。"

"医生，麻烦你在我的资料索引里查一下她。"福尔摩斯低声说，眼睛仍然闭着。多年来，他已经形成一套工作方式，将自感有用的人物和事件统统摘要记录在案，因此，要想找出一个他无法马上就能提供情况的人物或题目来还真是不太容易。这次我就在一个希伯来拉比①和一位写过一篇有关深海鱼类专题论文的参谋官之间找到了她的生平资料。

"给我看看！"福尔摩斯说，"嗯！一八五八年生于新泽西。女低音——嗯！斯卡拉歌剧院②， 嗯！华沙皇家歌剧院的'第一女主角'——没错！从歌剧舞台上隐退——哈！现居伦敦——差不

---

①rabbi，犹太教中负责执行教规、律法并主持宗教仪式的人员或犹太教会众领袖。
②La Scala，国际著名歌剧院之一，在意大利的米兰。

多！据我的理解，陛下是跟这位年轻的女士缠在了一起，曾写给她几封有失体面的信件，现在是急于把这几封信弄回来。"

"一点没错。但您怎么——"

"有过秘密的婚姻吗？"

"没有。"

"牵涉到法律文件或证书吗？"

"没有。"

"那我就不明白了，陛下。如果这位年轻女士想把她手里的这几封信用于勒索或别的目的，她又怎么证明这些信件不是伪造的呢？"

"是我的亲笔。"

"呸，呸！伪造的。"

"用的是我的私人信笺。"

"偷来的。"

"我自己的印鉴。"

"模仿的。"

"我的照片。"

"买到的。"

"我们俩都在照片上。"

"哦，天哪！这可真是糟透了！陛下可确实太轻率了。"

"我当时疯了——脑子不正常。"

"您这么做可真是严重伤及了自己的名誉。"

"我当时还只是王储。太年轻。我现在才刚满三十岁。"

"一定得收回。"

"试过，都失败了。"

"陛下得出点血。得买回来。"

"她不卖。"

"那就偷。"

"都试了五回了。有两次我雇了夜贼搜遍了她的住宅。一次在她旅行时把她的行李掉了包。两次拦路抢劫。全都一无所获。"

"一无所获？"

"影子都没见着。"

福尔摩斯笑了。"这不过是个小麻烦罢了。"他说。

"但对我来说麻烦大了。"国王语带责怪地道。

"是的，的确。她到底想拿这张照片干吗？"

"把我彻底毁了。"

"怎么可能？"

"我就要结婚了。"

"这我听说了。"

"我要娶克罗蒂尔达·洛斯曼·冯·萨克斯-曼宁根，斯堪的纳维亚国王的二公主。您可能对她家族的清规戒律也有所耳闻。她本人就是敏感精雅的化身，对我操行一丝一毫的怀疑都会使计划中的婚姻彻底流产。"

"艾琳·阿德勒呢？"

"威胁要把照片给他们送去。她干得出来。我知道她会这么干的。您不了解她，她有钢铁般的意志。她拥有最美的女性容颜，又有最坚定的男性意志。除非我不再另娶他人，否则她决不会就此罢手——决不会。"

"您肯定她还没把照片送出去？"

"我肯定。"

"凭什么？"

"因为她说过要在婚约正式宣布的那天送出。婚约下周一宣布。"

"哦，那我们还有三天时间，"福尔摩斯说着，打了个哈欠，"还算走运，因为当前我还得调查一两件重要的事宜。陛下眼下想必还要在伦敦停留几天吧？"

"那是当然。您可以在朗廷酒店找到我，我是以冯·克拉姆伯爵的名义入住的。"

"我会给您写信奉告事情进展的情况。"

"很好。我都迫不及待了。"

"那么，钱的问题呢？"

"您全权办理。"

"绝对全权？"

"实话告诉您，就是要我拿出我王国的一个省换那张照片我都肯。"

"眼前的花销呢？"

国王从大氅下面取出一个沉重的麂皮袋，往桌子上一放。

"里面有三百镑金币和七百镑纸币。"

福尔摩斯从笔记本上撕下一页纸，潦草地写张收据递给他。

"这位小姐的地址？"他问。

"圣约翰伍德区塞彭廷大街布罗尼别业。"

福尔摩斯记了下来。"还有一个问题，"他说，"照片是六英寸的吗？"

"是的。"

"好了，晚安，陛下，我保证不久就会有好消息向您禀报。晚安，华生。"当皇家四轮马车辚辚地碾过街道时他又加了一句，"如果你明天下午三点钟肯赏光过来的话，我愿意跟你详细谈谈这个案子。"

二

我准三点来到了贝克街，但福尔摩斯还没回来。房东太太告诉我他早上八点刚过就出门了。我在壁炉边坐下来安心等他回来，多久都没关系。我已经被他的调查深深吸引住了，这个案子虽没有我记录下来的上两个罪案那么可怕、诡异，但案子本身的性质，还有客户高贵的身份自然赋予了它不同一般的特质。而且，除了我的朋友正在调查的案情本身所具有的特点之外，他对整个态势的巧妙把握，他敏锐深刻、一针见血的推理过程，都使我研究他的工作规律、追踪他用以揭开最不可思议之迷局的迅捷而又细致入微的方法这一过程成为一种真正的乐趣。他办案自来无往而不利，因此，我丝毫都没担心过他会有失手的可能。

快到四点的时候门开了，进来一个醉醺醺的马夫，邋邋遢遢、胡子拉碴、脸庞红肿、衣衫褴褛。尽管我已经对福尔摩斯惊人的伪装本事习以为常，我还是仔细端详了三遍才敢确定那就是他本人。他点了下头就进了卧室，五分钟后，出来的就是那位身穿粗呢套装的可敬的侦探了。他把手抄到口袋里，在壁炉前放松地伸展开腿脚，开心地一连大笑了好几分钟。

"噢，真是的！"他大叫，然后呛了一下，又开始大笑起来，直笑到浑身无力，躺倒在椅子上为止。

"怎么了？"

"实在太滑稽了。我敢打赌你怎么都猜不到我整个上午都在干吗，还有最后发现了什么。"

"无法想象。我猜你一定在观察艾琳·阿德勒小姐的生活习惯或是她的住宅。"

"是这么回事；但结果却很不寻常。不过我愿意把一切都告诉你。今天早上八点一过我就扮成一个失业的马夫出去了。那些马夫中间倒确实有种相互同情、同舟共济的义气。如果你成为他们当中的一员，就能知道你想知道的一切。我不久就找到了布罗尼别业。那可真是幢小巧别致的房子，两层楼房，面对马路建造，屋后有个花园。门上是丘伯保险锁①。房子右翼是宽敞的起居室，装饰精美、家具讲究，几乎及地的长窗，那些可笑的英国窗闩连小孩子都能打开。除了从马车房的房顶可以够得着过道的窗户以外就没什么值得注意的了。我绕着房子走了一圈，犄角旮旯都仔细检查过了，再没发现什么有趣的东西。

"然后我就沿街闲荡，不出所料，在紧靠一堵花园围墙的小巷里建有一所马房。我帮着马夫们洗刷马匹，他们酬劳我两个便士、一杯混合酒②、两烟斗装得满满的烟丝，外加我想了解的阿德勒小姐的一切，更不用说住在附近的其他五六个人的情况

---

① Chubb，伦敦生产的一种锁的牌子。
② half and half，两种成分混合成的酒（尤指淡啤酒掺黑啤酒）。

18

"一个醉醺醺的马夫"

了，对他们的生平我虽没有丝毫的兴趣，也不得不硬着头皮听下来。"

"艾琳·阿德勒的情况如何？"我问道。

"喔，她使所有的男人都拜倒在她的石榴裙下。她可真是个尤物。塞彭廷马房的人都这么说。她深居简出，在音乐会上演唱，每天五点钟乘车外出，准七点回来吃正餐。别的时间她很少外出，除非是去演出。她的访客中只有一位男性，不过过从甚密。他肤色黝黑、相貌英俊、服饰华丽，每天至少来一次，经常是两次。他是内殿律师学院①的戈德弗雷·诺顿先生。喜欢拿马车夫当心腹知己。他们不下十几次赶车把他从塞彭廷马房送到家，便对他的一切都了如指掌。听了他们倒出来的所有情况后，我又一次在布罗尼别业旁边溜达，思考着我的行动计划。

"这位戈德弗雷·诺顿显然是这一事件中的重要角色。他是个律师。这似乎大为不妙。他们俩到底什么关系，他不断到她这儿来到底有何目的？她是他的客户，还是情妇？如果是他的客户，那她可能已经把照片转给他保管了。如果是他的情妇，她大概不会这么做。这个问题的答案将决定我是继续布罗尼别业的调查呢，还是将注意力转到这位绅士在内殿的住所。这一点很微妙，它扩展了我调查的范围。我恐怕这些细枝末节使你厌倦了吧，不过我一定得让你明白我面临的这些小困难，如果你想了解全局的话。"

"我一直都听得很仔细。"我回答。

"正当我权衡利弊、委决不下之际，一辆漂亮的出租马车驶到布罗尼别业门前，一位绅士跳了出来。他可真是个漂亮男人，皮肤黑黑的，鹰钩鼻，留着小胡子——显然就是我听说的那个人。他看起来十万火急的样子，喊了一声让马车夫等着他，就从

---

① Inner Temple，伦敦四个培养律师的组织之一。狄更斯的小说中便多有涉及。

给他开门的女仆身边急冲进去，神气就像是这里的主人。

　　"他在屋子里待了大约有半小时，我能从起居室的大窗子里瞥见他的身影，他来回踱着步，兴奋地谈着什么，挥舞着胳膊。至于她，我则什么也没看到。他出来的时候看起来比来时还要着急。走上马车的时候，他从口袋里拉出一只金表，急切地看了看。'给我拼命赶，'他大叫，'先去摄政街的格罗斯-汉基旅馆，然后再到埃奇韦尔路上的圣莫尼卡教堂。要是能在二十分钟内赶到，赏你半个几尼！'

　　"他们就这么走了，我正在犹豫是不是该紧跟着他们的时候，从巷子里驶出一辆整洁雅致的小型四轮马车，戴着帽子的马车夫扣子才扣了一半，领带歪到了耳朵边，挽具上所有的金属包头都由带扣中突起。车还没停稳，她就从大门飞奔而出，钻进了车厢。当时我只来得及看了她一眼，但已看出她真是可爱之极，容颜漂亮得确能颠倒众生。

　　"'圣莫尼卡教堂，约翰，'她喊道，'二十分钟内能赶到，赏你半个沙弗林①。'

　　"这可真是太妙了，华生，绝对不能错过。我正在琢磨是该撒腿狂奔呢，还是从后面攀上她的漂亮马车，刚好有辆出租马车经过。那位马车夫对这么一位寒酸的乘客不断地打量，但他还没来得及拒载我就已经跳了上去。'圣莫尼卡教堂，'我说，'二十分钟内能赶到就赏你半个沙弗林。'当时是十一点三十五分，当然，已经很清楚到底要发生什么事了。

----

① sovereign，英国旧时面值一英镑的金币。

21

"我的马车夫赶得飞快。我觉得从没乘过这么快的马车，不过另外两位仍然在我们前头。我到达的时候，他们的出租马车和四轮马车已经停在门外，拉车的马呼哧呼哧地喘着粗气。我付了车钱，匆忙走进教堂。里面除了我跟踪的两个人和一位身穿白色法衣似乎正在规劝他们的牧师以外再没有别人。他们仨围成一圈站在圣坛前。我就像个偶尔荡到教堂里的闲人一样，沿着旁边的过道往前溜达。突然，站在圣坛前的那三个人大出我意外地都朝我转过脸来，而戈德弗雷·诺顿竟拼命向我跑过来。

"'感谢上帝，'他大叫，'你来就行。过来！来呀！'

"'干吗呀？'我问他。

"'过来，老兄，来，就三分钟，要不然就不合法了。'

"我被半拖半拽到圣坛上，我还没弄明白到了哪儿就发现自己在喃喃地重复我耳朵边的低语，并为我一无所知的事情发誓担保，总的说来就是作为担保人见证未婚女子艾琳·阿德勒与单身汉戈德弗雷·诺顿即时成婚。事情立马就办成了，接下来就是新郎新娘各据一边郑重称谢，前面则是牧师冲我点头微笑。这真是我一生中处境最为荒谬的一次经历，就是想到这一点我眼下才忍不住笑个没完的。看来是他们的证件有些问题，牧师这才断然拒绝在没有个见证人的情况下为他们举行婚礼的，我的意外出现倒免了新郎跑出去现抓个伴郎的麻烦。新娘给了我一个沙弗林，我打算把它拴在表链上带着，以纪念这次奇遇。"

"这可真是世事难料啊，"我说，"后来呢？"

"喔，我发现这么一来我的计划可就非常悬了。看来这一对马上就要离开，我这方面得迅速采取点切实有力的行动了。想不

"发现自己在喃喃"

到的是他们在教堂大门口就分手了，他乘车回内殿，她回自己家。'我还是照常五点乘车去公园。'分手的时候她对他说。别的我就什么也没听到了。他们分道扬镳，我也离开教堂办点自己的事。"

"什么事？"

"冷牛肉少许外加一杯啤酒，"他答道，拉了一下铃，"我忙得都顾不上饿不饿了，今晚上可能还要忙。顺便说一句，医生，我需要你的通力合作。"

"乐于从命。"

"不怕触犯法律？"

"一点也不。"

"不怕万一被捕？"

"只要目的正当就不怕。"

"喔，目的太正当了！"

"我任由差遣。"

"我就知道你靠得住。"

"不过你到底想要我干什么？"

"等特纳太太把托盘端来后我再详细告诉你。哦，"他边说边饿不及待地转向房东太太端上来的简单食物，"我得一边吃一边跟你讨论了，我时间不多了。现在都快五点了。两小时后我们一定得到达行动现场。艾琳小姐，或者不如说艾琳夫人七点准时兜风回来。我们得在布罗尼别业跟她碰头。"

"然后呢？"

"然后的事得一切由我出面。也许会发生点小龃龉。别掺和进来。我一旦设法进了她的房子，这些小不愉快也就烟消云散了。四五分钟之后起居室的窗户将被打开。你得在紧挨窗户的地方守着。"

"是。"

"你得注意盯着我，我会让你看见我的。"

24

"是。"

"我一抬手，你就把我给你准备好的东西扔进去，与此同时大喊'失火了'。听明白了吗？"

"完全明白。"

"这东西没什么大不了的，"他说着，从口袋里摸出一个长长的雪茄模样的卷筒来，"不过是水管工用的普通的喷烟器①，两头都有个帽子，可以使其自燃。你的任务就是专管这个。你一喊失火肯定会有不少人响应。这时你就可以走到街的那一头去，十分钟后我就过去跟你会合。我交代清楚了吗？"

"我要保持中立，要靠近窗户，盯着你，看到信号就把这个东西扔进去，然后就大喊起火了，再就是到街的拐角处等你。"

"完全正确。"

"那你就瞧好吧。"

"太棒了。我想，我差不多也该为我扮演的新角色准备准备了。"

他进了卧室，几分钟之后从卧室出来的就是个和蔼可亲而又头脑单纯的新教牧师了。他那宽大的黑帽、肥大的裤子、白色的领带，还有他满怀同情的微笑、单纯凝视的目光外带善意好奇的神情无不惟妙惟肖，恐怕只有约翰·海尔先生②能与他比肩。福尔摩斯不止是换了身行头，他的表情，他的举止，他的灵魂似乎都随着他要假扮的最新角色完全改变了。舞台上失去了一个好演员，科学领域失去了一位敏锐的推理家，因为他成了一位专职研

---

① smoke-rocket，用于污水沟检漏的喷烟装置。
② John Hare（1844—1921），"戏剧黄金时代"（1880—1920）的伟大演员之一，获封爵士。

"一个头脑单纯的牧师"

究罪行的专家。

我们离开贝克街的时候是六点一刻，等我们到达塞彭廷大街的时候还差十分钟才七点。已经是黄昏时分，我们在布罗尼别业前来回踱步等待主人返回时街灯刚刚点亮。那幢房子跟我从夏洛克·福尔摩斯简明的描述中得到的印象完全相符，但地方却不像我预期的那样僻静。对一条位于安静街区的支路来说可算得相当热闹。街角聚集了一群衣着寒酸的流浪汉在一起抽烟、说笑，一个磨剪刀的带着他的磨轮在招徕生意，两个卫兵正在跟一个小保姆打情骂俏，还有几个嘴里叼着雪茄、衣着鲜亮讲究的年轻人在吊儿郎当地闲逛。

我们俩在房子前来回溜达，福尔摩斯对我说："你看，他们一结婚，情况就简单多了。那张照片现在成了把双刃剑。她自然也不愿意让戈德弗雷·诺顿先生看到，就像我们的客户不愿他的公主看到一样，这对我们来说是好事。现在的问题在于，我们到哪儿找那张照片去？"

"是呀，到哪儿找呢？"

"最不可能的就是她自己随身带着。照片有六英寸呢，太大了，不容易藏在女士的裙装里。她也知道国王随时都可能半路劫住她搜身。这种事已经发生过两次了。我们可以断定照片她绝没有随身带着。"

"那会在哪儿呢？"

"有两种可能，在她的银行家或律师手中。但我倾向于认为两者都不对。女人天生就神秘兮兮的，她们喜欢自己守着秘密。她干吗要把照片给别人？她相信自己的保密能力，但一个生意人就很可能受到政治或其他因素的间接影响，反而不够可靠。而且，不要忘了，她已经决心要在几天之内就拿它派用场的。它肯定藏在她触手可及的地方。肯定就藏在她自己家里。"

"但她家里已经被搜过两遍了。"

"呸！他们根本不知道怎么找。"

"那你怎么找？"

"我不自己找。"

"那怎么办？"

"让她自己指给我。"

"但她肯定会拒绝的。"

"她不会的。不过我已经听到车轮声了。是她的马车。从现在开始完全按我的命令行事。"

说话间，一辆马车的侧灯的微光已经从街道的拐弯处照了过来。那是辆非常漂亮的小型四轮马车，飞快地驶到了布罗尼别业的门口。它停下来的时候，一个原来在街角的流浪汉冲上前去抢着为马车开门，希望赚两个铜板，却被抱着同样想法跑上前来的另一个流浪汉挤到了一边。于是爆发了一场激烈的争执，马上又有人掺和进来：两个卫兵站在其中一个流浪汉一边，而磨剪刀的师傅则同样起劲地声援另一个流浪汉，结果更是火上浇油。接着就开始动手了，那位夫人正好这时候下车，马上就被卷进这帮面红耳赤、纠缠成一团的人堆里，他们挥舞着拳头和手杖打得正凶。福尔摩斯冲进人堆里保护那位夫人，但刚到她身边就大叫一声倒在了地上，脸上鲜血直流。他一倒下，那两个卫兵和那些流浪汉就分别脚底抹油朝不同的方向溜之乎也；几个穿着体面的人刚才只是观望，此时聚上来帮那位夫人解围、照顾受伤的人。艾琳·阿德勒——我还是愿意这么叫她①——本已经在匆忙中跑上了

---

① 艾琳既已嫁人，就该用夫姓"诺顿"称呼了。

28

台阶，这时却又在台阶顶上站住了，回头望着街上。门厅的灯光正好衬出她美妙绝伦的身姿。

"大叫一声倒在了地上"

"那位可怜的先生伤得重吗？"她问。

"他死了。"几个声音一齐喊道。

"没，还没有，他还活着呢！"另有一位叫道，"不过恐怕等不及送医院他就完了。"

"他真勇敢，"一个女人说，"要不是他的话，他们早把夫人的钱包和手表给抢走了。他们是一伙的，凶狠得不得了。啊，他能呼吸了。"

"他不能就这么躺在街上。我们把他抬进去行吗，夫人？"

"当然可以。把他请进起居室吧。那儿有个很舒服的沙发。请这边走！"

他被缓慢而庄重地抬进了布罗尼别业，安置在正房里，而我仍然坚守在窗户边的岗位，观察着事件的进程。房间的灯已经亮了，百叶窗却没拉上，所以我眼看着福尔摩斯在沙发上躺下来。我不知道他此刻在扮演他的角色时是否正受到良心的谴责，但是眼睁睁地看着这位我图谋反对的美人，还有她服侍伤者时优雅亲切的仪态，我真是感到有生以来从没有过的愧疚。可是如果现在对福尔摩斯信托给我的角色甩手不干，那可就是对他最卑鄙的背叛了。我硬起心肠从大衣底下把喷烟器取出来。我想，毕竟我们不是真正在伤害她。我们只是在阻止她伤害别人。

福尔摩斯已经在沙发上坐起身来，我看见他做出一副喘不过气来的样子。一位女仆赶紧跑过来把窗户打开。与此同时我看到他举起了手，一看到这个信号我就把喷烟器往屋子里一扔，同时大喊："着火了！"我话音刚落，所有看热闹的——无论穿着体面不体面，无论是绅士、马夫还是女仆——齐声汇成一片惊叫："着火了！"滚滚浓烟从屋子里升起，并通过窗户冒了出来。我瞥见几个奔逃的人影，片刻之后听到福尔摩斯在屋子里大喊这只是一场虚惊、切莫惊慌的声音。我趁乱从大喊大叫的人群中溜出来，跑到街角等着，十分钟后就高兴地挽住了福尔摩斯的胳膊，一起脱离了这一骚动的场面。他一言不发快步走了几分钟时间，直到我们转到一条通往埃奇韦尔路的僻静支路上才停下来。

"你干得棒极了，医生，"他说，"再好没有了。一切顺利。"

"你拿到照片了？"

"我已经知道它藏在哪儿了。"

"你是怎么找到的？"

"她指给我看的，我说过她会这么做的。"

"我还是两眼一抹黑。"

"我不想故弄玄虚，"他说着笑了起来，"事情非常简单。你当然已经看出这条街上的每个人都是同谋了吧。他们都是特意为今晚上的行动安排好的。"

"这我猜到了。"

"然后就是两边打起来的时候，我手掌心藏了点湿了的红颜料。我往前冲、跌倒，手往脸上一抹，就变出一副可怜的惨状。这都是老花样了。"

"这我也能揣摩得到。"

"然后他们就把我抬进去了。她不得不把我弄进去。她还能怎么办？而且是起居室，正是我怀疑的那个房间。照片要么藏在那儿，要么就在她的卧室，我决定要弄个清楚。他们把我放在一张长沙发上，我就作势要晕，他们只得把窗户打开，你就可以照计行事了。"

"这对你有什么帮助？"

"这是至关重要的。如果一个女人认为她的房子着火了，出于本能她就会立刻冲向她最为珍视的东西。这是一种不可抗拒的冲动，而且我已经不止一次加以利用了。在达林顿顶替丑闻一案中我就利用了它，在阿恩沃斯城堡案中同样拜它所赐破了案。已婚的女人会抱紧她的孩子，未婚的女人会去抢救珠宝。现在已经非常清楚

31

了，对我们今天的这位夫人来说，整个房子里她最珍视的正是我们要找的东西。她一定会冲上前去把它抢出来。着火的警报再逼真不过了。那些浓烟跟喊叫足可以动摇钢铁般的意志。她的反应也堪称绝妙。照片就藏在右边打铃拉索上方一块活动嵌板后面的壁龛里。她在那儿只有一眨眼的工夫，她把照片抽出一半的时候被我逮个正着。然后我就大喊只是虚惊一场，她又把照片放回去了，瞥了一眼喷烟器就从房间里冲了出去，这之后我就再没见到她。我站起身来，找了个借口就逃出了那所房子。我曾犹豫了一下是否马上就把照片弄到手，但马车夫已经进去了，在他紧盯着我的情况下还是忍耐一点更安全。稍一急躁就可能满盘皆输。"

"那现在怎么办？"我问。

"我们的任务实际上已经完成了。明天我将和国王一块儿前来拜访，如果你愿意的话也一起来。我们会被请进起居室等候夫人会见；但恐怕她出来见客的时候既见不着我们也见不着照片了。能够亲手将它取回去，陛下一定会非常满意的。"

"你们什么时候过来？"

"早上八点。那时候她还没起床呢，我们可以放心大胆地干。还有，我们一定得抓紧了，因为结婚可能意味着她的人生和习惯会来个彻底大变样。我得即刻给国王发个电报。"

我们已经到了贝克街，在门口停下了。正当福尔摩斯从口袋里往外掏钥匙的时候，有个人一晃而过并打了个招呼：

"晚安，福尔摩斯先生。"

当时人行道上还有好几个人，但这句问候语像是一位身材修长、穿着大衣的年轻人匆匆走过时说的。

"晚安，福尔摩斯先生。"

"这声音我以前听到过，"福尔摩斯凝视着灯光昏暗的街道说，"可这家伙到底是谁？"

三

那天晚上我就在贝克街过夜，第二天早上我们还在吃烤面包片、喝咖啡时，波希米亚国王就一头冲了进来。

"你真的弄到手了！"他紧紧抓住福尔摩斯的两个肩膀，急切地望着他的脸大叫。

"还没有。"

"但有希望了？"

"有希望了。"

"那就快走吧。我都等不及了。"

"我们得叫辆出租马车。"

"不用，我的四轮马车在底下恭候呢。"

"那就省事多了。"我们下楼直奔布罗尼别业驶去。

"艾琳·阿德勒已经结婚了。"福尔摩斯说。

"结婚！什么时候？"

"就在昨天。"

"跟谁结的？"

"跟一位姓诺顿的英国律师。"

"但她不可能爱他的。"

"我希望她爱他。"

"为什么？"

"因为陛下的一切烦恼也就烟消云散了。如果这位夫人爱她丈夫，她就不可能爱陛下了。如果她根本不爱陛下，她也就没有理由再干涉陛下的计划了。"

"这倒是真的。但是——哎！要是她跟我身份相称就好了！她会成为一位多么了不起的王后！"他再次陷入阴沉的沉默，一直到我们抵达塞彭廷大街都没再开口。

布罗尼别业的门开着，一位上了年纪的女人站在台阶上。我们从四轮马车上下来时，她面带讥讽的神情望着我们。

"没猜错的话，是夏洛克·福尔摩斯先生吧？"她说。

"我是福尔摩斯。"我的同伴回答，以一种询问甚至震惊的目光盯着她。

"一点都没错！我的女主人告诉我您会来拜访。她跟她丈夫乘今天早上五点十五分的列车从查令十字车站动身去欧洲大陆了。"

"什么！"夏洛克·福尔摩斯跟跄地后退半步，既懊恼又惊异。"你是说她已经离开英国了？"

"再不回来了。"

"那些文件呢？"国王声音嘶哑地问道，"全完了。"

"我们去看看。"福尔摩斯推开女仆冲进了起居室，国王和我紧跟在后面。家具四处乱放，架子拆了，抽屉大开着，仿佛女主人在出走前彻底翻查过一遍。福尔摩斯冲到打铃拉索那儿，拉开一扇活动嵌板，伸手进去，取出来的是一张照片和一封信。照片上是穿着晚礼服的艾琳·阿德勒本人，信封上注明"留待夏洛克·福尔摩斯先生亲启"。我的朋友把它撕开，我们三个人一起看信。信上注明写信时间是昨天午夜，信是这么写的：

亲爱的夏洛克·福尔摩斯先生：

您干得确实很漂亮。我被您完全骗过了。一直到火警响起我都没有一丝一毫的怀疑。不过等我发现自己已经泄露了秘密之后，我就开始琢磨了。数月前就有人提醒我要小心对付您，而且还给了我您的地址。人家告诉我，如果国王想雇一位侦探的话，那肯定非您莫属。即便如此，您还是有本事使我当面泄露了您想了解的秘密。甚至在我已有所疑心之后，还是很难想到这么一位亲切和蔼的老牧师竟会是个奸细。但您别忘了，我本人也是位训练有素的演员。女扮男装对我来说一点也不新鲜。我经常改装以便能自由行动。我派约翰，就是那位马车夫盯住您，然后跑上楼去换上便于行动的服装。下楼来的时候您正要离开。

然后，我就一直跟到您家门口，由此确证了我当真成了闻名遐迩的夏洛克·福尔摩斯先生感兴趣的目标。于是我相当鲁莽地跟您道了声晚安，接着就赶去内殿见我丈夫了。

我们一致认为，既然已经被这么强大的对手盯上，最好的办法就是连夜出走；所以，等您第二天跑来收紧笼子的时候，您会发现笼子已经空了。至于照片的事，您的客户尽可大放宽心。我爱上了一个比他强得多的人，那个人也爱我。国王尽可便宜行事，再也不必担心他曾残酷地错待过的某个人会为他设置任何障碍了。我保留它只是为了自卫，保留一件武器以防他将来再行陷害。特留下小照一张，他或许会乐于保存。

您最忠实的

艾琳·诺顿，旧姓 阿德勒

"多么了不起的女人——哦,一位多么了不起的女人!"我们仨都看完信后,波希米亚国王浩然长叹,"我不是告诉过你们她是多么敏锐坚定吗?她会成为一位多么令人仰慕的王后啊!她跟我竟分属不同的阶层真是遗憾哪!"

"据我对这位夫人的耳闻目见,她看来确实跟陛下分处截然不同的阶层,"福尔摩斯冷冷地说,"很抱歉我未能将陛下交托的事宜圆满解决。"

"正好相反,我亲爱的先生,"国王叫道,"再没有比这更圆满的了。我知道她言出必践。那张照片现在已经跟我们亲手烧掉一样安全了。"

"很高兴听到陛下这么认为。"

"我真是无以为报。请告诉我怎么才能略表寸心吧。这枚戒指不成敬意——"他从手指上脱下一枚祖母绿的蛇形戒指托在手掌上奉上。

"陛下还有一样东西我更为珍视。"福尔摩斯说。

"但说无妨。"

"这张照片!"

国王惊讶地盯着他。

"艾琳的照片!"他大声说,"当然可以,如果您真心想要。"

"多谢陛下。这么说来这桩公案就到此为止了。请允许我祝您早安。"他鞠了一躬,然后转过身来,没搭理国王伸出来的手,在我的陪同下回家去也。

这就是那桩曾严重威胁到波希米亚国王的大丑闻,兼及夏洛

"这张照片！"

克·福尔摩斯先生的神机妙算是如何被一个女人的才智所击败的故事。他曾经常拿女性的才智开玩笑的，不过此后我就再没听他这么说过了。而且，每当他谈起艾琳·阿德勒或者提到她的照片时，他总是尊敬地称她为那位了不起的女人。

红发会

去年秋季某天，我去拜访我的朋友夏洛克·福尔摩斯，见他与一位绅士谈兴正浓，这位访客生得五短身材，面色红润，虽已年迈却生了一头火一般的红发。我道声叨扰，刚要离开，不料福尔摩斯突然上前一把将我拖进屋去，随手关上了房门。

"你来得正是时候，亲爱的华生。"他热忱地说。

"恐怕你有事要忙。"

"没错，的确如此。"

"那我到隔壁房间去等你。"

"不必。威尔逊先生，这位华生先生是我的搭档，我办的许多成功案例都有他的功劳，我绝对相信，对于您的案子，他也能起到至关重要的作用。"

那位矮胖绅士略起了起身，点头招呼，肥厚眼眶中的小眼睛里却迅速扫过一丝怀疑的神色。

"请坐。"福尔摩斯说完，重又在扶手椅上就座，两只手的指尖搭在一起，这是他思考案情时的习惯动作。"据我所知，亲爱的华生，你对于一切离奇现象，一切逸出生活常轨、日常习俗的事物，跟我抱有同样的热情。先前你那么热衷于记录这些案例，已经充分显示了你这一爱好，并且，恕我冒昧说一句，你的热情参与也为我那些小小的历险增色不少。"

"我的确对你办的这些案件抱有极为浓厚的兴趣。"我承认。

"你大概记得，就在我们调查玛丽·萨瑟兰小姐那个简单的小问题之前，我曾经说过，要解释那些最为离奇的事件，我们必须从生活本身寻找答案，现实生活远比任何想象更为新奇。"

"对你的这种说法，我曾大胆表示过怀疑。"

"的确如此，大夫，尽管如此，你还是得同意我的观点，否则我可以罗列出一桩又一桩的事例，直到在现实面前你不得不低头，承认我说得对为止。承蒙这位杰贝兹·威尔逊先生今天上午来访，给我讲述他的经历，他讲的是很长时间以来我所听到过的最为奇特的事情。你也听我说到过，最离奇的事情多半是与较小的罪案有关联，当然，偶尔也有例外，有时可能根本没有罪案发生。据我听到的事情来说，我还看不出这件事涉不涉及犯罪，但这确是我所听到过的最为奇特的情形之一。或者，威尔逊先生，可否请您再从头讲一遍您的经历？我这么请求不单是因为我的朋友华生大夫没听到您讲的开头部分，也是因为您的故事实在奇特，我迫切地想从您口中得知一切相关细节。一般来说，哪怕听您讲到任何一点蛛丝马迹，我都能从记忆中搜寻到类似的案例，找到些线索。但就目前来看，我不得不承认，这些事确实是独一无二的。"

听到这里，这位矮胖的来客显出一点骄傲的神色，不觉挺了挺胸膛，从大衣口袋里拿出一张皱巴巴、脏兮兮的报纸。这人把报纸铺在膝盖上，头伸向前，去看报纸的广告栏，我趁机好好观察了他一番，学着福尔摩斯的样子，试图根据他的衣着和外貌，探知些此人的底细。

可是我的观察并没得到多大的收获。这位访客怎么看怎么是个普通的英国商人，一身肥肉，装模作样，反应迟缓。他穿了条肥大的、灰不拉叽的黑白格裤子，上身是件脏兮兮的常礼服，敞着怀，里面穿件褐色背心，上面挂条粗铜表链，还垂下来一小块中间有孔的金属片做装饰。他身旁椅子上放着顶磨旧了的大礼帽，还有件褐色的旧大衣，天鹅绒的衣领皱巴巴的。总之，无论我怎么看，除了一头耀眼的红头发，还有那一副懊恼委屈的表情总是挂在脸上，这个人没有丝毫特别之处。

夏洛克·福尔摩斯立刻留意到了我的举动，注意到我眼含疑

杰贝兹·威尔逊先生

41

问，他微笑着摇了摇头。"我只有几个简单发现： 他曾干过一段时间的手工活，吸鼻烟，是个共济会员，曾经去过中国，最近曾经从事大量的书写工作，除此之外，我得不出任何结论。"

这位杰贝兹·威尔逊先生惊得从椅子上跳了起来，手还指在报纸上，眼睛却直盯着我的朋友福尔摩斯。

"老天哪，福尔摩斯先生，您是怎么知道这些的？"他问道，"比如说，您是怎么知道我曾经干过手工活？这简直是千真万确，我就是在船上干木匠起家的。"

"是您的手，亲爱的先生。您的右手明显比左手要大。那是因为您用它干活，所以肌肉更发达的缘故。"

"那您又是怎么看出来我吸鼻烟的，还有共济会①的事，您是怎么知道的？"

"这一点我若再详加解释，那未免小瞧了您的聪明才智，更何况这也有违你们社团的严格规定，我看到您戴着拱门和指南针纹样的胸针。"

"哦，当然。这我倒忘了。那书写工作呢，您又是怎么看出来的？"

"您的右手袖口五英寸的地方磨得发亮，左边肘部撑着桌子的地方有块补丁，这只能说是大量书写的结果。"

"可是，关于中国之行，又是怎么回事？"

"您右手腕上有个刺青，刺青上的鱼图案是只有中国才有

---

① freemasonry，世界上最大的秘密团体，旨在传授并执行其秘密纲领。共济会起源于中世纪的石匠和教堂建筑工匠的行会，随英帝国的扩张在世界上传播开来。其成员有各种特殊标识，如拱门与指南针就是其中之一。

的。我曾对文身小有研究，甚至还就此写过一两篇小文。这种将鱼鳞巧妙地染上粉红色的技术是中国独有的。更何况，您的表链上还挂着一枚中国钱币。这么一来，事情就显而易见了。"

杰贝兹·威尔逊先生哈哈大笑。"真没想到！"他说，"我还以为您有多么聪明绝顶呢，可我现在看出来了，这也没什么了不起的。"

"华生啊，我开始觉得，"福尔摩斯说道，"我多费口舌来解释这些是错误的。诚所谓'不知者以为神'①，你瞧瞧，若是我像这样将自己的观察坦言相告，我那点本来微不足道的声誉就要毁于一旦了。威尔逊先生，您找到那条广告了吗？"

"找到了，"他那又粗又红的手指头指向广告栏下面。"就在这里。事情都是这条广告招出来的。您亲自看看吧，先生。"

我接过报纸，看到以下这么一条广告。

红发会会员们：

　　因美国宾夕法尼亚州黎巴嫩城已故之埃西加斯·霍普金斯先生慷慨遗赠，红发会现另有一职位空缺，周薪四英镑，工作则仅系挂名而已。所有年满二十一岁，身心健康之红发男子，均可应征。有意者请于星期一上午十一时本人前往舰队街教皇院本会办公室向邓肯·罗斯先生提出申请。

"这到底是什么意思？"我读了两遍这则奇特的告示，疑问脱

---

① 原文为拉丁文："omne ignotum pro magnifico"。

口而出。

福尔摩斯坐在沙发上，扭动身体，呵呵笑个不止，每当他兴致高昂时，便是这副样子。"这跟以往惯例颇不相同，对不对？"他说，"威尔逊先生，那就请您从头开始，跟我们讲讲您本人的事情，您的家境如何，这则广告给您带来了什么影响。大夫，请您先记一下报纸和日期。"

"是一八九〇年四月二十七日的《纪事晨报》，刚好两个月以前的报纸。"

"很好。该您了，威尔逊先生。"

"我刚要往下说，福尔摩斯先生，"杰贝兹·威尔逊说着，抹了一把额头，"我在城郊的科博广场有个小当铺。原本也不是什么大生意，近年来仅够我糊口而已。我从前雇着两个伙计，如今只雇了一个人；要不是这个人为了学生意只要一半的薪水，我连他也够呛雇得起。"

"这位乐于助人的年轻人叫什么名字？"夏洛克·福尔摩斯问道。

"他叫文森特·斯鲍丁，他倒也不算什么年轻人，看不大出他多大年纪。我这个伙计真是精明能干，福尔摩斯先生；我很清楚他完全能找个更好的工作，赚的钱能有我给他工资的两倍。不过，话说回来，他既然满意我这里的工作，我何必给人家灌输跳槽的念头呢？"

"的确是，完全不必。您真是非常幸运，雇到了个物超所值的帮手，这年头当老板的不大容易碰到这种好事。我不知道您的伙计竟跟您这份广告一样，也这么不一般。"

"这到底是什么意思?"

"哦,他也有他的缺点,"威尔逊先生说,"从没见过像他那么痴迷照相的人。一有空就抓着照相机往外跑,回来就一头冲到地下室,像兔子奔回老窝一样,忙着冲洗照片。他就这么个毛病,总的来说他是个好工人。没什么恶习。"

"我猜想他现在还跟着你一起工作吧?"

"是的，先生。我那儿就两个人，一个是他，还有个十四岁的小姑娘，做做饭，打扫一下什么的，因为我老婆早死了，家里也没别人。先生，我们三个人生活得很平静；如果就这样过下去，我们是能够维持生活，还掉债务的。

　　"这条广告一下子扰乱了我们的生活。八个星期前的今天，斯鲍丁来到办公室，手里拿着这份报纸，说：

　　"'天哪，威尔逊先生，但愿我长了一头红头发就好了。'

　　"'为什么？'我问。

　　"'为什么，'他说，'红发会又有职位空缺，在招人了。甭管谁得了这个职位，准能发笔小财，据我的理解，空缺的职位比谋职的人还多，这笔基金的托管人简直没办法，有钱没处花。要是我的头发能变个颜色，这么个不错的饭碗可就等着我去了。'

　　"'这究竟是怎么回事啊？'我纳闷道。您瞧，福尔摩斯先生，我这人平时不大出门，因为做我们这种生意，都是等生意上门，不用我出去招徕客户，我经常好几个星期大门不出，二门不迈。所以我不大知道外面都发生了什么事，有点新闻让我听听，我总是挺高兴的。

　　"'难道您从来没听说过红发会的事吗？'他瞪大了眼睛问我。

　　"'没有。'

　　"'天哪，这真叫我吃惊，因为您本人就符合条件，可以去申请那个职位。'

　　"'这工作能赚多少钱？'我问道。

　　"'哦，也不过一年几百英镑而已，不过工作很轻，跟您别的

"红发会有个空缺"

职务也不大妨碍。'

"你们不难想见，这话听得我耳朵也竖了起来，近年来生意一直不大好，能多几百镑钱用确实挺不错的。

"我说：'详细跟我说说。'

"他指着那条广告对我说：'您自己过来瞧瞧，红发会有个空缺，广告上有个地址，可以到那里去办申请手续。据我所知，红发会是个叫埃西加斯·霍普金斯的美国大富翁创办的，这个人一向特立独行。他自己是红头发，所以对其他红头发的人也抱有深厚感情；他死了以后，人们发现他把巨额遗产交给几个信托人管理，留下遗嘱要求把利息用于提供些轻松职位供养那些跟他一样颜色头发的人。我听说工资很高，但要干的活微乎其微。'

"'可是，'我说，'有成千上万的人长着红头发，都可以申请这职位啊。'

"他回答我说：'没你想象的那么多人。因为要求范围仅限于成年的伦敦男子。这位美国富翁年轻时候就是从伦敦发家的，因此想回报伦敦这座老城。而且，我还听说，他们只要真正的红头发，颜色纯正，红得像火。如果你头发颜色红得不正，比如淡红、棕红什么的，申请也是白搭。不过威尔逊先生，要是您去申请，一定没问题；话又说回来，也许为这几百镑钱不值得您多惹这些麻烦。'

"先生们，你们一眼就能看出来，我的头发正是鲜红鲜红的，所以我觉得，要是比试起这一点来，我绝不比见过的任何人差。既然这件事文森特·斯鲍丁似乎很了解，我觉得他大概能派上用场，就教他那天关上店铺，陪我去应征。他当然乐意休息一天，所以我们关门前往广告上写的那个地址。

"福尔摩斯先生，那个场面真是难得一见哪。只要头发多少有点红颜色的人，都从四面八方赶到城里来应征。舰队街上挤满了红头发男人，那教皇院简直像水果贩子卖橘子的手推车。我实在没想到这么一则广告能召集到全国上下这么多人。各种颜色的头发都有：稻草黄，柠檬色，橘红色，砖红色，爱尔兰长毛狗那种红褐色，猪肝色，土黄色，等等；不过，正如斯鲍丁所说的，头发颜色真正算得上烈火般鲜红的并不多。一看那么多人在等这机会，我心里先已经泄了气；可是斯鲍丁他根本不理会我的泄气话。我简直没法想象，他就那么拖着我推推搡搡，连碰带撞地穿过人群，一直来到通往红发会办公室的楼梯口，只见两股人流在楼梯上交错，一股满怀希望而上，另一股遭拒失望而归；不管怎么说，我们尽量挤在人群里，很快进了那间办公室。"

这位客户稍事停顿，深吸了一口鼻烟给自己提神。福尔摩斯说："请接着往下说，您讲得有趣极了。"

"那间办公室里只有几把普通木头椅子和一张杉木桌子，桌子后面坐着一个小个子男人，头发甚至比我的还红。每当有应征的人进来，他就对他们说几句话，他总能从那些人身上找出些不符合要求的地方，回绝他们。看来想谋到这份美差也不是那么容易的事情。但是，轮到我的时候，那小个子似乎对我比对别人都更偏爱，我们一进去他就把门关上，好跟我们单独交谈。

"'这位是杰贝兹·威尔逊先生，'我的伙计说，'他想申请补上红发会的那个空缺职位。'

"'他简直是最佳人选，'那人回答说，'他符合所有条件。我不记得曾经见过红得这么好的头发。'他后退了一步，歪着头，使劲盯着我的头发看，看得我都不好意思了。不料他突然上前，抓住我的手，热烈祝贺我成功申请到了这个职位。

"'我要是再犹豫不决就太不公道了，'他说，'不过，小心起见，我想您一定能原谅我这么做。'随后他双手揪住我的头发，使劲往上拽，拽得我疼得直叫。'您眼泪都出来了，'他终于松了手。'我觉得这应该是真的。可是我们必须谨慎，有两回我们被假发骗过，还有一次人家染了头发，蒙混过关。还有人用皮鞋蜡造

49

"热烈祝贺我成功申请到了这个职位"

假，这些事情说出来只会让你们觉得恶心。'他走到窗户边上，扯着嗓子大声喊，说空缺的职位已经招到人了。下面传来一片失望的抱怨声，人群随即朝各个方向散去，不一会儿，红头发的人就只剩下我和那个经理了。

"'我叫邓肯·罗斯，'他说，'承蒙我们那位高贵的恩主慷慨遗赠，我本人就是这份基金福利的领受人之一。您结婚了吗，威尔逊先生？您有家人吗？'

"我回答说我没什么家人。

"他的脸色一下子沉了下来。

"'天哪!'他沉痛地说,'这实在是个很严重的问题!听您这么说我很失望。这笔基金不仅是为了维持红发人的生活,也是为了让红头发的血统发扬光大。您单身一人这实在是太不幸了。'

"听他这么说,我失望地拉长了脸,福尔摩斯先生,我以为我得不到这个职位了;不料他想了一会儿又说,这也不要紧。

"他说:'要是换了别的人,这会是个致命的弱点,可是对于有着像您这么一头地道红发的人,我们必须得网开一面。您什么时候可以来就职?'

"我说:'您瞧,这事稍微有点难办,我自己还有门生意。'

"'哦,这您不用担心,威尔逊先生!'文森特·斯鲍丁说,'生意我可以替您照看着。'

"'工作时间多长?'我问。

"'十点到两点。'

"福尔摩斯先生,当铺的生意主要都在傍晚,特别是星期四和星期五的傍晚,因为第二天就是发薪日;所以对我来说,要是上午能赚点外快真是最好不过了。何况,我知道我那伙计是个好人,真要有什么事他会负责处理的。

"我就说:'这时间对我很合适。那工资是?'

"'每周四英镑。'

"'具体工作是?'

"'工作纯属挂名而已。'

"'您说纯属挂名是什么意思?'

"'就是说工作时间您必须待在这间办公室里,或者至少得在这幢楼里。您要是走开，就将永远失去这个职位。这一点捐赠人遗嘱上规定得非常清楚。您要是工作时间离开办公室就是违反了定好的条件。'

"'只是一天四个小时，我不会想离开的。'我说。

"'任何借口都不行，'邓肯·罗斯先生说，'无论生病还是生意上的事情，或是别的任何事情，您都必须待在这里，否则您将丢掉这份差事。'

"'那工作呢？'

"'只是抄写《大英百科全书》。第一分卷在那个橱柜里。您得自带纸笔和吸墨纸，但您可以使用这里的桌椅。您明天能来上班吗？'

"我回答说：'没问题。'

"'那么再见吧，杰贝兹·威尔逊先生。让我再次祝贺您获得了这个重要的职位，您运气真好。'他鞠躬送我出门，我跟伙计一起回到家，心里觉得不知所措，我觉得自己简直是太幸运了。

"回去后这件事情我想了一天，到晚上的时候，我的情绪又开始低落下来；我对自己说，这整件事一定是圈套或者是骗局，可是他们这么做的目的到底是什么我却怎么也想象不出。谁也不相信竟然有人立下这么一份奇怪的遗嘱，或者竟然有人出那么多钱只是让人做像抄写《大英百科全书》这么简单的事情。文森特·斯鲍丁尽量想让我高兴起来，可是到了上床睡觉的时候，我的理智又告诉我不要去干这种傻事。第二天早上我决心不管怎么说去看看，于是我就花一便士买了瓶墨水，还有羽毛笔和七张大书写纸，然后就去了教皇院。

"让我大吃一惊又很高兴的是，一切看起来都没问题。桌子都给我准备好了，邓肯·罗斯先生正等着让我正常开工。他让我从 A 字头开始，然后就离开了；可他会不时回来看看我那里是不是一切正常。两点钟一到，他就跟我道别，称赞我工作速度之快，然后锁上了办公室的大门。

"之后每天都是这样，福尔摩斯先生，星期六的时候，那位经理走进来，付给我四枚沙弗林金币作为当周的工资。第二个星期跟这一样，再下个星期还是一样。我每天早上 10 点钟去，两点钟离开。邓肯·罗斯先生有时候上午过来看一次，后来就干脆不来了。不过，我当然从来没想过要离开那房间一步，因为我不知道他什么时候会来，这差事真不错，又非常适合我，所以我不愿意冒失去它的风险。

"整整八个星期就像这样过去了，我抄写了 A 打头的词条，像是 Abbots（修道院），Archery（箭术），Armour（盔甲），Architecture（建筑），Attica（阿提卡，古希腊地名），等等，并且希望自己继续勤奋工作，不久就能写到 B 打头的内容了。我买大书写纸就花了不少钱，我抄的东西差不多摆满了一书架。谁料整个事情突然就结束了。"

"结束了？"

"没错，先生。就在今天上午，我跟往常一样十点钟去上班，到了那里却发现门锁着，门板上用大头钉钉着块纸牌子。在这儿呢，您自己看看吧。"

他取出一张记事本大小的硬纸板，上面写着：

"门锁着"

红发会已经解散

一八九〇年十月九日

我跟夏洛克·福尔摩斯看着这条简单告示,以及它后面威尔逊那张郁闷的面孔,终于事情的喜剧色彩压倒了其他一切想法,我们两个人不禁同时哈哈大笑起来。

"我看不出这有什么好笑的，"我们这位客户叫了起来，脸一下子涨得通红，跟他的头发好有一比，"要是你们单是笑话我，不采取任何行动，我可以去找别人。"

"别，别，"福尔摩斯叫道，不等威尔逊完全起身，又一把把他推回到椅子上坐下，"我可不想错过这个案子。这实在是太不同寻常了。不过，恕我这么说一句，您这案子确实有点好笑之处。请问，您看到门上这块牌子之后做了些什么？"

"我太吃惊了，先生。我不知道该怎么做。然后我就去临近的办公室打听，可是谁也不知道这是怎么回事。最后，我找到了那房子的主人，房东是个会计，住在底楼，我问他知不知道红发会出了什么事。他却说他从没听说过什么红发会。然后我就问他认不认识有位邓肯·罗斯先生。他回答说从没听说过这个名字。"

"'哦，'我说，'就是四号住的那位绅士。'

"'谁，那个红头发的？'

"'正是。'

"'哦，'他说，'他名叫威廉·莫里斯。他是个律师，只是暂时租我的房子落落脚，等他自己的新房子弄好。昨天他就搬走了。'

"'我到哪儿能找到他？'

"'您可以去他的新办公室。他给了我地址的。没错，爱德华国王大街十七号，靠近圣保罗大教堂。'

"我到那儿去了，福尔摩斯先生，可到了以后我发现那个地址是个生产护膝的工厂，那里没人听说过威廉·莫里斯或者是邓肯·罗斯。"

"然后你做了些什么？"

"我回到了我在萨克斯—科伯格广场的家里，接受了我那伙计的劝说。可他的说法也帮不上什么忙。他只不过叫我多等两天，也许会有信件寄来，澄清这是怎么回事。可我觉得那也不是个办法，福尔摩斯先生，我可不想眼睁睁看着这么个好差事就这么溜走，听说您心地很好，能给我们这样没了主意的可怜人出谋划策，所以我就跑到您这儿来了。"

"您这么做非常明智，"福尔摩斯说，"您说的这些情况非常独特，我很乐于接受处理这个案件。根据您的话看来，我认为事情表面虽然微不足道，背后却很可能隐藏着重大玄机。"

"已经够严重的了！"杰贝兹·威尔逊先生说，"我每星期损失四英镑之多呢！"

"就您个人来说，"福尔摩斯说，"我觉得对这个奇怪的团体，您没什么可抱怨的。相反，据我所知，您还多赚了三十多镑钱，更何况您还抄写了那么多 A 打头的词条，学到那么多知识。您并没有吃什么亏呀。"

"吃亏是没有，先生。可我想搞清楚这件事：他们到底是什么人，为什么要跟我开这么个玩笑——如果这是个玩笑的话。对他们来说这个笑话还挺昂贵的，花了他们三十二英镑呢。"

"我们将尽力帮您弄清楚这些事情。可是首先得请您再回答一两个问题，威尔逊先生。您这位伙计，就是把广告拿给您看的那位——跟您干了多久了？"

"这件事发生前大概一个月他来的。"

"他是怎么来的？"

"看广告应征来的。"

"当时就他一个人来应征吗？"

"不，来了十几个人呢。"

"您为什么选中了他呢？"

"因为他很能干而且要求不高。"

"实际上他只领一半工资。"

"正是。"

"这位文森特·斯鲍丁长什么样？"

"小个子，挺结实，动作挺利索，他绝对不止三十岁，但脸上没胡子，前额上有块被酸烧坏留的疤。"

福尔摩斯显得有点兴奋，在沙发上坐直了身子。"这跟我想的一样，"他说，"您有没有注意到他耳朵上打了耳洞？"

"有的，先生。他跟我说是他小时候一个吉卜赛人给他扎的。"

"嗯，"福尔摩斯说着，重又陷入了沉思，"他还跟您在一起吗？"

"哦，是的，先生；我刚跟他分手。"

"您不在的时候他帮您照看生意？"

"对此我没什么好抱怨的，先生。上午一般也没什么事情。"

"这就可以了，威尔逊先生。我将一两天内就这件事给您提出我的意见。今天是星期六，我希望到星期一我们就能得出结论了。"

待到访客离开，福尔摩斯说："华生，依你看，这到底是怎么回事呢？"

"我什么也看不出来，"我坦白回答道，"这事情非常神秘。"

　　"按照惯例，"福尔摩斯说，"越是古怪的事情，结果往往越是简单明了。反而是那些最为常见、毫无特点的罪案最难破获，这就好像是长相平凡的人比较不容易被辨认出来。但是这次的事情我一定得抓紧时间。"

　　"你打算怎么做呢？"我问。

　　"抽烟，"他答道，"这个问题没有三斗烟的工夫恐怕解决不

"他重又蜷缩在扶手椅里"

了。我请求你五十分钟之内不要跟我讲话。"他重又蜷缩在扶手椅里，瘦骨伶仃的膝盖抵在鹰钩鼻下面，他就以那么个姿势坐着，黑烟斗像是某种罕见鸟类的喙一样朝前探出来。我觉得他一定是睡着了，连我自己都开始打瞌睡了，可他却突然从椅子上一跃而起，一副拿定了主意的神态，将烟斗放到壁炉上面。

"今天下午萨拉萨特在圣詹姆斯音乐厅演奏，"他说，"你有空吗，华生？你的病人能让你有几个小时的空闲时间吗？"

"我今天没什么事。我的工作从来都不是那么离不开的。"

"那戴上帽子，我们出门吧。我们先穿过市区，顺路可以吃点午饭。我看到节目单上有不少德国音乐作品，比意大利和法国音乐更合我意。德国音乐更加发人深省，我正是要好好考虑一番。来吧。"

我们坐地铁一直到了奥尔德盖特；又走了一小段路，就到了萨克斯-科伯格广场，上午我们听到的那个奇特故事就发生在这里。这地方狭窄破旧，却还虚撑场面，四排两层楼的旧砖房被栏杆围了起来，庭院里杂草丛生，几丛枯萎的月桂树仿佛在跟周围烟雾弥漫的环境做无谓的抗争。拐角的一座房子上挂着三个镀金小球，还有一块褐色木板，上面有几个白字："杰贝兹·威尔逊"，显然这里正是我们那位红头发客户做生意的地方。夏洛克·福尔摩斯在房子前面停下了脚步，歪着脑袋把这房子细细观察了一遍，他皱纹密布的眼睑中间，两眼炯炯发光。然后他沿着街道走了一会，又转回街角，眼睛仍旧密切注视着那几幢房子。最后他又回到那个当铺那里，用手杖在人行道上用力敲了几下，然后上前敲门。马上有个年轻人过来开了门，请他进去。那人长得很机灵，胡子刮得光光的。

"劳驾，"福尔摩斯说，"我只是想打听一下，从这里到斯特兰德该怎么走。"

"第三个路口右拐，然后第四个路口左拐。"那伙计立即回答，一边关上了门。

"真是个机灵的家伙，"福尔摩斯说着，我们离开了那个地方，"据我判断，他可以算得上全伦敦第四聪明的家伙，要论起胆略过人，我虽不确定，但他可能能排到第三名。我从前对这个人有所了解。"

我说："显然，威尔逊先生这个伙计在红发会之谜里的作用非同寻常。我想你跟他问路纯粹是为了要见见这个人。"

"不是看他。"

"那是看什么？"

"看他裤子的膝盖。"

"你看到什么了？"

"不出我所料。"

"你为什么要敲人行道？"

"我亲爱的医生，现在是留心观察的时候，不是交谈的时候。我们是在敌人的领土上进行侦察活动。我们对萨克斯-科伯格广场已经有了一定了解。现在让我们再去看看这背后还有些什么。"

从萨克斯-科伯格广场那个偏僻的角落里转出来，我们发觉面前的道路呈现出一派截然不同的景象。这条路是通往城北和城西的交通大动脉。大路拥堵，挤满了进进出出的商业货流，便道上

"马上有个年轻人过来开了门"

行人如织，将路面踩得发了黑。看着眼前一排富丽的商店和堂皇的办公室，我们很难相信这跟我们刚刚离开的那个死气沉沉的破广场仅有几步之遥。

"让我好好看看，"福尔摩斯站在街角，顺着一排房子看过去，说道，"我要记住这些房屋的排列顺序。准确了解伦敦城是我的一种癖好。这边是莫蒂默宅，烟草店，还有个卖报纸的小店，然后是城市与郊区银行的科伯格分行，素食饭馆，还有麦克法兰马车厂，再前面就是另一个街区了。大夫，我们的活干完了，该去消遣消遣了。我们去吃个三明治，喝杯咖啡，然后去听小提琴演奏，音乐的领地上，一切都甜美精巧，和谐悦耳，也不会有什么红头发的客户拿他们的难题来烦我们。"

"整个下午，他都端坐在音乐厅"

我这个朋友是个热情的音乐家，他不单擅长演奏，并且作曲方面也造诣颇高。整个下午，他都端坐在音乐厅正厅前排的好位子上，怀着纯粹的喜悦之情，纤长的手指不时随着音乐轻轻摆动，此时他脸上略带着微笑，眼神疏懒，带着梦幻般的色彩，丝毫不像往日人们所熟悉的福尔摩斯，那个推理缜密、出手迅猛、对付罪犯毫不留情的辣手神探。在他独特的个性之中，这截然不同的两面交替展现，我常常想，在他身上，精益求精、过人机智与富有诗意的沉思默想形成了鲜明对比，后者偶尔竟占主导地位。这种双重个性使他能从懒洋洋的倦怠中突然迸发出无穷的能量。我所熟知的是，当他连续多日懒洋洋地在他那把扶手椅里埋头于他的即兴创作或是与旧书古籍为伴时，他身上蕴藏着最为可怕的力量。随后，那捕猎的欲望会一拥而上，他那杰出的分析能力会上升为直觉的反应，不熟悉他办案方法的人往往对他抱有怀疑，仿佛他的识见完全不同于凡人。那天下午在圣詹姆斯音乐厅，我见他那么全心陶醉于音乐之中，不禁心想，等他一出手，那被追捕的罪犯就要倒大霉了。

　　"大夫，我猜你一定想回家去了。"音乐会刚结束，他说。

　　"确实，我最好还是回家吧。"

　　"我还有点事情要做，要费几个钟头的工夫。科伯格广场这件案子很不简单。"

　　"怎么不简单？"

　　"有个相当严重的罪案正在策划之中。我有充分理由相信，我们还有足够时间可以阻止案件的发生。但是今天偏偏是星期六，这让情况变得有些复杂。我今天晚上需要你的帮助。"

"什么时候？"

"十点钟一定赶得及。"

"我十点钟准时赶到贝克街。"

"很好。听我说，大夫，可能会有点小危险，请你务必把你在军队里用的左轮手枪带在身上。"他跟我挥手道别，转身离去，很快消失在人群里。

我相信，我并不比周围的人智力稍逊，但是，当我跟夏洛克·福尔摩斯打交道的时候，经常会沮丧地觉得自己很愚蠢。在这件事上，我所听到的，看到的，都跟他毫无二致，但是很明显，他不但清楚地知道已经发生的事情，连尚未发生的事情都了然于心，而在我看来，整个事情还是莫名其妙，非常怪异。乘车回到肯辛顿街自己家的路上，我仔细地把事情前后想了一遍，从那个红发人讲他抄写《大英百科全书》的奇异故事，直到我们去萨克斯-科伯格广场的经历，又想到他分别时说的预言。晚上我们会有什么样的历险呢？为什么要我带上武器？我们要去哪里，去做什么？福尔摩斯暗示我，那个脸上无毛的当铺伙计是个危险的家伙——他很可能另有图谋。我试图解开谜底，最终却绝望地放弃了，我决定等到晚上，看会有什么结果。

九点一刻我从家里出门，穿过公园，走牛津街，然后到了贝克街福尔摩斯的寓所。他的门口停着两辆马车，进门的时候，我听到楼上有谈话声，在他的房间里，看到福尔摩斯在跟两个人密切交谈，其中一个我认识，他叫彼得·琼斯，是警察局的侦探，另外一个身材瘦长，愁眉苦脸，头戴一顶光泽闪闪的帽子，身穿一件做工考究、式样保守的礼服外套。

"哈！我们的人齐了。"福尔摩斯一边说，一边把他呢子大衣的扣子扣上，还从架子上把他打猎用的沉重鞭子取了下来。

"华生，你大概认识苏格兰场①的琼斯先生吧？让我介绍你认识梅里韦斯先生，他也是今天晚上我们探险行动的同伴。"

"你瞧，大夫，我们又一起搭伙狩猎了，"琼斯傲慢地说，"我们这位朋友发动追捕可是一把好手。他只需要一条老狗帮他把猎物追到手。"

"但愿我们这场追捕不要落得个一场空。"梅里韦斯先生不无忧虑地说。

"您该对福尔摩斯先生有信心，先生，"警探傲慢地说，"他有他的小技巧，恕我直言，他这些方法未免有点神神道道，异想天开，可他具有做侦探的天赋。有一两次，比如肖尔托谋杀案和阿格拉珠宝案，他的判断比警方更为准确，我这么说并不为过。"

"哦，既然您这么说了，琼斯先生，我没意见，"那个陌生人敬畏地说，"可我不得不说，这样一来我就打不成牌了。这可是二十七年来，头一个星期六晚上我没打牌。"

福尔摩斯说："我想您会发现，今天晚上这局牌比你们以往任何一次玩得都要大，而且玩得更刺激。对您来说，梅里韦斯先生，赌注将有三万英镑之高，而琼斯先生，您能抓到一直想抓的人。"

"约翰·克雷，那个杀人犯、盗贼、造假贩假高手。梅里韦斯先生，这人虽然年轻，却是这一行里的翘楚人物，伦敦城里我

---

①Scotland Yard，即伦敦警察厅。正式名称作 New Scotland Yard。

65

最想亲手抓住的就是他。约翰·克雷这个小伙子很不寻常。他的祖父是位王室公爵，他本人曾经在伊顿公学和牛津读过书。他头脑狡猾，手脚灵巧，尽管我们常常看到他作案的踪迹，却从来不知道他人在哪里。前一星期他刚在苏格兰入室行窃，下一星期又见他在康沃尔募捐建孤儿院。我追踪他几年之久，却从没见过他。"

"希望我今晚可以荣幸地介绍您认识这个人。我也跟约翰·克雷先生交过一两次手，您说他是这一行中的翘楚，我很赞同。现在已经十点多了，我们该出发了。请你们二位乘第一辆马车，我跟华生乘后面那辆跟着。"

一路上，夏洛克·福尔摩斯不大肯说话，靠在座椅上哼着他下午听过的旋律。我们一路叮叮当当穿过了无数的迷宫般点着煤气街灯的大街小巷，一直来到了法灵顿街。

"我们快到了，"我的朋友说道，"这个梅里韦斯是个银行董事，他对这事挺感兴趣。我觉得叫上琼斯一起来也好。他人倒不坏，可是说到他的专业，他绝对一无是处。他有一个优点，他勇敢得像只牛头犬，而且像龙虾一样顽强，一旦抓住就决不撒手。我们到了，他们已经在等我们了。"

我们下车的地方正是上午我们去过的那条繁华大街。马车离开了，我们在梅里韦斯先生的带领下穿过一条狭窄的过道，他给我们开了个侧门让我们进去。里面是个小走廊，走廊尽头是一扇大铁门。铁门打开，前面是一段蜿蜒向下的石阶，石阶尽头又是一扇沉重的大门。梅里韦斯停下来点亮了提灯，引领我们走下一段散发着泥土气味的黑过道，又打开第三道门，进入一个大地窖，地窖里堆满了板条箱和大盒子。

"梅里韦斯停下来点亮了提灯"

"你们这里从上面很难击破。"福尔摩斯一边举着提灯四处勘察，一边说道。

"从下面也很难击破，"梅里韦斯说着，用手杖敲了敲地上铺的石板，"天哪，听上去像是空的！"他说着，惊讶地抬起头。

"我必须得请您保持安静！"福尔摩斯严厉地说，"你的不慎已经危及我们整个行动的成功与否。我请求你务必找个箱子坐下来，不要干涉我们的行动！"

严肃的梅里韦斯先生带着一脸的委屈神情在一个板条箱上坐了下来。福尔摩斯跪在地板上，一手举灯，一手拿着放大镜，开始细细勘察石板之间的缝隙。几秒钟之内他就满意地停下来，站起身将放大镜放回口袋里。

"我们至少还有一个小时的时间，"他说，"他们不等那个好心的当铺老板睡安稳了绝不会采取行动。一旦开始他们就会分秒必争地干，因为越早得手他们逃跑的时间就越充裕。我们现在是在——大夫，不用说你一定也已经勘察出来了——伦敦一个主要银行的分行地下室里。梅里韦斯先生是银行的董事长，他会向大家解释，为什么现在伦敦城里最大胆的罪犯会对这个地下室有相当大的兴趣。"

"是因为我们的法国金币，"那董事轻声说，"我们已经接到好几个警报，说有人企图对这批东西下手。"

"法国金币？"

"没错。几个月前，我们需要加强库存金额，于是从法国银行借了三万拿破仑金币。外面都知道我们一直不需要打开这包钱，钱仍然放我们地下室里。我坐的这个板条箱里面装着两千拿破仑金币，是用铅箔一层层包好的。我们目前的金条储备比一般分行都要多，董事们一直以来对这件事感到很担忧。"

"他们很有理由这么想，"福尔摩斯说道，"现在是时候了，我们该好好安排一下行动计划了。我估计大约一小时后就是关键时刻。现在，梅里韦斯先生，我们得把灯光挡起来。"

"那我们就这么黑地里坐着？"

"恐怕是这么回事。我口袋里还装了副牌，我本来想我们四个人正好，您还可以照旧打牌。可眼下看来，敌人的准备工作做得实在充分，我们可不能冒险泄露出一丝光线。首先，我们得选好位置。这些人都是些亡命之徒，尽管我们处于上风，可是一不小心，他们还是可能会伤到我们。我站在这个箱子后面，你们各自找个位置掩护自己。等一下我一用灯照他们，你们马上包围他们。华生，要是他们开枪的话，你要毫不犹豫地击倒他们。"

我将手枪支在藏身其后的木箱上，手指扣在扳机上。福尔摩斯将提灯的玻璃灯罩盖上，我们周围顿时一片漆黑——我从没碰到过那么彻底的黑暗。烧热的金属散发出来的气味提醒我们，那灯光一直都在，随时会一触即发。我神经绷得很紧，静候着，这突如其来的黑暗和地下室里阴冷的空气都让人感到压抑和沮丧。

福尔摩斯轻声说："他们只有一条退路，就是回到萨克斯-科伯格广场的那幢房子里。琼斯，我希望你都照我说的做了安排？"

"我安排了一个探员和两个警官等在前门口。"

"这么一来我们就把他们的洞口都堵死了。现在我们得保持安静等在这里。"

时间过得多么慢啊！事后我们交流消息我才知道只过了一个小时十五分钟，可当时我却觉得似乎整个夜晚都已经过去，上面天都该亮了。因为不敢改变位置，我的四肢先是疲倦，后又麻木，可是神经却一直绷在最为紧张的状态，周围的声音我听得清清楚楚，我不仅听到我的同伴福尔摩斯轻柔的呼吸声，还能分辨出琼斯那个大个子沉重的呼吸和银行董事轻微、仿佛叹息般的呼吸声。从我站的位置，我可以从箱子上方俯瞰到地面的方向。突然，我看到一丝光线。

一开始只是一道亮光从石头地板下面闪过，后来光亮延长，成了一条黄线，再后来，悄无声息又毫无预兆地，出现了一条缝隙，一只手伸了出来；这只手非常苍白，简直像是女人的手，这手在一小片光照地方的中心摸了一遍。过了一分钟左右，那只手从地板下伸了出来，手指还在四处摸索。随后，那手又突然缩了回去，一切重新变得漆黑，只剩下石头缝隙里透出来的一丝光线。

这手只是暂时消失而已。只听一声撕裂的声响，地板上那些白色石板中的一块掀了起来，露出一个方形的洞穴，里面闪出灯光来。洞边上探出一张脸，这张脸刮得很干净，有点孩子气，他四处张望了一番，然后双手撑住洞穴边缘，探身上来，先是露出肩膀，而后到腰部，直到一只膝盖抵住地板的边缘。刹那间他已经站在洞穴一旁，拖上来一个同伙，那家伙跟他一样生得短小精干，脸色苍白，顶着一头火红的头发。

"没问题了，"他轻声说，"包和凿子准备好了吗？我的妈呀！跑，阿奇①，快跑，我断后！"

夏洛克·福尔摩斯已经跳出来，上前一把抓住了闯入者的脖领子。另一个跳进洞里，琼斯抓住了他的衣襟，但我听到衣服破裂的声音。有只手枪的枪管寒光一闪，但福尔摩斯狩猎的鞭子抽到那举枪的手腕，枪落在了石头地板上。

①据推断，"阿奇"（Archie）乃邓肯·罗斯的真名。

"没用了，约翰·克雷，"福尔摩斯温和地说，"你根本没机会了。"

　　"看来的确如此，"对方非常冷静地回答，"可我猜我的伙伴应该没事了，虽说我看到你们抓到了他的衣襟。"

　　"有三个人在门口等他。"福尔摩斯说。

"没用了，约翰·克雷"

"噢，真的！你们办事还挺周到，我得向你们致敬。"

"彼此彼此，"福尔摩斯回答，"你那个红头发的点子非常新颖，而且卓有成效。"

"你马上就能见到你的同伙了，"琼斯说，"他钻地洞倒比我快。伸出手来，我给你上铐。"

手铐戴到囚犯手腕上的时候，他说："请不要用你的脏手碰我。你可能不知道，我血管里流的是皇族的血液。请你跟我讲话的时候说'请'和'先生'。"

"好吧，"琼斯瞪了他一眼，笑了，"那好，先生，可否请您上楼，我们有车子带阁下去警察局。"

"这就好多了。"约翰·克雷镇静地说。他朝我们三人鞠了一躬，而后平静地跟随警探走了出去。

我们跟随梅里韦斯走出地窖的时候，梅里韦斯说："说实在的，福尔摩斯先生，我真不知道银行该怎么感谢您，或者说报答您。毫无疑问，您侦察到，并且破获了我所碰到的策划最为精心的一起银行抢劫案。"

"我跟这位约翰·克雷也有一笔账要算，"福尔摩斯说，"我办这件案子有点小小的花费，希望银行能够给我报销，除此之外，我的这次非同寻常的经历，还有我听到的那个很是特别的红发会的故事，都已经给了我充分的报答。"

"你瞧，华生，"第二天一早，我们坐在贝克街他的家里一起喝威士忌加苏打水，他把事情解释给我听，"从一开始就很明显，这个异想天开的红发会广告还有抄写大英百科的这些事只可能有一个目的，就是让那位脑子不大灵光的当铺老板每天离开几个钟头。虽然这种做法非常新奇，可是再想找个别的办法似乎也很难。毫无疑问，克雷想出这么个主意是受了他同伙头发颜色的启发。每星期四英镑足以钓他上钩了，可对他们来说就算不了什么，他们打的主意是几千几万的大数目。他们登了广告，其中一个歹徒去租间临时办公室，另外一个去煽动那人来申请就职，他们合谋来确保他每天上午不待在店里。我听到他说那伙计只要一半工资的时候就认定，他们一定有很强的动机要把当铺老板给支开。"

"可你是怎么猜出这动机是什么的呢？"

"要是他们家里有女人的话，我就会怀疑这只是起通奸的下流勾当。可是情况并非如此。他的生意做得很小，家里也没有什么值得这么大费周章做准备的，何况他们还花了不少钱。那么，一定是为了房子外面的某样东西。那会是什么呢？我想到了那个伙计对摄影的爱好，还有他躲进地下室的把戏。地下室！那就是这一团乱麻般的线索最终指向的地方。随后我就打探了一下这个神秘的伙计，这才发现我要对付的是全伦敦最为冷静大胆的罪犯之一。他在地下室搞什么事情——这件事要每天花费好几个钟头，连续好几个月之久。我再次问自己，那会是什么呢？我想不出别的理由，除非是他在挖一条通往其他建筑的地道。

"我们去事发现场之前我总共就知道这些。我拿手杖敲打人行道，让你吃了一惊。那是我在试探他们的地道是通往房前还是房后。结果发现不是在房前。然后我就按了门铃，正如我希望的那样，是那个伙计来应门。之前我们交过一两次手，但从没打过照面。我几乎没往他脸上看，而是想看看他的膝盖部位。你本人也一定注意到了，他的裤子膝盖又破又皱，还沾满灰尘，一看便知他花了好几个钟头在挖地道。剩下的问题就只有一个：他们为什么要挖地道？我转过街角，看到紧邻我们这位朋友的店面就是城市与郊区银行，立刻觉得问题有了答案。音乐会结束后你回家，而我去了苏格兰场，又去拜访银行的董事长，事情的结果你已经看到了。"

"你又是怎么断定他们打算昨天晚上采取行动的呢？"我问道。

"这个嘛，他们关闭了红发会的办公室，这就表明他们不在乎杰贝兹·威尔逊先生是否在场了——换句话说，他们的地道已经挖好了。他们必须尽快利用这条隧道，不然地道可能会被发现，或者那些金币会被转移。星期六对他们来说最为合适，因为他们有两天的时间可以逃跑。根据这些理由，我判断他们会在昨天晚上下手。"

"你的推理真是漂亮，"我真心诚意地赞叹道，"这些线索扯得这么远，可是每个环节都证明你的判断是正确的。"

他打了个哈欠，回答说："免得我太无聊。哎，我已经觉得够无聊了。我这一生都在努力摆脱生活的平淡乏味。这些小问题使我的日子增色不少。"

"你这是在为人类做贡献呢。"我说。

他耸了耸肩膀。"也许吧，不管怎么说，这还起了点小作用，"他说，"正如居斯塔夫·福楼拜在给乔治·桑的信中所说的，'人是渺小的，著作才是一切。'①"

---

① 原文为法文。

身份案

在贝克街福尔摩斯的寓所里，我跟他分坐在壁炉两边闲聊。"我亲爱的老伙计，"他说，"真实的生活远比最大胆的想象神奇千百倍。有些实际存在的再平常不过的事情我们想都不敢想。如果我们俩能手挽手从这个窗口飞出去，在这个巨大的城市上空翱翔，轻轻地揭开屋瓦窥视各种正在发生的奇事——意外的巧合、暗中的谋划、各怀心腹事、人算不如天算的进展，眼看着它们从开始一直导向最意想不到的结局——这将使所有那些陈腐老套、看了开头就能猜到结尾的小说统统变得索然无味、乏人问津。"

"我可不敢苟同，"我答道，"报上登出来的案子一般来说都乏味之极、俗不可耐。警察局的报告现实主义到了极点，我们必须承认，这样一来结果就既不会引人入胜又不会有什么审美价值了。"

"为了产生现实的效果，必须要经过一定的选择和判断，"福尔摩斯说，"这正是警察局的报告里缺乏的，也许重点放在地方长官的陈词滥调而不是细节上了，而你若认真观察，这些细节才是事关全局的关键。我敢说，再没有比司空见惯更不同寻常的了。"

我微微一笑，摇了摇头。"你这么想我很可以理解，"我说，"当然了，你是谁？你是三大洲内每个一筹莫展之人的非官方顾问和帮手，你由此接触到的都是些千奇百怪的事物。但眼前，"——

我从地上捡起晨报——"我们就来个实际的测试。这是我随机看到的第一个新闻标题。'一丈夫虐待其妻。'内容占了半栏，但我不用读就知道肯定又是我们再熟悉不过的老一套。肯定就这么回事，左不过又有了个女人，喝酒、推搡、殴打、瘀伤外加满怀同情的姐妹或房东太太。怕是最拙劣的作家都发明不了比这个更粗制滥造的东西了。"

"很不幸，你的例证跟你的论点对不大上，"福尔摩斯把报纸接过去扫了几行后说，"这说的是邓达斯分居案，而且，碰巧的是我正在致力弄清楚几件跟它有关的小事。丈夫是禁酒主义者，也没有另一个女人，他遭人诟病的行为是每次吃完饭都把假牙取下来朝他妻子扔去，你得承认，这可不是个三流作家能想象得出来的。大夫，来取点鼻烟，你得承认，就你举的例子而言，胜出的是我。"

他手里拿的是个古金色①的鼻烟壶，壶盖中央嵌了一颗很大的紫水晶。其光彩炫目跟他随随便便的做派和简单朴素的生活形成了极强烈的反差，我忍不住评论了几句。

"啊，"他说，"我都忘了已经有几星期没见到你了。这是波希米亚国王为了酬谢我在艾琳·阿德勒照片一案中帮的忙送的一件小纪念品。"

"那个戒指呢？"我看了看那枚在他手指上熠熠生辉的大钻石戒指。

"这是荷兰王室送的，但我为他们略微效劳过的案子实在太

---

① old gold，浅黄至浅橄榄棕色的颜色。

过微妙，就是对你这么一位曾好意将我的一两件小事迹都详细记录在案的朋友都不便透露。"

"你现在手头有什么案子吗？"我深感兴趣地问道。

"有十到十二件吧，不过没有一件会让你觉得有趣。你应该理解，它们虽然无趣却很重要。真的，我倒发现通常在不甚重要的案件中才会留有余地，供你细心观察、迅速分析其起因和后果，给你的调查平添趣味。罪行越严重越倾向于简单明了，因为罪行越严重自然也就越显豁，一般说来，动机也就更昭然若揭。我手头的这些案子中，除了远自马赛信托给我的一桩相当复杂难解的案子，都难说有丝毫趣味。但看来不用等太久我就会有更有意思的事忙活了，如果我没搞错的话，该是我的一位客户到了。"

他从椅子上站起来，站在打开的百叶窗后面往下望着伦敦单调的青灰色街道。我从他肩膀上望去，看到街对面的人行道上站着位大块头的女人，大毛披肩绕颈，宽边女帽上摇曳着一支鲜红的弯曲羽毛，照德文郡公爵夫人的派头娇媚迷人地歪戴在头上。她就这么披挂着全套甲胄紧张兮兮、犹犹豫豫地往我们的窗户上看，她的身体却踌躇地不断前后踱步，手指心不在焉地摆弄着手套的纽扣。突然，像是已经离岸的游泳者，她心一横匆匆穿过马路，接着我就听到了刺耳的门铃声。

"此前我已经见识过这种征兆了，"福尔摩斯说着把烟扔到了壁炉里，"在人行道上踌躇彷徨总是意味着恋爱事件的发生。她希望有人指点迷津，但又担心这事是不是太过微妙，没法交流。不过即使在这方面我们也能做到见微知著。当一个女人遭到一个她已经不再能左右的男人的严重错待时，其通常的表征就是拉断的铃索。现在我们就可以推断出这是一桩爱情事件，但女主角与其说是气愤，不如说是困惑或伤心。不过她本人已经来了，我们的怀疑也就可以一并廓清了。"

说话间已经传来了敲门声，衣着齐整的门童进来通报玛丽·萨瑟兰小姐驾到。那位女士本人隐在他瘦小的黑色身影之后，恰如一艘满帆行驶的商船跟在一条小领航艇后面。夏洛克·福尔摩斯以他值得称道的随意而又客气的态度迎接了她，关上门后向她微微一躬，引她在一把扶手椅上坐好。他仔细又有点心不在焉地打量了她片刻，这一直都是他特有的做派。

"您不觉得，"他开口道，"已经近视了还做这么多打字工作有点太吃力吗？"

"开始是的，"她答道，"不过现在我不用看就知道哪个字母在哪儿了。"然后，她突然意识到他话里的含义，吓了一大跳，宽阔、好性儿的脸上显出又惊又怕的神情，紧盯着福尔摩斯叫道："您听说过我的情况吗，福尔摩斯先生？要不然您怎么知道得这么清楚？"

"别介意，"福尔摩斯说着笑了，"了解些情况是我的工作所必须的。也许我还一直有意识地训练自己去留意那些别人忽略的东西。要不然的话，您干吗还特意跑过来找我商量呢？"

"我来找您，先生，是因为我从埃思里奇那儿听说了您的情况，警察局还有所有的人都认为她丈夫已经死了的时候您却轻而易举就把他给找到了。噢，福尔摩斯先生，真希望您也能帮我同样大的忙。我虽不富有，不过一年还有一百镑的进项，此外我还靠打字赚点小钱，只要能知道霍斯莫·安吉尔先生到底怎么样

"夏洛克·福尔摩斯……迎接了她"

了，我甘愿把这一切都给您。"

"您干吗又这么急匆匆地跑来呢？"夏洛克·福尔摩斯问道，两手的指尖撑在一起，眼却望着天花板。

玛丽·萨瑟兰小姐略显茫然的脸上再次掠过惊疑的表情。"没错，我确是从家里冲出来的，"她说，"因为温迪班克先生——就是我父亲——无所谓的态度太让我生气了。他既不愿去报警，也不愿来您这儿，所以到最后，眼看着他啥事都不做还老是在说不会出什么事的，都快把我气疯了，我就自己穿戴好直接到您这儿来了。"

"您父亲，"福尔摩斯说，"其实应该是您继父，因为姓都不一样。"

"没错，是我继父。我叫他父亲，虽然听起来很滑稽，因为他就比我大五岁两个月。"

"您母亲还健在？"

"哦，是的，我妈活得好好的呢。老实告诉您，福尔摩斯先生，我父亲刚死没多久她就忙着再嫁我可不是顶开心的，况且嫁的男人比她年轻将近十五岁呢。我父亲原是托特纳姆法院路做水管生意的，他死后留下一桩不小的业务，我妈就跟哈代先生，就是工长一起继续经营；但后来温迪班克先生来了后，他就让她把生意给卖了，他是葡萄酒生意的旅行推销员，自高自大得不得了。他们连商誉带股权一共卖了四千七百镑，要是父亲还活着的话可不止得这么多。"

我原本以为福尔摩斯会对这种散漫、琐碎的讲述很不耐烦，谁料，正好相反，他听得别提多认真了。

"您自己的小进项，"他问，"是出自这桩生意吗？"

"哦，不，先生。那是独立的，是我叔叔奈德留给我的。存在新西兰股市里，利息四分五厘。总数有两千五百镑，但我只能动用利息。"

"您可真让我大感兴趣，"福尔摩斯说，"既然您按照协议一年能有一百镑的丰厚收入，外加您额外工作的收入，您应该算是过得比较舒服了，还能偶尔出去旅行什么的。我觉得一位单身女子每年有六十镑就能过得相当不错的。"

"再少得多我也能对付，福尔摩斯先生，但您应该理解，只要我还住在家里，就不希望成为他们的负担，所以只要我还跟他们一起住，他们就用我的钱。当然了，也只限于我还跟他们住的情况。温迪班克先生每季度把我的利息提出来交给妈妈，我觉得光靠打字赚的钱我就能过得挺好。每打一页我就赚两便士，而我经常一天就能打十五到二十页呢。"

"我对您的情况已经很清楚了，"福尔摩斯说，"这位是我的朋友华生医生，对他您可以像对我一样信赖，一样开诚布公。请跟我们说说您与霍斯莫·安吉尔先生的关系好吗？"

萨瑟兰小姐的脸上慢慢涨起一层红晕，她扭捏不安地揉着自己的衣角。"我最初是在煤气装修工的舞会上认识他的，"她说，"父亲在世的时候他们都送票子过来的，后来他们又想起我们来，给妈妈送了票。温迪班克先生并不高兴我们去。他实际上哪儿都不高兴我们去。我连想去参加主日学校①的招待会他都会大发神经。但这次，大家都怂恿我去，我也下定决心要去；他有什么权利干涉我？他说，我们不适合跟那些人交往，可是父亲原来的朋友都去的。他又说我没有合适的衣服穿，我就把从没舍得穿过的紫色丝绒裙子找了出来。最后，他看没话可说了，拍拍屁股去法国推销他的酒去了。我们还是去了，妈妈跟我，还有哈代先生，

————————————————

① Sunday school，星期日对儿童进行宗教教育的学校，大多附设于教堂。

81

"在煤气装修工的舞会上"

他原来是我们的工长，我就是在那儿认识霍斯莫·安吉尔先生的。"

福尔摩斯说："我猜，温迪班克先生从法国回来后一定对你们去了舞会大感恼火。"

"哦，还好啦，他倒是态度出奇地好。他笑了笑，我记得，然后耸耸肩说，你想拦着一个女人不让她干什么事都白搭，因为她们自己的主意大得很。"

"明白了。据我的理解，您是在煤气装修工的舞会上认识了一位名叫霍斯莫·安吉尔的绅士。"

"没错，先生。那天晚上我认识了他，第二天他登门拜访，看看我们是不是平安到家了，后来我们——我是说我，福尔摩斯先生，又跟他见了两次面，一起出去散步，但再后来父亲又回来了，霍斯莫·安吉尔先生就再没登过我们家的门。"

"再没？"

"喔，您知道，父亲对这种事情很反感，要是他一切都说了算的话，他会不让任何人上门的，他还常说一个女人跟自己的家人待在一起应该感到很幸福才对，但正像是我经常对妈妈说的，一个女人是希望建立属于她自己的家庭的，而我还没有自己的家呢。"

"但霍斯莫·安吉尔先生呢？他没设法跟您会面吗？"

"哦，父亲一星期后又要去法国，霍斯莫写信说，在他走之前我们还是避免见面的好，更安全。在此期间我们可以通过写信互诉衷肠，他那段时期每天都写信。我早上就能收到，所以也不需要惊动父亲。"

"当时您跟这位绅士订婚了吗？"

"哦，是的，福尔摩斯先生。我们第一次出去散过步之后就订婚了。霍斯莫——我是说安吉尔先生——是利登海尔街一家事务所的出纳员——还有——"

"哪家事务所？"

"最糟心的就是这个，福尔摩斯先生，我不知道。"

"那他住在哪儿？"

"他就睡在事务所。"

"您不知道他的地址？"

"不知道——就知道他在利登海尔街。"

"那您的信往哪儿寄？"

"寄到利登海尔街邮局，留局待领。他说如果信直接寄到事务所，其他所有的职员都会取笑他收到女朋友的信了，我就说，既然这样我就用打字机打好了，就像他一样，但他又不愿意，他说如果是手写的，信就似乎是直接从我身边到他那儿去，但如果是打字机打的，他总觉得中间隔了一架冷冰冰的机器。这只能说明他是多么喜欢我，福尔摩斯先生，这样的小事他都想得到。"

"这是最有启示意义的，"福尔摩斯说，"我一直以来都相信一个公理：貌似琐碎的小事才至关重要。您还记得霍斯莫·安吉尔先生别的什么小事吗？"

"他很腼腆，福尔摩斯先生。他喜欢晚上跟我一起散步，不愿在大天白日底下露面，他说他很不愿意惹人注意。他非常不善交际，为人非常温柔体贴。连他的嗓音都很柔和。他告诉我他小时候得过扁桃体炎，腺体肿大，这使他声带受损，讲话也就细声细气、犹犹豫豫的了。他总是衣着齐整，很是干净素雅，但他的眼睛也像我一样有些弱视，他戴浅色墨镜防止强烈阳光直射眼睛。"

"很好，那么等温迪班克先生——您继父又去了法国后又发生了什么事？"

"霍斯莫·安吉尔先生又到我家里来，提议我们应该趁我父亲不在马上结婚。他极度热心，要我手放在《圣经》上发誓，无论发生什么我都将永远忠于他。妈妈说他让我发誓做得很对，正好证明他的热情。妈妈从一开始就对他大有好感，甚至比我都更喜欢他。后来，他们讨论到本周内就结婚的时候，我问起父亲那边该怎么办；但他们俩异口同声要我不用操这份心，事后再告诉他不迟，妈妈说父亲那边她会搞定的。我实在不太喜欢就这么行事，福尔摩斯先生。事事都得经他许可似乎很滑稽，因为他比我大不了几岁；但我不喜欢偷偷摸摸地行事，所以我就往波尔多给父亲去了封信，他们公司的法国办事处在那儿，但那封信被退了回来，就在我结婚的那天早上。"

"这么说他没收到那封信？"

"是这么回事，先生，因为信寄到的时候他刚好已经动身回英国来了。"

"啊！那可太不巧了。那时候，您的婚礼已经定在星期五举行了。是在教堂举行吗？"

"是的，先生，但一点没张扬。在圣主教堂，靠近国王十字车站，而且我们还定好了完事后在圣潘克罗斯旅馆吃早餐。霍斯莫乘一辆小型双轮双座马车过来，因为只有我和妈妈两个人，他就让我们俩一起乘这辆车，他自己再改乘一辆四轮马车，当时街上碰巧就这一辆出租马车。我和妈妈先到的教堂，等那辆四轮马车也停下来后我们就等着他下来，但他却没下来，马车夫从驾驶座上下来，开门一看，里面竟空无一人！马车夫说他简直没法想象他到底出了什么事，因为他亲眼看见他上的马车。这是上个星期五的事，福尔摩斯先生，从那以后我就再没见到过他的人影、得到过他的音信，他到底发生了什么事我是一丁点概念都没有。"

"在我看来，您是被可耻地背叛了。"福尔摩斯说。

"哦，不，先生！他太善良了，待我太体贴了，不可能就这么把我抛下的。为什么那天整个早上他不断地对我说，无论发生什么事我都要忠于他；即使真有什么飞来横祸生生把我们分开，我也会永远记得我已经许下了诺言一辈子跟着他，而且他迟早也会许下他的诺言。在结婚的当天早上说这样的话显得太奇怪了，但后来发生的事不正好为它赋予了某种深义吗？"

"几乎可以肯定是这么回事。您是认为，后来是某种飞来横

"里面竟空无一人"

86

祸降临到了他头上？"

"没错，先生。我相信他是预见到了某种危险，要不然他不会说那种话的。之后，我想是他预见的危险终于发生了。"

"对有可能发生了什么事您一点概念都没有吗？"

"没有。"

"还有一个问题。您妈妈对这件事有什么反应？"

"她很生气，并且对我说永远都不要再提这件事。"

"那您父亲呢？您告诉他了吗？"

"告诉了；他似乎同我的想法一致，肯定是发生了什么意外，我将来肯定还能得到霍斯莫的音信的。照他的说法，把我带到教堂的大门口然后再抛弃我，对任何人会有什么好处？如果他是借了我的钱，或者是已经跟我结了婚并且把我的钱都弄到手了，那还许能说得通，但霍斯莫在钱的问题上一直都非常独立，从不仰赖别人，我的一分一厘他都从没在乎过。既然如此，到底会是什么事呢？他为什么连封信都不写？哦，就这么思来想去，我都快想疯了，通宵都不能合眼。"她从皮手笼里取出一块小手帕，蒙住脸痛哭起来。

"我来帮您调查这件事，"福尔摩斯起身道，"我肯定会有确切结果的。把您的负担都卸给我好了，别再为这件事苦恼了。最重要的是，霍斯莫·安吉尔先生已经从您的生活中消失了，也尽力把他从您的脑海中抹去吧。"

"这么说来您觉得我再也见不到他了？"

"恐怕是这么回事。"

"那他到底发生了什么事？"

"把这个任务交给我吧。您得给我详细描述一下他的样子，我还需要他写给您的所有信件。"

"我在上周六的《纪事报》上登过广告寻他，"她说，"这就是那份广告和他写给我的四封信。"

"谢谢。您的住址？"

"坎伯维尔区里昂街三十一号。"

"我知道您根本不清楚安吉尔先生的住址。那您父亲的公司呢？"

"他是韦斯特豪斯与马尔班克商号的旅行推销员，那是芬丘彻齐街一家很大的红酒进口商。"

"谢谢。您已经把您的情况讲得很清楚了。请您把这些文件留在这儿，希望您记住我给您提的建议。就当这整场意外从来都没发生过吧，千万不要让它再影响到您的生活。"

"您待我很好，福尔摩斯先生，但我做不到。我会永远忠于霍斯莫先生。无论他什么时候回来，都会发现我在忠诚地守候。"

虽然她戴着可笑的帽子，表情呆滞，但她单纯的信念中自有一种高贵的特质，令我们肃然起敬。她把那一小束文件放在桌上，起身告辞，并保证只要我们需要她随叫随到。

夏洛克·福尔摩斯一言不发地又坐了几分钟，手指尖仍搭在一起，伸展开两腿，眼睛朝上望着天花板。然后他从壁炉架上取下那支满是积年烟油的旧陶土烟斗，这支烟斗简直就像他的顾问。点上之后他就往椅子上一靠，浓浓的蓝色烟圈随之袅袅上升，他脸上现出倦怠已极的神态。

"这个女孩真是个极有趣的研究对象，"他开口道，"我发现

"她把那一小束文件放在桌上"

她比她的小问题更要有趣，那不过都是老一套了。如果你查一下我的索引，一八七七年在安杜佛就有类似案例，去年在海牙也出过这类的事。老一套归老一套，这案子里倒有一两处细节很是新鲜。不过说到底，这个女孩本人才最有启发意义。"

"你显然从她身上看出了很多我看不见的东西。"我说。

"不是看不见，是你没注意到，华生。你不知道从何处入手，所以你错过了所有最重要的东西。我怎么都没法让你意识到袖子的重要性、拇指指甲的暗示意味或是一根鞋带上可能隐含的重大玄机。我问你，你从这个女人的外貌上都收集到些什么信息？描述一下。"

"嗨，她戴着一顶深蓝灰色宽边草帽，上面插一根砖红色羽毛。她的上衣是黑色的，上面缝了些黑色的小珠子，饰边上嵌有小块的黑煤玉。裙子是棕色的，比咖啡色还要深好些，领口和袖口镶紫色丝绒。灰色手套，右手食指处已经磨破。穿什么靴子我没注意。她戴圆形的金质小耳坠，看起来相当富足，态度虽有点粗俗，但挺自在，好性儿。"

夏洛克·福尔摩斯轻轻鼓了鼓掌，哑然失笑。

"说实在的，华生，你真是进步神速。你确实已经干得非常不错了。是的，没错，你把每样重要的东西都错过了，但你已经掌握了方法，而且你对色彩非常敏感。记住，千万不要仰赖大而化之的印象，老伙计，要集中精力于细节上。我第一眼关注的总是女人的袖口。如果是男人，或许最好先看他裤子的膝部。正像你观察到的，这个女孩的袖口上镶了丝绒，这种材料最容易看出压痕之类的痕迹了。她手腕上面一点的部位有两条压痕非常明显，那正是打字员手腕压在桌子上的地方。缝纫机，我是说手摇的那种，也会留下类似痕迹，但只可能在左手腕上留下压痕，而且只是在离开大拇指最远的那一侧，不像打字的压痕那样正好越过整个手腕。然后我观察她的脸，注意到她鼻梁两侧都有夹鼻眼镜留下的凹痕，我因此大胆地试探说她近视而且频繁使用打字机，看来真把她震住了。"

"也把我震住了。"

"不过，这都是显而易见的。再往下看时我才真吃了一惊，开始大感兴趣：她穿的两只靴子看起来不太一样，实际上根本就不是一双；一只靴尖上有带点花纹的包头，另一只却没有。一只靴子的五个扣子只扣了下面两个，另一只扣的是第一、第三和第五个扣子。喏，当你看到一位年轻女士虽然衣着光鲜，却连出门时穿的靴子都不配对，而且扣子才扣了一半，那就不难推论她离家时非常匆忙了吧。"

"还有别的吗？"我饶有兴趣地问，我这位朋友透彻的推理总让我心折不已。

"顺便说一点，我注意到她在离家前、穿戴好之后肯定写了张便条。你注意到她右手手套食指的地方破了，但你显然没留心她的手套和手指都沾上了紫色墨水。她肯定是急匆匆写的，蘸墨水的时候笔插得太深。她又肯定是今天早上写的，要不然手指上的痕迹就不会这么清晰地保留下来了。这一切都很有意思，不过只是起步而已，我现在得回到正题上来了，华生。你能帮个忙，念念广告上对霍斯莫·安吉尔先生的描述吗？"

我把那张从报上剪下来的小纸条拿到亮处。

"（广告上说）十四日晨，一位名叫霍斯莫·安吉尔的绅士失踪。高约五英尺七英寸；体格健壮，肤色灰黄，黑发，头顶微秃，留浓密的黑色颊须和唇髭；戴浅色墨镜，话音较弱。失踪前穿丝面黑色常礼服，黑色背心，挂一条阿尔伯特金链；下身穿灰色哈里斯粗花呢长裤，带松紧边的靴子，靴子上裹棕色绑腿。据知曾在利登海尔街一家事务所供职。若有人……"

"行了，够了，"福尔摩斯说，"说到那几封信，"他看了一眼，继续说，"实在太一般了。除了有一处引用巴尔扎克以外，没有任何关于安吉尔先生的线索。不过有一点倒是非同一般，肯定会令你印象深刻。"

"它们都是用打字机打的。"我说。

"不仅如此，连签名都是打的。请看信末工工整整的小字'霍斯莫·安吉尔'。有日期，但地址除了利登海尔街以外再无其他，实在语焉不详。这个签名很能说明问题——实际上，我们可以说它是决定性的。"

"决定什么？"

"亲爱的老伙计，难道你还没看出这个签名对本案是何等的重要吗？"

"我不敢说我已经很清楚了，除非他真是希望如果有人告他毁约他可以借此否认这是他的亲笔签名。"

"不，这不是问题所在。不过，我要写两封信，应该就能解决这个问题。一封写给伦敦的一家商号，另一封写给这位年轻女士的继父温迪班克先生，问问他愿不愿意明天晚上六点来这儿跟我们见一面。看来我们该跟她几位男性亲属打打交道了。大夫，在得到答复之前眼下我们是没什么可做的了，我们就暂时把这个小问题搁置一下吧。"

我因为对我这位朋友精密的推理能力和无穷的行动精力一直

92

坚信不疑，所以觉得他对这件正在调查的奇特神秘事件采取的胸有成竹的态度一定自有道理。据我所知，他唯一一次失败的事例就是波希米亚国王和艾琳·阿德勒的照片案；不过，当我再次回顾《四签名》案的怪异诡奇和《血字研究》案那特异非凡的境遇时，我觉得如果一个问题连他都当真解决不了的话，那可就真是不解之谜了。

我离开他的时候他还在大吸他那支黑色的陶土烟斗，不过我确信等我明天晚上回来的时候，他肯定已经把所有的线索尽数厘清，到那时玛丽·萨瑟兰小姐那位失踪的新郎的身份之谜也就会大白于天下了。

当时，我自己的业务范围内也正有一桩紧急事务占用了我的精力，第二天一整天我都在一位患者的床边忙活，直到将近六点，我才脱出身来，于是我跳上一辆小马车直奔贝克街而去，一边还有点担心自己赶不上在这一小小的神秘事件的最后揭秘中略尽绵薄之力。但我却发现福尔摩斯竟然一个人待着，而且在打瞌睡，他又瘦又长的身体蜷缩在扶手椅中。房间里烧瓶和试管森然罗列，还有盐酸刺鼻的气味，很明显他整天都在搞他酷爱的化学实验。

"嗨，都解决了？"我一进门就问。

"是呀。是氧化钡中的重硫酸盐。"

"不，不，我是说那个秘密！"我叫道。

"哦，那个呀！我脑子还在我一直研究的盐上。我昨天就说过了，那其中压根就没什么秘密，也不过是某些细节还有点意思。唯一的讨厌之处就在于我怕还没有法律可以制裁那个恶棍。"

"我却发现福尔摩斯……在打瞌睡"

"那他到底是谁，抛弃萨瑟兰小姐又是出于什么目的？"话刚出口，福尔摩斯还没来得及开口，就听到走廊里有沉重的脚步声，然后有人敲门。

"是那女孩的继父，詹姆斯·温迪班克先生，"福尔摩斯说，"他回了我一封信，说他六点过来拜访。请进！"

进来的是个体格强壮、中等身材的男子，三十多岁的样子，脸刮得很干净，皮色灰黄，态度和蔼自若，有点曲意奉承的味道，一双极其锐利逼人的灰色眼睛。他用质询的目光把我们俩挨个扫了一遍，把光可鉴人的大礼帽放在餐具柜上，微微鞠了一躬，谦恭地侧身挨近最近的那把椅子。

"晚上好，詹姆斯·温迪班克先生，"福尔摩斯说，"我想这封用打字机打的、约我六点见面的信是您发出的吧？"

"没错，先生。我恐怕稍微迟了一点，不过您也知道，有时我也身不由己。很抱歉萨瑟兰小姐因为这么一点小事而打搅您，因为我个人觉得还是家丑不要外扬的好。她跑到您这儿来绝非我的意愿，不过她是个很易于冲动的女孩子，相信您也注意到了。当然了，我对您并没什么戒心，因为您跟官方的警察局毕竟没有任何关系，不过把一桩家庭的不幸就这么吵吵得尽人皆知总是不太明智。而且，这钱也花得毫无用处，让您上哪儿去找这位霍斯莫·安吉尔去呢？"

"正好相反，"福尔摩斯不动声色地说，"我倒是很有把握地认为我能成功地找到霍斯莫·安吉尔先生。"

温迪班克先生吓了一大跳，手套都掉了。"听您这么说我很是高兴。"他说。

"听起来也许很新鲜，"福尔摩斯侃侃而谈，"打字机其实也跟人的笔迹一样各不相同。除非很新，没有两台打字机打出来的字完全一样。有些字母比别的字母磨损的程度更严重，而有些字母只有一边磨损了。就说您打的这张便条吧，温迪班克先生，每个打出来的字母'e'都稍稍有点重影，而且'r'那个小尾巴也稍稍有点残。此外还有十四种特征，我不过拣最明显的略做说明。"

"这架打字机是我们在事务所打日常信件用的，肯定是用得狠了些。"我们的访客回答。明亮的小眼睛非常敏锐地瞥了福尔摩斯一眼。

"现在，让我为您展示一下一项真正有趣的研究，温迪班克先生，"福尔摩斯继续道，"这些天来我琢磨着想再写一篇打字机及其与犯罪之关系的小论文。这个题目我倒是略微花了点心思的。我这儿有四封据说是那个失踪的男人写的信。都是打字机打的。每封信里不但'e'全部重影、'r'都没了尾巴，如果您肯费心用我的放大镜观察一下的话，另外那十四种特征它们也样样俱全。"

温迪班克先生从他的椅子里一跃而起，抓起他的帽子。"我没时间浪费在您这种奇情异想的闲聊中，福尔摩斯先生，"他说，"要是您能抓到那个人，就请您快去抓吧，抓到后请您费心告诉我一声。"

"那是自然，"福尔摩斯说着，跨前一步把门给锁上了，"那么我现在就告诉您，我已经抓住他了！"

"什么！在哪儿？"温迪班克先生大叫，嘴唇都白了，像只捕鼠夹夹住的老鼠那样紧张地四下里张望。

"哦，这没什么用的——真的，毫无用处，"福尔摩斯温文有礼地说，"想要全身而退是绝无可能的，温迪班克先生。这有点太明目张胆了，而且您竟然号称我连这么简单的问题都解决不了，您可太不会奉承人了。再简单没有了！坐下来我们谈谈吧。"

我们的访客瘫倒在一把椅子上，面色惨白，眉头却汗涔涔的

"像只捕鼠夹夹住的老鼠那样紧张地四下里张望"

发亮。"这……你没办法起诉我。"

"恐怕是有点问题。不过，就你我两人说说，温迪班克，这可是我碰到的最残酷、最自私、最没心肝的欺诈。行啦，还是先让我来复述一下事件的经过吧，我错了的地方请你指正。"

那人在椅子里缩成了一团，脑袋耷拉到胸口上，一副被彻底压垮了的模样。福尔摩斯把脚跷到壁炉架的角上，双手插在口袋里，身体向后斜靠着，开始讲起来，与其说是对我们讲，更像是自言自语。

"那个人为了贪图金钱跟一个比他大好多的女人结了婚，"他道，"而且只要女儿还跟他们住在一起，他就还能用她的钱，这让他很舒服。就他所处的地位而言，那可不是个小数目，万一失去了，景况可就大不一样了。这值得他煞费心机予以保全。女儿个性温和，心地善良，以她这样的性情和收入，看来不会空守闺房太久的。她一旦结婚，自然也就意味着一年白白损失一百镑，那么她继父怎么才能阻止这件事的发生呢？他先是想方设法把她关在家里，禁止她跟同年龄段的人交往。不过，没过多久他就发现这绝不是什么长久之计。她变得难以控制，开始坚持自己的权利，最后竟公然宣称她一定要去参加一个舞会。那她这位聪明的继父该怎么办呢？他想出了一条妙计，毫无心肝的诡计。在他妻子的默许甚至帮助下，他亲自改装易容、粉墨登场了。先用一副墨镜遮住他贪婪的眼睛，然后用唇髭和络腮胡把脸遮起来，把响亮的嗓音压低成巴结的轻声低语，而且因为那个女孩子眼睛近视，他就加倍有恃无恐了，摇身一变成了霍斯莫·安吉尔。为了挡开别的求婚者，他自己当起了情人。"

"当初那不过是跟她开开玩笑，"我们的访客哼哼唧唧地说，"我们才没想到她会那么痴情。"

"她倒不见得真这么容易就痴情，但她有别的办法吗？她是被设计陷害的，而且她又确信她继父还在法国，她心地纯良，压根都不会想到会有这等丧尽天良的诡计陷害。她被那位绅士的殷勤周到哄得团团转，再加上她妈妈一片声的高声赞扬，效果更是立竿见影。然后安吉尔先生就开始登门造访，因为显然这事做就该做绝，不达目的绝不罢休。再后来又是晤面，又是订婚，终于能确保那个女孩的心思再也不会眷顾他人了。但终究怕纸里包不住火，而且总是假装出差法国也够烦的。以那么一种戏剧化的手法收场很可以使这件事一劳永逸地圆满解决：这么一来就会在那位年轻女士的心中留下永难灭绝的印记，防止她再寻合适的人选填补心理的空白。于是又是手按在《圣经》上发誓白头偕老啦，又是在婚礼的早上预感到不幸就要发生啦，不一而足。詹姆斯·温迪班克希望萨瑟兰小姐对霍斯莫·安吉尔忠贞不渝，希望她对他的生死一直惊疑不定，这么一来，至少可以保证在十年之内她不会心有旁骛。等他都把她带到教堂门口的时候，很显然不能再往前走了，于是他就来一个金蝉脱壳，一个门进一个门出，这也都是些老花招了。我想这就是事情的大体经过吧，温迪班克先生！"

我们那位访客在福尔摩斯讲述的过程中已然找回点自信，他从椅子上站起身来，苍白的脸上挂着一丝冷笑。

"也许是，也许不是。福尔摩斯先生，"他说，"不过，你既然这么精明，你该明白现在违犯法律的是你而不是我。首先，我压根就没干任何从法律的角度看来能够起诉的事，但你却把门给锁上了，你本人倒可以因攻击他人和非法拘禁而被起诉的。"

"就算如你所说，法律奈何不了你，"福尔摩斯说着把锁打开，把门推开，"但再没有谁比你更应受到最严厉的惩罚了。如果那位年轻姑娘有个兄弟或朋友，他应该拿鞭子狠抽你的脊梁。该打！"看到那个男人脸上的冷笑，他气得涨红了脸接着说："这不是我该为我的客户承担的责任，但如果我手边有条猎鞭的话，我要亲自好好地教训教训你——"他跨出两步去取鞭子，但还没等拿到手，但听得楼梯上脚步声一阵狂响，门厅沉重的大门嘭的一声巨响，从窗口我们能看到詹姆斯·温迪班克先生以他最快的速度一溜烟就没影了。

"他跨出两步去取鞭子"

"真是个冷血的恶棍！"福尔摩斯笑着说道，重新一屁股坐进椅子里，"这个家伙会恶性不改，变本加厉地一再罪上加罪，一直到被绞死为止。不过这个案子本身倒也并非索然无味。"

"我现在还不能完全明了你推理的全过程呢。"我说。

"你看，首先，这位霍斯莫·安吉尔先生装神弄鬼的举动就明显是别有用心，同样明显的是，就我们所知，这一意外事件唯一的获利者只有那位继父。然后又是这两个人从不同时出现的事实，其中一个总是在另一个不在场的情况下才出现，这实在意味深长。再加上墨镜、怪异的嗓音啦，还有浓密的颊须之类，都在指向乔装改扮的可能。我的猜测最后都在他连签名都要用打字机打出来这件不同寻常的事实中得到确证，看来她是非常熟悉他的字体，哪怕就几个字都有被她识破的危险。你眼看着这些貌似孤立的事实再加上许多细枝末节的线索统统都指向同一个方向。"

"那你又是怎么坐实的呢？"

"一旦确定了罪犯，就很容易能证明罪行。我知道这个人服务的那家商号。拿到寻人启事中的描述后，我就去除其中所有可能是伪装的部分——大胡子、眼镜、声音等等，然后把它送到那家商号，请求他们告诉我其特征是否跟他们的哪位旅行推销员吻合。而且我已经注意到那四封信里打字的一些特异之处，因此我把信寄到他的公司问他能否赏光前来。不出我所料，他的回信果然是用打字机打的，而且显示出同样细微但是明显的特点。同一班邮差还给我送来一封从芬丘彻齐街韦斯特豪斯与马尔班克商号送来的信，信上说我的描述跟他们的一位雇员的外貌完全吻合，那就是詹姆斯·温迪班克。瞧，就这么简单！"

"那萨瑟兰小姐呢？"

"即使我告诉她，她也不会相信。你也许还记得一句古老的波斯谚语： '打消女人心中的痴心妄想，险如从虎爪下抢夺幼虎。'哈菲兹①的道理跟贺拉斯②一样深刻，哈菲兹的人情世故也跟贺拉斯的一样丰富呢。"

---

① Hafiz，十四世纪波斯诗人，其诗多为押韵华美的两行诗体，多描写爱情、美酒和大自然。

② Horace，古罗马抒情诗人，其颂歌和讽刺作品对英国诗歌产生过重要影响。

博斯库姆谷之谜

一天早上，我跟妻子正在用早餐的时候，女仆送进来一份电报，是夏洛克·福尔摩斯打来的，电报写道：

> 顷获英格兰西部为博斯库姆谷惨案事来电。如能抽暇几日同往，不胜欣幸。该地风景空气俱佳。望十一点十五分从帕丁顿启程。

"亲爱的，你怎么说？"妻子隔着餐桌看着我说，"你会去吗？"

"我真不知道该怎么回答他。我手边有好多事情要做。"

"哦，工作的事情安斯楚瑟会代你处理的。你最近脸色有点苍白。我觉得换个环境会对你有好处，何况你一向对夏洛克·福尔摩斯先生的案子很有兴趣。"

"他的每一桩案子都使我受益匪浅，要是现在我再说不感兴趣，就显得有点忘恩负义了，"我回答道，"可我要是去的话，就得马上收拾行李，只剩半小时的工夫了。"

我早年在阿富汗的军旅生涯至少有一个作用，它使得我行动迅速准时，随时可以准备出发。我需要的东西既少又简单，所以，不到半小时的工夫，我已经带着小皮箱，坐上马车，叮叮当当一路到了帕丁顿车站。福尔摩斯正在站台上来回踱步，他身披灰色长斗篷，一顶便帽紧紧箍在头上，使他原本就瘦削憔悴的身形显得更加单薄了。

"你能来真是太好了，华生，"他说，"有个完全靠得住的人跟我一道，对我来说事情就好办多了，地方上的帮助通常不是毫无用处，就是偏见太重。你来占着这两个边上的座位，我去买票子。"

车厢里只有我们两个人，再就是福尔摩斯随身带的一大堆报纸。他在这堆报纸里翻来翻去，不时停下来做笔记，思考一番，直到我们过了里丁。这时他突然把报纸揉成一大团，扔到了行李架上。

"这案子你听说过吗？"他问。

"一无所知。我好几天不看报纸了。"

"伦敦的报纸对这事的报道很不充分。我刚才在翻查最近的报纸，好掌握这案子的具体情况。从我找到的资料看来，这案子属于那种非常难办的简单案例。"

"你这话听起来好像自相矛盾。"

"可这话千真万确。独特的案情本身无一例外就是条线索。案子越是普通平常，就越难判出结果。但是就这个案子来说，他们已经认定了这是一桩儿子谋杀父亲的严重案件。"

"这么说这是桩谋杀案喽？"

"估计是这么回事。可我还没有机会亲自去调查一番，现在什么也说不准。我现在就把我到目前为止了解到的情况，尽量简略地跟你说一下。

"车厢里只有我们两个人"

"博斯库姆谷位于赫里福德郡,是距离罗斯不远的一个乡间地区。当地最大的地主是一位约翰·特纳先生,他在澳洲发了大财,几年前重返故乡。他有好几个农场,其中一个——哈瑟利农场租给了查尔斯·麦卡锡先生,这位麦卡锡先生也曾在澳洲待过。两人在殖民地时就已经相识,因此在定居此地的时候,自然尽量比邻而居。特纳显然更有钱,因此麦卡锡成了他的佃户,但是看起来他们还是经常来往，保持着完全平等的关系。麦卡锡有个十八岁的独子，特纳有个同龄的女儿，但他们的妻子都已经过世了。他们好像一直在避免跟附近的英国家庭有任何社交来往，过着退隐生活，但是麦卡锡父子都喜欢体育运动，常常出现在附近地区的赛马场上。麦卡锡家有两个用人，一男一女。特纳家仆妇颇多，至少半打。关于这两家人，我就了解到这些。下面再说说具体事实。

"六月三号，就是上星期一，大约下午三点，麦卡锡离开了他在哈瑟利农场的家，步行到博斯库姆池塘，这个池塘是附近溪流沿博斯库姆谷流下来汇聚而成的。他上午曾由仆人陪同去过罗斯，他还对仆人说他必须得抓紧时间办事，因为他三点钟有个重要约会。他去赴那个约会，却没能活着回来。

"从哈瑟利农场到博斯库姆池塘距离大约四分之一英里，他走过这段路程的时候，有两个人曾经看到过他。一个是名老妇人，报纸上没提她的名字，另一个是特纳先生家雇的猎场看守，名叫威廉·克劳德。两个证人都肯定地说麦卡锡先生是一个人走在路上。那个猎场看守还说，他看到麦卡锡先生过去之后没几分钟就看到了他儿子詹姆斯·麦卡锡胳膊下面夹着枪也往同一个方向去。据他的记忆，那时候父亲还在他视线之内，儿子实际上是跟在父亲后面。关于这事他没有再多想，直到晚上听说了发生的悲剧。

"猎场看守威廉·克劳德见过麦卡锡父子之后，又有人见到过这两个人。博斯库姆池塘一带树木浓密，只有池塘边上长了些芦苇和杂草。博斯库姆谷庄园看门人的女儿，十四岁的佩兴斯·

莫兰正在树林里采花。她说她当时看到麦卡锡父子一起在树林边上，靠近池塘边，两人看起来正在激烈争吵。她听到老麦卡锡大骂他的儿子，她看到儿子举起手仿佛要打他父亲。见他们这么暴跳如雷她吓坏了，马上跑回家告诉她妈妈，说她看到麦卡锡父子在博斯库姆池塘旁边吵架，怕是他们马上就要动起手来了。她刚说完就见小麦卡锡朝门房这边跑过来，说他发现父亲死在树林里，请看门人去帮帮他。他当时很激动，帽子和枪都不见了，他的右手和衣袖上都沾着新鲜的血迹。他们跟着他找到了扑倒在池塘边草丛里的死者。死者头部遭到某种沉重钝器多次猛击。从伤处看来，很可能是由儿子所持枪的枪托造成的，那枪就躺在离死者几步远的草地上。根据这些情况，儿子当即被捕，星期二的审讯判定他'蓄意谋杀'，星期三他的案子提交给罗斯的地方法官，地方法官将他的案子交给了巡回法庭审判。这些就是摆在验尸官和治安法庭面前的主要事实。"

"我简直想象不出比这还要罪证确凿的案子了，"我说，"这正是一个间接证据①足以指认罪犯的典型案例。"

"间接证据这个东西很是微妙，"福尔摩斯若有所思地回答，"它可能看似径直指向一个结论，但是倘或你略微转移一下视角，就会发现它同样方向明确，却指向另外一个迥然不同的结果。不过我们必须承认，案情看来对这个年轻人非常不利，而且很有可能他的确就是罪犯。但是附近有那么几个人相信他是无辜的，这些人中就包括特纳小姐，就是那农场主的女儿。他们委托雷斯垂

①circumstantial evidence，或译为旁证、情况证据。在法庭辩论中不能直接引为事实的证据。但在多种出证情况下法官或陪审团在辩论时作为参考事实。

"他们跟着他找到了……死者"

德来办这个案子，为小麦卡锡辩护。这个雷斯垂德你可能记得，就是跟《血字研究》那个案子相关的那个人。雷斯垂德感到案子难办，因而求助于我。所以，你我这两位中年绅士才以每小时五十英里的速度往西部飞奔，而不是安安生生待在家里吃吃早餐，享享清福。"

我说："可是我担心，这个案子事实清晰，于你的声誉不会有多大益处。"

"没有什么比清晰的事实更具欺骗性的了，"他大笑道，"再说，也许我们还会撞到些别的显而易见的事实，但雷斯垂德先生却视而不见。我完全可以用他既没有能力运用，甚至也不理解的方法去证明，或者干脆推翻他的理论，你非常了解我，我这么说你一定不会觉得我是在吹牛。举个手边现成的例子，我能确定地知道你卧室的窗户是在右手边的，但雷斯垂德先生是否能够看出这么显而易见的事实，我却有几分怀疑。"

"老天，你怎么——"

"亲爱的老伙计，我太了解你了。我了解你那种军人独有的整洁习惯。你每天早上都刮脸，现在这个季节你是借着阳光刮脸的；但是刮左脸的时候，越往后你刮得就越不干净，到颌骨的地方，就已经很不干净了。很清楚，左边的光线没有右边的好。我不能想象，像你这么一个爱整洁的人，在两边光线相同的情况下，会允许自己把脸刮成这样。我举这个小事例是想说明观察和推理的作用。这恰恰是我的专长，在我们马上就要进行的调查任务中，这两点很可能要派上用场。审讯中有一两个细微之处可能值得我们推敲一番。"

"哪两处？"

"看起来他并非当场被捕，而是回到哈瑟利农场以后才被捕的。当警察局的侦探通告他被捕了的时候，他说他对此并不感到吃惊，这是他罪有应得。听了这话，就算是哪位验尸陪审团的成员原先还怀疑他是无辜的，自然也打消了那个念头。"

"他这是当堂坦白。"我脱口而出。

"不，因为他接下来就抗议说自己是无辜的。"

"前面已经有了这么多的事实依据，他这话至少听起来叫人觉得可疑。"

"正好相反，"福尔摩斯说，"这倒是目前这一团乌云里我看到的第一道亮光。不管他有多么天真无知，他绝不可能傻到看不出来情况对他非常不利。若是他对自己被捕表示惊讶，或者假装愤慨，我倒要觉得十分可疑，因为在这种情况之下，惊讶或者愤怒都是不自然的反应，但心存诡计的人定会采取这种绝妙策略。他坦然接受现实的态度显示出，他要么清白无辜，要么就是一个善于自我克制、性格坚强的人。至于他说自己罪有应得，你设想一下他站在父亲的遗体旁边，而且毫无疑问就是那天他把孝道抛在脑后，跟父亲恶语相向，根据那个小女孩的重要证词，他还举起手来作势要打他父亲。你这么想一下，他的这种反应也是很自然的。他话语里表现出来的自责和忏悔在我看来，正说明他是个身心健全的人，而不是罪犯。"

我摇了摇头，说："好多人的案子证据比这少得多，也给绞死了。"

"的确如此。也有好多人死得冤枉。"

"这年轻人本人对这事的说法是怎样的？"

"恐怕他的说法对于支持他的人来说很不令人鼓舞，但是这里有两个地方可能有所暗示，在这里，你不妨亲自看看。"

他从随身行李中取出一份赫里福德当地的报纸，翻到下面，指给我看其中一个段落，正是那个不幸的年轻人讲述事情经过的部分。我在车厢的角落里坐下来，仔细阅读：

詹姆斯·麦卡锡先生——死者的独子，应传讯作证如下："我离家三天去布里斯托尔，上礼拜一也就是本月三日早晨刚刚返回。我回家的时候父亲不在，女仆告诉我说他跟男仆约翰·考博驱车去了罗斯。我到家后，很快就听到庭院里有他乘坐马车的车轮声，我从窗口望出去，见他下了车，匆忙走了出去，但我并不知道他是往哪个方向去。随后我带上枪，往博斯库姆谷的方向散步，想去池塘边上打兔子。路上我看到了猎场看守威廉·克劳德，正如他证词所述，但是他误以为我是在跟踪我父亲，其实我并不知道父亲就在我前面。大约距离池塘一百码的时候，我听到一声'库伊'的叫声，这是我跟父亲之间常用的一个联络信号。所以我赶上前去，见他站在池塘边上。他见到我似乎很吃惊，然后就相当粗暴地问我在那里干什么。接下来的谈话越来越激动，因为我父亲脾气暴烈，我们互相斥骂，甚至差点动起手来。我见他怒气大发，几乎不可抑制，就离开他转身朝哈瑟利农场走去。但是当我走出一百五十多码开外时，听到身后传来一声痛苦的叫喊，所以我马上跑了回去。我看到父亲头部受了重创，奄奄一息地倒在地上。我扔掉猎枪把他搂在怀里，但他几乎立刻就断了气。我跪在他身边等了一会儿，就去距离最近的特纳先生的庄园看门人家寻求帮忙。我回去的时候没见到父亲身边有人，我也完全不知道是谁将他打伤的。父亲为人不太受欢迎，举止有些冷漠，教人难以亲近，但是据我所知，没有什么仇敌跟他作对。这就是我了解的全部情况。"

"我扔掉猎枪把他搂在怀里"

验尸官：你父亲临终前对你说过什么吗？

证人：他嘟囔着说了几个字，但我只听出来他提到一只老鼠什么的。

验尸官：你觉得他这话是什么意思？

证人：我听不出这有什么意思。我觉得他是神志不清了。

验尸官：你跟父亲最后那次争吵是为了什么事？

证人：我不想回答这个问题。

验尸官：恐怕我必须了解这一点。

证人：恕难从命。但我可以保证此事跟接下来的悲惨事件并无任何关联。

验尸官：有无关联是由法庭来决定的。我不说你也明白，你拒绝回答这个问题会使你在下一步的庭讯中处于不利境地。

证人：我坚持不做回答。

验尸官：我想"库伊"是你跟父亲之间常用的讯号？

证人：是的。

验尸官：那么为什么他在看到你之前就喊出这个信号了呢？他甚至还不知道你已经从布里斯托尔回来了。

证人（颇感迷惑）：我不知道。

陪审员之一：你在听到父亲的喊叫声返回、见到父亲重伤倒地之前，有没有发现周围有可疑的东西？

证人：大概没有。

验尸官：你这话什么意思？

证人：我冲出树林的时候情绪激动，相当失常，我满脑子想的就只是我父亲。但我有个模糊印象，仿佛我碰到了落在我左边地上的某样东西。我感觉那件东西是灰色的，好像是件大衣，或者披肩什么的。我从父亲身边站起来的时候，又找那件东西，但是那东西已经不见了。

"你是说那东西在你去找人帮忙之前就不见了？"

113

"是的，不见了。"

"你说不出那是件什么东西？"

"说不出。我只是觉得那儿有件东西。"

"那东西距离遗体有多远？"

"大约十二码。"

"离树林边又有多远？"

"也差不多同样距离。"

"也就是说那东西是在离你十二码左右的地方被挪走不见了的？"

"是的，但我当时背对着它。"

证人证词到此为止。

我看完之后说："我觉得验尸官最后几句话对小麦卡锡相当严厉。他合理地指出了几个矛盾的地方，比如他父亲还没见到他就给他发出了信号，并且他拒绝讲出与父亲谈话的具体内容，还有他提到父亲奇怪的临终遗言。正如他所说的，这些对小麦卡锡都相当不利。"

福尔摩斯轻轻笑了笑，在铺了软垫的座椅上舒展身体。他说："你和验尸官都费了不少力气，挑出了对这个年轻人最有利的几点。你不觉得吗，照你们的说法，他一会儿显得毫无想象力，一会儿又显得想象力太丰富。他太没有想象力了，甚至无法编造出一个争吵的理由，在陪审团面前获取同情；他又太有想象力了，竟然自觉地编造出这么奇怪的临终遗言，什么一只老鼠云云，还有那件消失的衣物。不，先生，我处理这个案子，就要从假设这个年轻人的证词全是真话开始。我们且等着瞧，看这个假设会将我们带往何处。我要读我的袖珍本彼得拉克①著作了，见到现场之前，关于此案，我一句话也不会再说了。再有二十分钟我们就到斯温登了，我们就在那儿吃午饭。"

我们经过了美丽的斯特劳德山谷，越过了波光粼粼、水面广阔的塞文河，快四点钟的时候，终于到达了美丽的乡间小城罗斯。一个身材细瘦的男人正在站台上等着我们，他相貌狡猾，举止诡秘，活像一只雪貂。尽管他学这一带乡下人的样子，身穿风衣、系着绑腿，我还是毫不费力就认出，此人正是苏格兰场的雷斯垂德。我们一道乘车到了赫里福德阿姆斯旅馆，那里已经为我们预订了房间。

我们坐下来喝茶的时候，雷斯垂德说："我已经雇了一辆马车。我知道你是个急性子，你是必定要马上到作案现场才会满意的。"

福尔摩斯回答道："你真是太客气了。其实去与不去端赖气压之高低。"

雷斯垂德仿佛吃了一惊。"我不大明白你是什么意思。"他说。

"气压计读数如何？二十九英寸汞柱②。我明白了。不过没有风。天空也晴朗无云。我这里有整整一盒香烟要抽，这里的沙发比一般乡村旅馆里讨厌的陈设要好得多。我想我今天晚上大概用

---

① Petrarch（1304—1374），意大利诗人、学者，欧洲人文主义运动的主要代表。
② 29 英寸汞柱 = 736.6 毫米汞柱，远低于一个标准大气压，非常低，通常预示会有坏天气来临。

不着马车了吧。"①

雷斯垂德放声大笑。"你无疑已经根据报纸上的报道下了结论,"他说,"这件案子案情一清二楚,你了解得越多就越清楚。当然,我们也不好拒绝一位女士的要求,何况是这么一位真正的淑女。她听说过您的大名,想征询您的意见,尽管我也跟她多次说过,您所能做的,也无非就是我们已经做过的这些事情。天哪!她的马车已经到门口了。"

他话音未落,一位女士就冲了进来,这是我平生所见最为可爱的女子之一,她生着一双紫罗兰色的眼睛,嘴唇张开,两颊泛红。她是那么激动,满脸忧色,将那一股天生的矜持之色全抛到脑后去了。

她扫了我们两人一眼,凭着女人直觉的快速反应,把目光停在我朋友身上,"噢,夏洛克·福尔摩斯先生!您来了我真高兴。我特地来跟您说。我知道不是詹姆斯干的。我希望您开始侦察的时候就知道这一点。请您绝不要有所怀疑。我们打小就认识,他的缺点我比谁都清楚,他心地善良得连苍蝇都不忍伤害。凡是真正了解他的人都会觉得这种指控真是太荒谬了。"

"希望我们能帮他洗清罪名,特纳小姐,"夏洛克·福尔摩斯说道,"您尽管放心,我会竭尽全力做到这一点。"

"可您也看过证词了。想必您也得出了一定的结论?您有没有看出证词里有什么漏洞,或者疑点?您难道不觉得他是无辜

---

① 有研究者指出,福尔摩斯此处对于天气的判断与前文的气压计读数矛盾,有悖于一般的科学常识。

116

的吗？"

"我觉得很可能是这么回事。"

她猛地抬起头，挑衅地望着雷斯垂德，叫道："您瞧！听见没有！他给了我希望。"

雷斯垂德耸了耸肩，说道："恐怕我这位同行结论下得太仓促了些。"

"雷斯垂德耸了耸肩"

"可他是正确的！我就知道他是正确的。詹姆斯绝对没有杀人。至于跟他父亲吵架的事情，我敢肯定地说，他不肯跟验尸官讲出来是因为关系到我的缘故。"

福尔摩斯问："此话怎讲？"

"现在这种时候我也不必隐瞒什么了。詹姆斯跟他父亲为了我的缘故有很大的分歧。麦卡锡先生急着想让我们俩结婚。我和詹姆斯一向情同手足，但是他还这么年轻，生活经历还远远不够，而且——何况——总之，他现在自然还不想结婚。所以他们才经常争吵。我相信，这次也不例外。"

福尔摩斯问："那令尊的意思如何？他也赞同让你们结合吗？"

"不，他也反对。只有麦卡锡先生一个人这么想。"在福尔摩斯锋利的眼睛充满疑问的扫视下，她年轻的俏脸上泛起一片红晕。

他说："谢谢您提供的情况。若我明天登门拜访，可以见见令尊吗？"

"恐怕医生未必允许他见客。"

"医生？"

"正是。您没有听说过吗？家父多年以来身体一直不好，但是这件惨事彻底将他摧垮了。他卧床不起，威路斯大夫说他身体完全垮了，神经系统也不行了。麦卡锡先生生前是爸爸当年在维多利亚的熟人里唯一还在世的了。"

"啊！在维多利亚！这一点很重要。"

"没错，是在矿区。"

"想必是了，据我猜，特纳先生是在金矿上发的财。"

"是的，当然。"

"谢谢您，特纳小姐。您的话对我有很大的帮助。"

"明天一有任何新消息就请您告诉我。毫无疑问您是要去监狱看詹姆斯的。哦，福尔摩斯先生，您去的话，别忘了告诉他我知道他是无辜的。"

"我会的，特纳小姐。"

"我得回家了。爸爸病得厉害，我一离开他身边他就想我。再见，上帝保佑您办案顺利。"她匆忙离开了房间，正如她来时一般突然，我们很快就听到她的马车沿着街道走远了。

沉默了几分钟之后，雷斯垂德愤慨地说："福尔摩斯，我真为你感到惭愧。你明知道要让她失望，为什么还要燃起她的希望呢？我并不是个软心肠的人，可你这么做真是残酷。"

福尔摩斯说："我想我已经找到办法解除詹姆斯·麦卡锡的罪名了。你已经定好要去监狱看他了吗？"

"是的，但只有你和我两个人。"

"看来我得重新考虑我不愿外出的决定了。我们今天晚上还有时间坐火车去赫里福德见他吗？"

"时间足够。"

"那我们走吧。华生，恐怕你会觉得时间漫长，但我只不过离开几个钟头而已。"

我跟他们散步到了车站，随后一个人在小城的街道上漫步，最后又回到了旅馆，躺在沙发上，试图靠一本黄皮廉价小说解闷。可是那故事的情节跟我们正在摸索的这些谜团比较起来显得非常单薄，我的注意力常常从小说中转到现实上来，最后我把书扔到房间一边，开始集中精神思考白天的事情。假设这个不幸的年轻人所说的话全是真的，那么在他离开父亲到听到惨叫声又赶回林间空地的那段时间里，到底发生了什么可怕的、完全无法预料的异常惨祸？事情如此可怕，又如此致命。到底是什么呢？凭着我做医生的本能，能否从他受伤的状况中得出什么线索？我打铃叫人，要了一份郡里的周报，报上有一篇完整的审讯记录。外

"试图靠一本黄皮廉价小说解闷"

科医生的证词说，死者左侧头骨后部第三块骨骼被钝器猛击碎裂。我在自己脑袋上比画出那个部位。很明显，这样的一击一定是从身后袭来的。这一点在某种程度上对被告有利，因为有人看到他跟父亲争吵的时候是面对面的。但这也不足以证明什么，因为也许死者在遭到袭击的时候转过身去了。还有就是那句奇怪的临终遗言，提到一只老鼠。那是什么意思？不可能是神志不清。遭到突然袭击的人临终的时候通常不会丧失神志。不，更有可能的是他想说明他是怎么遭到不幸的。但是他的话到底暗示些什么呢？我绞尽脑汁想要找出个可能行得通的解释。还有小麦卡锡看到的那块灰色布料。如果他的话属实，那一定是凶手逃跑时落下的衣物。那凶手定然胆大过人，竟然趁那儿子跪在地上，背朝着他的那一刹那，又回去从仅距苦主几步之遥的地方将衣服取走。

整件事情简直就是一串不可思议的难解之谜！我觉得雷斯垂德的看法毫不奇怪，然而我对福尔摩斯的洞察力深信不疑，所以一旦有新的事实出现，似乎可以证明他对于小麦卡锡无辜的论断，我就觉得仍有希望。

夏洛克·福尔摩斯回来的时候已经很晚了。他是一个人回来的，因为雷斯垂德在城里的旅馆里住下了。

他坐下来的时候说："气压仍然很高。我们到达现场之前可不能下雨，这一点很重要。再说了，要处理这么一桩事情，人得保持最好、最敏锐的状态，我可不想在长途旅行累了一天之后再去现场。我已经见过小麦卡锡了。"

"案子有进展吗？"

"没有。"

"他没提供什么线索吗？"

"一点都没有。我曾经一度以为他知道谁是凶手并且在替他/她掩饰，但是现在我相信，他跟其他人一样迷惑不解。这个年轻人不算机灵，但是看起来相貌清秀，而且，我觉得他心理正常。"

我说："要是他的确反对跟像特纳小姐这么一位迷人的年轻女士结婚的话，那我对他的品位可不敢恭维。"

"啊，这里面有个令人痛苦的故事。这个小伙子疯狂地爱着她，但是大约两年前，那时候他才是个毛头小子，因为她离家去读寄宿学校，所以那时候他还不算真正认识她，这个傻小子竟然落入布里斯托尔一个酒吧女招待的手中，跟她注册结了婚。没人知道这件事，但是你可以想象一下，他愿意付出一切去做这件事，却又明知这是根本不可能的，结果竟因为不肯去做这件事而招致责骂，还有比这更能让他发火的吗？他最后一次跟父亲会面的时候，父亲责令他向特纳小姐求婚，正是这种狂怒才令他忍不住要对父亲动手的。另外，他根本没办法养活自己，他父亲又是那么个暴躁、难对付的人，要是他知道真相，一定会把他赶出家门。他之前三天在布里斯托尔就是跟他那个酒吧招待老婆在一起，他父亲的确不知道他身在何处。记住这一点。这很重要。但是因祸得福，这个酒吧招待从报纸上看到他惹了大麻烦，很可能要被绞死，就彻底抛弃了他，写信说她在百慕大造船厂本来就有个老公，因此他们俩之间压根儿就没有夫妻的名分。我觉得这个消息对遭受了这么多不幸的小麦卡锡来说，也算是点安慰。"

"但是如果他是无辜的，那是什么人干的？"

"啊！是谁呢？我要特地提醒你注意这两点。一是死者跟某人约好在池塘边上会面，而这个某人不可能是他儿子，因为儿子不在家，他也不知道他什么时候回来。再就是死者还不知道儿子已经回来了，就喊'库伊'。整个案件就取决于这关键的两点。现在，要是你愿意，我们来谈谈乔治·梅瑞狄斯①吧，这些琐事我们留到明天再说。"

正如福尔摩斯预测的，没有下雨。第二天一早天色如洗，一片云彩都没有。九点钟的时候，雷斯垂德乘着马车来接我们，我们起程去哈瑟利农场还有博斯库姆池塘。

雷斯垂德说："今天早上有个大新闻，据说大院里住的特纳先

---

① 梅瑞狄斯（George Meredith， 1828—1909），英国小说家、诗人，擅长人物心理刻画，其内心独白技巧为意识流先导，主要作品有长篇小说《利己主义者》、诗作《现代爱情》等。

生病得厉害，甚至有生命危险。"

福尔摩斯说："我猜他年纪很老了吧？"

"大约六十岁，但是早年在海外的生活把他的身体搞垮了，他生病已经有一段时间了。这件事情对他的健康造成了很坏的影响。他是麦卡锡的老朋友了，而且还是他的大恩人，因为我听说哈瑟利农场给麦卡锡是不收租金的。"

"真的吗！这就蹊跷了。"福尔摩斯说。

"哦！真是这么回事！他帮他忙的地方多了去了。这里每个人都在谈论他对他的好处。"

"真的！这个麦卡锡看起来本人几乎身无长物，又欠了特纳这么大的人情，竟然还说要自己的儿子娶特纳家的女儿云云，难道你不觉得奇怪吗？特纳小姐估计应该是这里产业的继承人，而他说起来仿佛这就是板上钉钉的事，只差一个求婚就能解决，然后就万事大吉了？而且我们知道特纳本人是反对这个安排的，这就更奇怪了。这都是他女儿说的。你从这里面看不出什么蹊跷来吗？"

"我们已经做过一番推理了，"雷斯垂德说着，朝我使了个眼色，"福尔摩斯，先不用追着理论和想象满天飞，单是对付实际案情就够我忙的了。"

福尔摩斯故作严肃地说："你说得对，单是实际案情就够你忙的了。"

雷斯垂德略带热情地回答说："不管怎么说，有个事实我能掌握，对你却颇有难度。"

"那是——"

"就是老麦卡锡是死在小麦卡锡手上的，与此相反的所有理论都只不过是空谈，犹如水中捞月。"

　　福尔摩斯大笑道："有月光总比一片浓雾强些。不过，前面左边若不是哈瑟利农场的话，我可就大错特错了。"

　　"没错，正是。"前面是一座宽敞的两层建筑，石棉瓦的屋顶，灰色墙面上长着一片片的青苔，看起来十分宜人。可是关闭的百叶窗和烟火全无的烟囱显示出一种凄凉之色，仿佛刚发生的可怕悲剧仍然重重压在屋顶上。我们敲门，而后女仆应福尔摩斯的要求给他找来了主人去世时穿的靴子，还有儿子的一双靴子，尽管并不是他当时所穿的那双。福尔摩斯非常仔细地从七八处不

"女仆……找来了靴子"

同角度测量了这两双靴子，然后就要求带他去院子，我们从院子里沿着弯曲的小路去了博斯库姆池塘。

每当夏洛克·福尔摩斯这样热切地追查案件时，他看起来就像是变了个人。那些只熟悉贝克街上那个沉默寡言的思想家福尔摩斯的人若是现在见到他，一定都认不出来了。他脸上一会儿泛起激动的红晕，一会儿又阴沉下来，眉毛拧成了两条浓重的黑线，眼睛从那下面射出金属般犀利的光芒。他的头低垂着，弓着腰，嘴唇紧闭，他那细长但有力的脖颈上青筋毕现。像发现猎物急于追踪的动物一样，他的鼻翼扩大，精神完全集中在他所关注的案情上，这时即便有人问他什么问题，他也充耳不闻，或者最多给出一个不耐烦的粗暴回答。他迅速又毫无声息地沿着草地上的脚印跟踪过去，经过林中小径到了博斯库姆池塘。池塘边的土地潮湿松软，小径以及两边的草丛里都有许多足迹。福尔摩斯时而匆忙向前，时而静止不动，时而又绕个弯走到草地上。我和雷斯垂德跟他后面，那官方侦探面露不屑，一副冷漠的神情，而我却满怀兴致地始终观察着我的朋友，因为我相信，他的每个行动都有确定的目的。

博斯库姆池塘水面宽大约五十码，周围长满芦苇，池塘正好将哈瑟利农场跟富裕的特纳先生的私家园林分隔开来。从池塘对岸的树木枝头望过去，可以看到那位有钱的地主家房屋突出的红色尖顶。哈瑟利这边的池塘边树木生得十分浓密，在树木和水里的芦苇之间，有些水生的野草，形成一条二十步左右长的狭窄带状。雷斯垂德指给我们看尸体被发现的确切地点，的确，因为地面潮湿，我可以清晰地看出被害人遭到袭击之后倒下去留下的痕迹。我从福尔摩斯急迫的面部表情以及专注凝视的眼神可以看出，他一定从这些踩倒的草丛中发现了更多的东西。他像追踪某种气息的猎狗一样跑来跑去，而后又转身朝着我的同伴，问道："你当初到池塘里干吗去了？"

"我用耙子在池塘里捞东西来着。我想也许那里能有武器或是其他踪迹。但是你到底——"

"得了！我没有时间听你啰嗦！你这么一来，这里到处都是你那朝里面弯的左脚脚印。鼹鼠都能循着踪迹找过来，然后脚印就消失在芦苇丛里了。哦，要是我能提前一步，不等他们像一群水牛打滚一样把原来的痕迹搞得乱七八糟，那事情该有多么简单。这里是庄园看门人领人走过的痕迹，他们把遗体周围六到八英尺的范围内所有足迹都踏没了。但这里有同一双脚留下的三个脚印。"他取出放大镜，伏身趴在雨衣上仔细观察，一边还在自言自语，"这些是小麦卡锡的脚印。他来回走了两趟，一次步履匆忙，所以脚板部分痕迹深而鞋跟很浅。这就证明了他的说法。他见到父亲倒在地上就匆忙跑了过来。这里是父亲来回踱步的脚印。那这个又是什么呢？这是儿子站在这里听父亲讲话的时候猎枪柄的痕迹。那这个呢？哈哈！看我们在这里找到什么了？蹑手蹑脚地走过来。步伐坚定。这双靴子可不寻常。他走过来，走过去，又回来——当然，回来取斗篷。他是从哪边过来的呢？"他来回地跑，一会儿追丢了，一会儿又找到了那踪迹，直走到树林边上一棵大山毛榉树的阴影之下，这棵树是附近最大的。福尔摩斯一直追到树影边上，又伏下身去，发出一声满意的轻叫。好长一段时间里，他就待在原地，在树叶和枯枝中翻来翻去，把一堆我看着像是灰尘的东西收到一个信封里，然后用放大镜仔细观察地面，甚至树皮，只要他能够得着的地方，都不放过。附近的苔藓中有一块凹凸不平的石头，他也拿起来仔细研究一番，然后也收了起来。然后他顺着林中小路走到大路上，所有的踪迹到那里都消失不见了。

"好长一段时间里，他就待在原地"

他又恢复了常态，说道："这个案子相当有趣。我猜想右边那幢灰色房子一定就是看门人住的地方。我打算进去跟莫兰说几句话，可能还要写个字条，然后我们就乘马车回去吃午饭。你们可以先回马车上去，我随后就来。"

大约十分钟后我们又回到了马车上，驱车回罗斯，福尔摩斯仍然把那块他从林中捡来的石头带在身边。

他把石头取出来，说道："雷斯垂德，这个你可能会感兴趣的。这就是凶器。"

"我看不出什么痕迹。"

"没有痕迹。"

"那你怎么知道它就是凶器？"

"这块石头下面还长着草。说明它放在那儿的时间不长。也看不出它是从哪里取出来的。石头的形状跟伤口相吻合。没有其他凶器的痕迹。"

"那凶手又是谁呢？"

"是个男人，身材高大，左撇子，右腿瘸，穿一双厚底猎靴，灰色斗篷，抽印度雪茄，口袋里有把很钝的削笔刀。还有几个其他特征，但是这些已经足够我们找到这个人了。"

雷斯垂德大笑起来。他说："恐怕我还是要抱怀疑态度。您的理论的确不错，但我们那帮固执的英国陪审团可未必肯听这一套。"

"我自有办法。"福尔摩斯从容作答。"你有你的办法，我有我的办法。我今天下午会很忙，可能今天我就乘晚班火车回伦敦。"

"就这么让案子悬而不决？"

"不，案子结了。"

"那些待解之谜呢？"

"都已解决了。"

"那凶手是谁呢？"

"就是我描述的这位先生。"

"可他到底是谁呢？"

"要找到这个人一定不难。这一地区人口并不算多。"

雷斯垂德耸了耸肩，说道："我是个讲求实际的人，我可不打算到处乱跑，去找一个瘸腿左撇子男人。那我可真成了苏格兰场的大笑柄。"

福尔摩斯平静地答道："别管怎么说，我已给了你机会。你住的地方到了。再见。我走之前会给你写信的。"

我们把雷斯垂德留在他的住处，驱车到了我们的旅馆，发现午餐已经摆在桌上。福尔摩斯面露苦色，像是遭遇到什么难题一般，沉默不语，一直冥思苦想。

餐桌收拾干净之后，他说："华生，你来，坐到这边椅子上，听我唠叨几句。我有点不知如何是好，很想听听你的建议。点上根雪茄，让我跟你详细解释一下。"

"你请说吧。"

"好吧。在这个案子里，小麦卡锡的陈述中有两点我们两个都一看就印象深刻，尽管你我结论刚好相反，我觉得他是无辜的，而你加深了对他的怀疑。第一点是，据他的说法，他父亲在没看到他之前就喊了一声'库伊'；第二点就是他那奇怪的临终遗言，居然提到一只老鼠。你也知道，他嘟囔着说了几个词，但儿子听明白的只有这个。我们的研究必须从这两点入手，而且前提是我们必须假设儿子所说的一切全是事实。"

"那这个'库伊'是什么意思？"

"明显他这并不是叫给他儿子听的。他只知道儿子在布里斯托尔。儿子只是碰巧听到而已。他这声'库伊'是为了招呼那个跟他约好见面的人。'库伊'显然是一种澳大利亚的叫法，是澳大利亚人之间的招呼方式。这样一来，我们很容易假设麦卡锡在博斯库姆池塘边要见的那个人曾经去过澳大利亚。"

"那老鼠又是怎么回事？"

夏洛克·福尔摩斯从口袋里取出一张纸，在桌上摊开来。"这是维多利亚殖民地的地图。"他说道，"是我昨天晚上拍电报去布里斯班要来的。"说着，他用手挡住地图的一部分。"你看这写的是什么？"

"阿拉特。"①

他把手拿开，又问："现在呢？"

"巴拉腊特。"

"确实如此。这就是那人临终时说的话，他的儿子只听清楚后面两个音节。他是想说出凶手的名字，就是巴拉腊特的某某人。"

"真了不起！"我不禁叫道。

"这没什么。你再看，这就把怀疑范围大大缩小了。假定儿子所说的均为事实，那么，第三点肯定就是这个人还拥有一件灰色大衣。我们现在已经从含混的案情中得到明确概念：某人，来自澳大利亚巴拉腊特，拥有一件灰色大衣。"

"定然如此。"

"这人的家就在这个地区。因为要去池塘必须经过农场，或者那座大宅子，那些地方几乎没有陌生人走动。"

"的确。"

"随后就是我们今天外出考察的收获。我通过勘察那边地面的状况，得到了一些关于凶手特征的细节，我都说给那个愚蠢的

---

① ALAT（阿拉特），与"a rat"（一只老鼠）发音相似。

雷斯垂德听了。"

"可你是怎么知道这些的？"

"我的方法你是了解的。都是通过观察一些微不足道的小事。"

"我知道你大概可以根据他步幅大小大致推断出他的身高。还有他的靴子，大概可以从脚印上判断出来。"

"是的，那双靴子很特别。"

"可你怎么看出他腿瘸的呢？"

"他右脚的脚印总是比左脚要浅，说明他踩下去的时候用不上力。原因？因为他走路一瘸一拐——他是个跛子。"

"他是个左撇子，你又是怎么知道的？"

"审讯记录中外科医生所说的伤口特征，你也觉得印象深刻。凶器打中正后方，但是是在左边。想想看，除非袭击者是个左撇子，不然怎么可能如此？父子两个见面的时候，他就躲在那棵树后面。他甚至还在那里吸烟来着。我找到了一截雪茄烟的烟灰，根据我对于烟灰的特殊知识，我能判断出那是一支印度雪茄。你也知道，我对烟灰的研究也颇下过一番功夫，曾经就一百四十种不同的烟丝、雪茄和烟卷形成的烟灰写过一篇小文。找到烟灰以后，我往周围看了一圈，在苔藓中找到了烟头，凶手就把烟头扔在那边。这是一种印度雪茄，在鹿特丹卷制而成。"

"那烟嘴呢？"

"我看出烟头没有他衔过的痕迹。所以他一定用了烟嘴。雪茄的尖端是被削掉的，而不是咬掉的，但切口不爽利，所以我推断出他身上有把钝刀子。"

"他就躲在那棵树后面"

我说:"福尔摩斯啊,你织就一张天罗地网,叫凶手无从逃脱,你拯救了一个无辜的生命,简直就等于是你一手斩断了他颈上要绞死他的绳索。我看出你方向所指了,凶手是——"

"约翰·特纳先生到。"旅馆的伙计打开我们起居室的房门,

"约翰·特纳先生到"

带进来一位访客。

　　来人与众不同，令人印象深刻。他脚步缓慢，跛足，肩膀低垂，老态龙钟，但面容粗犷强悍，脸上刻着深深的皱纹，又显示出他具有超人的体魄和强硬的个性。他胡子拉碴，头发蓬乱，一双浓眉低垂下来，显示出一种尊严和权威，但他脸色煞白，嘴唇和鼻翼略显蓝色。我一看便知，他身患某种致命的痼疾。

福尔摩斯温和地招呼道："您请沙发上坐。您看到我留的条子了？"

"是的，庄园门房拿给我看了。你说你想让我来这里见你，从而避免一场丑闻。"

"我想要是我去法庭的话，人们会说闲话的。"

"你为什么要见我？"他望着我的同伴，疲倦的双眼露出绝望之色，仿佛他已经知道福尔摩斯会如何作答。

福尔摩斯说："没错。"这话不像在回答他的问话，倒像是回应他脸上的神色。"是这么回事。麦卡锡的事我都知道了。"

老人将脸埋在双手中。"老天哪！"他哭道，"我本不想伤害到那个年轻人的。我向你发誓，若是巡回法庭作出不利于他的判决，我会说出真相的。"

福尔摩斯严肃地答道："听到您这么说我很高兴。"

"要不是为了我那亲爱的女儿，我现在就已经说出来了。这样一来她得伤透了心——听说我要坐牢，她心都要碎的。"

福尔摩斯说："未必非要如此。"

"什么？"

"我不是官方的侦探。是您女儿请我到这里来的，我是代表她的利益来办事的。但必须为小麦卡锡洗脱罪名。"

老特纳说："我已经时日无多。我身患糖尿病已有多年。我的医生说，我能不能再活一个月都是个问题。可我还是宁愿死在自家的屋子里，而不是牢房里。"

福尔摩斯起身取了一沓纸放在面前，手中握笔，在桌旁坐了下来，说道："把真相告诉我们吧。我把事实记录下来。您签字，华生可以作为现场证人。紧要关头我会把您的自白书呈上以挽救小麦卡锡的生命。我向您保证，除非绝对必要，我决不会利用这份文件。"

　　老人说："这样最好。我能不能活到巡回法庭的宣判还是个问题，所以这对我倒无关紧要，但我希望不要让爱丽丝遭受这样的打击。现在我就把事情全部讲给你听；事情的经过非常漫长，讲来却费不了多少时间。

　　"你不了解死者麦卡锡，他简直就是恶魔的化身。记住我的话吧。上帝保佑你不会落到这么一个人手里。我遭他控制已经有二十年了。他毁掉了我的生活。让我先来告诉你我是怎么落入他手掌心的。

　　"那是在六十年代早期，在矿区。我那时候还是个毛头小子，头脑冲动，不安分，什么都想伸手试试，我交了一帮不成器的朋友，喝上了酒，开矿失利，还落草为寇，成了你们这里所谓的公路劫匪。我们一伙六人，过着狂放不羁的生活，时不时袭击车站，或是拦路抢劫去往矿区的马车。我那时的诨号叫作巴拉腊特的黑杰克，现在那个殖民地，人们还记得我们这帮人，叫作巴拉腊特匪帮。

　　"一天，有个车队护送金子从巴拉腊特到墨尔本，我们埋伏在路上，袭击了马车。对方有六个骑兵，我们也是六个，双方势均力敌，但我们一举将四名骑兵射下马来。但是，不等我们夺下赃物，已经有三个同伴丧命了。我用手枪指着货车车夫的头，那

135

车夫就是这个麦卡锡。我向上帝起誓，我当时真该一枪毙了他，可我饶了他的性命，但我看到他那双歹毒的小眼睛紧盯着我的脸，好像要记住我的相貌。我们夺下了金子，发了财，神不知鬼不觉地取道返回英格兰。回来后，我跟同伙分了手，决心安顿下来，平静而体面地生活。这块地产当时碰巧出售，我就买了下来，开始用我的钱多少办点好事，也算是对我这钱的来历作出点补偿。我还结了婚，尽管内子早亡，却给我留下了个亲爱的女儿小爱丽丝。甚至她还是个婴儿的时候，她那双小手就仿佛在向我指明正路，而从前什么也不曾令我改邪归正。一句话，我翻开了新的一页，尽力弥补我从前的所作作为。一切都井井有条，直到我落入麦卡锡的魔爪。

"我有一次为了一项投资的事情进城去，在摄政王大街碰到他，他当时穷困潦倒，几乎分文不名。

"他拍拍我的胳膊说：'我们又见面了，杰克，我们跟你亲如一家。你不妨关照我们两个人，我和我儿子。如若不然——英国可是个遵纪守法的好国家，我一招呼就会有警察上来。'

"因此，他们就跟着我来到了西南部，根本没有办法甩开他们，从那以后他们就免费住在我最好的土地上。我一刻不得安宁，不论去到什么地方，他那张狡猾的笑脸总是出现在我近旁。随着爱丽丝长大，情况越来越糟糕，因为他很快就看出来，我害怕被女儿知道我的过去，比怕警察更甚。他想要什么就必须到手，不论那是什么我都无条件地给他，土地、金钱、房屋，直到最后他向我索要一件我决不可能给他的东西。他要爱丽丝。

"您知道,他儿子跟我女儿一样,也长大了,他知道我身体不好,于是想让他儿子染指我的全部产业。但在这一点上我十分坚决,我决不愿意让他那可恶的血统跟我的家族结合;并非是我不喜欢那个年轻人,但他身上流着他的血,这一点就够了。我决不松口。麦卡锡威胁我。我对他说即便他使出最恶毒的招数我也不在乎。我们约好在两家之间的池塘边见面,谈出个结果来。

　　"我们到了那里之后,我发现他正在跟儿子谈话,因此我抽了根雪茄在树后面等他儿子离开。但是我越听他讲话就越愤怒,心中的愤恨和怨毒无以复加。他逼着儿子娶我女儿,丝毫不顾及她对这事怎么想,仿佛她是街上的娼妇。一想到我和我所珍爱的一切都将落入这么个人手中,我简直要疯了。我能不阻止这场婚事吗?我已经病入膏肓,满怀绝望。尽管我头脑清楚,身体尚还有些气力,但我知道自己已经在劫难逃。那些痛苦的过去还有我的女儿!只要我能让这恶毒的嘴巴闭上,我的过去和我的女儿就都能得救了。我做了,福尔摩斯先生。让我再回到当时我还会那么做。我的确犯下了重罪,可我这么多年苦难的生活都是在赎罪。我实在无法忍受让我的女儿也卷进这团是非。我毫不犹豫地将他打倒在地,就像打倒一头恶毒的野兽。他的叫声把他儿子又招了回来;那时我已经藏身在树林里了,但我还是不得不回去取我逃跑时落下的斗篷。先生们,这就是发生的一切真实情况。"

　　老人在写好的自白书上签字的时候,福尔摩斯说:"轮不到我来审判您。但愿我们永远不要接受这种考验。"

　　"先生,但愿如此。您打算怎么办?"

　　"考虑到您的健康状况,我什么也不打算做。您本人很清楚，要不了多久您就要为您所做的一切接受比巡回法庭更高的审判。我会保存好您的自白书，如果小麦卡锡被判有罪，我将被迫使用这份文件。除非如此，这份文件绝不会被任何人看到；不论您是死是活，我们都为您保守这个秘密。"

老人沉重地说："那么再见吧。终有一天，你们大限将至的时候，想到你们曾经带给我临终的安宁，死亡的痛苦也会减轻几分。"他步履蹒跚，高大的身体颤颤巍巍，缓慢地走出了房门。

好长一段沉默之后，福尔摩斯说道："上帝呀！为什么命运会

"老人沉重地说：'那么再见吧。'"

如此作弄这可怜无助的苍生？这么一桩案子比任何事情都更加令我记起班克斯特的话，也说一句：'若非上帝眷顾，夏洛克·福尔摩斯也难逃此劫。'① "

福尔摩斯帮辩护律师提出了几处强有力的反对意见，巡回法庭据此宣判詹姆斯·麦卡锡无罪释放。跟我们见面之后，老特纳又活了七个月，现在已经去世了；极有可能，那个儿子和女儿会走到一起，幸福地生活，对笼罩着他们过去的乌云一无所知。

---

① 据说十六世纪的英国宗教改革家和殉道者约翰·布拉福德每每看到有罪犯被送上绞架，都会感慨道："若非上帝眷顾，布拉福德也难逃此劫。"福尔摩斯在这里误将这句话安在了班克斯特（另一位神学家）头上。

五粒橘核

　　当我翻阅一八八二至一八九〇年间记下的夏洛克·福尔摩斯的探案记录时，发现有那么多案件都既奇特又有趣，使我常有难以取舍之憾。不过，其中有些已经通过报纸广为流传，另有一些尚不足以供我朋友施展其高妙难测的特异才能，他的这种才能正是那些报纸乐于渲染的题材。也有少数几个案子竟然把他都给难倒了，所以，即使讲述出来，也有头无尾。另有一些只是部分澄清了，整个案件的解释大多还是建立在推测和猜度的基础上，并没有他最为看重的顶合乎逻辑的证据。但这些案子里倒是有一个我很想讲一下，因为案子的细节实在非同寻常，结局又绝对出人意料，尽管其中有些要点还没有、可能永远也不会彻底水落石出了。

　　一八八七年接连发生了一系列趣味性大小不等的案件，我都留有记录。在这短短十二个月内，随便翻翻就有潘拉多尔大厦奇案，业余乞丐协会奇案——他们将一个低矮的家具储藏室改建成奢侈豪华的俱乐部，有关于英国三桅帆船"索菲·安德森"号失踪的诸多线索，有格里斯·帕特森在尤法小岛非同一般的历险，最后，还有坎伯维尔的中毒案。在这个中毒案中，大家也许还记得，夏洛克·福尔摩斯通过给死者的手表上发条发现表在两个小时前就已经上过了发条，因此证明死者在那段时间内业已上床就寝——这一推论对整个案情的水落石出起到至为关键的作用。所有这些案件我想留待将来再说，它们奇则奇矣，但跟我现在就想讲述的这个案件的怪异诡奇相比就真是小巫见大巫了。

时令是九月下旬，秋分前后的大暴风雨来得格外狂暴。一整天风都在尖叫，雨都在敲打着窗户，所以，即使在这个全靠人工建立起来的庞大的伦敦城中心，我们都被迫从日常生活的常轨中暂时抬起头来，认识到这些伟大的自然力的存在，它们正透过人类文明的栏杆冲着我们狂呼大叫，就像笼子里未被驯服的野兽。随着夜晚逐渐降临，暴风雨也越来越猛烈，风声听来就像个躲在烟囱里哭喊啜泣的小孩。夏洛克·福尔摩斯心绪不宁地坐在壁炉的一边编制他的罪案记录的互见索引，我则坐在另一边，一头扎进克拉克·拉塞尔杰出的海洋探险小说，直看得屋外的大风似乎都吹到了小说里，瓢泼的暴雨也与海上的波涛混成一片。我妻子去看望她母亲了，于是这几天内我又成了贝克街老寓所里的房客。

"喂！"我瞥了一眼我的搭档，"肯定是门铃响。今晚上谁还会来？也许是你的哪位狐朋狗友？"

"我就你一个朋友，"他答道，"我向来不喜欢客人。"

"那就是一位客户？"

"如果是，那案情就严重了。若非十万火急的事谁都不会在这种天气这个钟点出门来的。倒更像是房东太太的三姑六婆。"

夏洛克·福尔摩斯这次的臆测却是个错误，因为走廊里马上就有了脚步声，然后门就被敲响了。他伸出长胳膊把灯头从自己身边转到一把空椅子上头，访客无疑是要坐这把椅子的。

"请进！"他说。

进来的是一位看起来二十岁出头的年轻人，衣着整洁讲究，举止矜持优雅。手里兀自滴答不止的雨伞和身上闪闪发亮的雨衣正说明他是冒着多么恶劣的天气赶来的。他就着灯光心焦地环顾了一下四周，我清楚地看到他脸色苍白，眼睛疲乏呆滞，就像一个被巨大的焦虑给压垮了的人。

"抱歉打扰了，"他说着，把金质夹鼻眼镜戴上，"我担保自己不是有意打扰，但我恐怕已经将暴风骤雨的气息带进你们这个温暖舒适的房间里来了。"

"把您的雨衣和雨伞给我，"福尔摩斯说，"挂在这边的钩子上，很快就干了。我看，您是从西南部来的吧？"

"是的，我从霍舍姆来。"

"我是从您鞋尖上粘的黏土和白垩土看出来的。"

"我是专程前来求教的。"

"这再容易不过了。"

"并求助的。"

"这就不那么容易做到了。"

"我已久闻大名，福尔摩斯先生。我听普伦德加斯特少校讲过您是如何把他从坦克维尔俱乐部丑闻中解救出来的。"

"哦，这没什么。他被诬陷赌牌时作弊。"

"他说您无所不能。"

"他太言过其实了。"

"您从无败绩。"

"我败过四次——三次败于男人，一次败于女人。"

"他就着灯光心焦地环顾了一下四周"

"但您胜算无数！"

"不错，我还算得上成功。"

"那您也许就能成功地帮助我。"

"我请您把椅子挪得靠火再近一点，跟我详细说一下您的
案子。"

"这太不寻常了。"

"既然来找我，就没有寻常事。我都成了最高上诉法庭了。"

"但我仍然敢于怀疑，先生，在您所有的办案经历中是否还有比我的家族一连串的遭遇更神秘、更费解的先例。"

"这可让我大感兴趣了，"福尔摩斯说，"请把基本的情况从头道来，然后我再就我认为重要的细节提出来请教。"

这位年轻人朝前挪了挪椅子，把两只穿着透湿鞋子的脚伸到炉火边。

他说："我名叫约翰·奥本肖，不过我个人的情况，据我的认识，跟这桩可怕的事件关系不大。这是上代遗留下来的；为了让您有个清楚的概念，我真得从头说起。

"您要知道，我祖父有两个儿子，我伯父伊莱亚斯和我父亲约瑟夫。我父亲在考文垂有个小厂，刚发明自行车的时候他借机扩大了工厂的业务。他是'奥本肖耐用轮胎'的专利权持有人，生意非常兴隆，后来他干脆把工厂卖掉，乐得享享清福。

"我伯父伊莱亚斯年轻时就移民美国，成了佛罗里达州的种植园主，据说也干得相当不错。南北战争期间他在杰克逊将军麾下作战，后来隶属胡德部下，升任上校。①南军统帅罗伯特·李投降后，我伯父解甲归田，重返他的种植园，又住了三四年。他于一八六九或一八七〇年回到欧洲，在苏塞克斯郡靠近霍舍姆的地方买了一小块地产。他在美国积累了相当可观的财富，之所以离开那里是因为他厌恶黑人，也反感共和党赋予黑人公民权的政

---

① 杰克逊与胡德都是南军名将。

策。他性格乖僻，脾气暴躁，发怒时口不择言，最不喜与人交往。他在霍舍姆居住了那么多年，我都怀疑他是否曾涉足附近的城镇。他拥有一座花园，房子周围有两三块地，他可以在那里做做运动，可经常又连着几个星期足不出户。他白兰地喝得太多，烟也抽得很凶，但他不喜社交，不要任何朋友，连他的胞弟都难得往来。

　　"他倒并不讨厌我；事实上他很喜欢我，他第一次见到我的时候我还是个十一二岁的孩子。那应该是在一八七八年，他回到英国已经有八九年了。他请求父亲让我跟他一块儿住，他也确实是以他的方式疼爱着我。他没喝醉酒的时候喜欢跟我一起玩玩双陆①、下下象棋，他还让我在仆人和商业伙伴面前做他的代表，所以到我年满十六岁的时候，我就俨然成了个小当家的了。我有家里所有的钥匙，我爱到哪儿、愿做什么全都由我，只要我不打搅他的隐私就成。不过，我也有个唯一的禁区，那就是一个堆杂物的单间，也就是阁楼房子里的一间。那个房间常年上锁，他从不允许我或是任何人涉足。因为年少好奇，我也曾透过钥匙孔向里窥探，可是除了照例堆放的一些破旧箱笼和大小包裹之外我什么稀罕玩意儿也没看到。

　　"有一天，那是一八八三年三月份的一天，上校的餐盘前多了封贴着外国邮票的信。他收到信件可不是件寻常的事，因为他的账单都由现金支付，而且他什么样的朋友都没有。他拿起信来

---

①backgammon，或译"十五子棋"，供两个人玩的木板游戏，双方各持十五子,掷骰行棋。

的时候说了句：‘从印度来的！本地治里①的邮戳！到底怎么回事？’匆忙打开后，从信封里蹦出五粒干瘪的橘核，叭叭地都掉在他的盘子里。我忍不住大笑起来，但一看到他的脸色，笑容顿时在我唇边凝固了。他嘴唇耷拉下来，眼睛突出，面如死灰，紧紧盯着还攥在颤抖的手里的信封，‘K．K．K．！’他尖叫，然后继续叫道，‘上帝，上帝啊，我真是罪孽深重、在劫难逃啊！’

　　“‘那是什么，伯伯？’我叫道。

　　“‘死亡。’他说着，从桌子旁站起身来，退回自己的房间，留下我一个人在那儿心惊胆战。我拿起那个信封，看到里层的信封封口处，就在涂胶水处的上方有三个用红色墨水潦草写的重复的‘K’字。除了那五粒干了的橘核外别无他物。伯父为什么会怕成这样？我离开早餐的饭桌，上楼时正好碰上他下来，一手拿着把锈迹斑斑的钥匙，肯定是阁楼的钥匙，另一只手拿着个像是钱匣的小黄铜盒子。

　　“‘他们可以爱干什么就干什么，但我也要抗争到底，’他赌咒发誓地说，‘告诉玛丽今天在我的房间里生起火来，然后派人把霍舍姆的律师福德姆叫来。’

　　“我照他的吩咐做了，律师到了之后我被叫到他的房间里去。火烧得正旺，在炉栅里有一堆蓬松的黑色纸灰，那个黄铜盒子就放在一旁，盖子开着，但里面空无一物。瞥向那个盒子时我吓了一跳，因为盒盖上就印着早上我在那个信封上看到的三个‘K’字。

---

① Pondicherry，印度东南部港市。

"'约翰，'我伯父说，'我希望你亲自做我遗嘱的见证人，我把所有的财产，连同其所有的有利与不利之处，都留给我的胞弟，你的父亲，毫无疑问，最后还要传给你。如果你能平安无事地享有它，那就再好也没有了！但如果你发现不能，听我的话，孩子，那就把它留给你的死敌。原谅我送你这么一把双刃剑，但我也说不上事情到底会往哪方面发展。来，在福德姆先生指给你的地方签字吧。

"我按照指示签了文件，然后律师就把文件带走了。您可以想象，这一怪异离奇的事件给我留下了多么深刻的印象，我绞尽脑汁把它颠来倒去地想个没完，却一无所得。但不管怎么说，它所留下的恐怖感觉虽然模糊却怎么也挥之不去。不过几个星期过去了，并没有任何事发生，我们的日常生活一切照旧，这种感觉也就渐渐淡薄下来。但伯父的变化还是看得到的。他比以往喝得更凶了，加倍地离群索居，大部分时间都待在他的房间里，把自己反锁。有时他也会在一种醉酒后的狂怒中跑到房子外面，拿着一把左轮手枪在花园里狂奔，嘶声大喊他谁都不怕，不管是人还是恶魔，都不能像把羊关在羊圈里那样把他囚禁起来。等这阵邪火发泄完了之后，他却又会狂暴地冲进门来，然后马上上锁落闩，感觉就像面对深植在灵魂深处的恐怖再也硬撑不下去了。在那种情况下我曾看到过他的脸，即使在寒冷的天气里都会汗淋淋的，仿佛刚刚洗过脸。

"我长话短说吧，福尔摩斯先生，别再滥用您的耐心了，有天晚上，他又喝醉了跑出去，以后就再也没能回来。我们出去找他的时候，发现他脸朝下浮在一个冒着绿色泡沫的小水塘里，就

147

在花园的一角。没有发现任何暴力的迹象，而水塘才不过两英尺深，同时，鉴于他一贯行事乖张，验尸陪审团就下了个'自杀'的定论。但我了解他是多么害怕死亡，实在很难接受他竟然会主动求死。不管怎么说，这件事就这么过去了，我父亲接管了房产和大约一万四千镑存款。"

"我们……发现他脸朝下浮在一个冒着绿色泡沫的小水塘里"

"稍等一下，"福尔摩斯说，"您讲述的事件倒确是我闻所未闻的奇事。请您把您伯父收到那封信和假定自杀那天的确切日期告诉我。"

"信是在一八八三年三月十日收到的。他是七个星期之后在五月二日夜间去世的。"

"多谢。请继续讲下去。"

"我父亲接管霍舍姆的产业之后,在我的请求下对阁楼进行了细心的搜检。我们找到了那个黄铜盒子,但里面的东西已悉数被毁。在盖子里面发现有一张硬纸标签,上面有三个起首大写字母'K. K. K.',下面还写了一行字:'信件,备忘录,收条,登记簿'。据我们猜测,这指的应该就是被奥本肖上校销毁的文件内容。除此之外,阁楼上再没发现别的重要物件,唯一值得一提的是找到很多散乱的文件和笔记,记录的是我伯父在美国的生活经历。有些记录的是内战时期的经历,从中可以看出他忠于职守,曾享有勇士的美名。其余记录是南方各州重建时期的事,大部分都与政治有关,很明显他曾激烈反对那些北方派来的投机政客。

"我父亲是一八八四年初搬到霍舍姆来住的,到一八八五年一月前一切称心如意。新年过后的第四天,我们坐下来吃早餐的时候我听到父亲发出一声惊奇的尖叫。他坐在那儿,一只手上拿着一个刚打开的信封,另一只手摊开的掌心里有五粒干了的橘核。他一直嘲笑我讲的上校的遭遇是无稽之谈,但当时他看起来却非常惊恐和困惑,同样的事情竟然在他本人身上重演。

"'喂,这到底什么意思,约翰?'他结结巴巴地说。

"我的心沉得像铅块。'这就是 K. K. K.。'我说。

"他又看了看信封里面。'一点没错,'他叫道,'就是这几个字母。但这上面写的是什么?'

"'把文件放到日晷上。'我从他肩膀后头念道。

"'什么文件?什么日晷?'他问。

"'日晷就在花园里。没第二个了,'我说,'但所谓的文件

肯定就是已经销毁的那些。'

　　"'呸!'他壮起胆子骂道,'我们可是生活在一个文明国度里,不能容许这种装神弄鬼的蠢事发生。这东西是从哪儿来的?'

　　"'从邓迪①寄来的。'我看了一眼邮戳答道。

　　"'可笑的恶作剧,'他说,'我跟什么日晷什么文件的有什么干系?我才不会理睬这种胡言乱语呢。'

"这到底是什么意思"

　　"'我觉得应该报警。'我说。

　　"'让他们取笑我,觉得我是无中生有。我才不干这种蠢事。'

---

① Dundee,苏格兰东部一港市。

"'那让我来做好吗？'

"'不，我禁止你去报警。我才不会为这种胡言乱语庸人自扰呢。'

"跟他争辩是徒劳的，他为人非常固执。我无法可想，但心里充满大祸将至的不祥预感。

"收到信之后的第三天，父亲离家去看望一位老朋友弗里博蒂少校，少校是普茨当山一处堡垒的指挥官。我很高兴他这时候外出访友，感觉上仿佛他离家的时候离危险也就远了些。但我大错特错了。他离家后第二天，我收到少校发来的一份电报，要我立刻赶赴那里。我父亲栽到了一个很深的白垩矿坑里，这种矿坑附近有很多，他头骨破裂，已人事不省。我十万火急地赶去见他，但他就这么去了，再也没有恢复知觉。看起来他是在黄昏时从费尔姆动身回家，因为地势不熟，而且矿坑又没有拦起来才导致不幸发生的。验尸陪审团毫不迟疑就下了'因意外致死'的结论。尽管我巨细无遗地检查了所有的细节，但没有发现任何谋杀的蛛丝马迹。没有暴力的痕迹，没有脚印，没有抢劫，路上没有陌生人出没的目击证明。但我不说您也明白，我的心情再也无法平静下来了，我几乎可以肯定，他是被某种邪恶的阴谋黑心算计了。

"通过这种不祥的途径，我继承了遗产。您也许会问我为什么不干脆把它卖掉？我的回答是，因为我确信我们的灾难是由我伯父生前的某一意外事故招致的，无论我搬到哪里，该来的仍然会来。

"我可怜的父亲是在一八八五年一月不幸殒命的，从那以后已经又过去了两年零八个月。这期间我一直快乐地住在霍舍姆，我都开始希望那个诅咒已经远离了我的家族，随着我父辈的去世就此告终了。但事实证明，我高兴得太早了；昨天早上，同样的灾祸再次降临到我本人的头上。"

这位年轻人从外衣口袋里取出一个揉皱了的信封，走到桌旁抖落出五粒又小又干的橘核。

"抖落出五粒又小又干的橘核"

"这就是那个信封，"他继续道，"邮戳是伦敦东区的。里面的那行字跟我父亲收到的最后一封信完全一样：'K. K. K.'，然后就是'把文件放到日晷上'。"

"您采取了什么措施没有？"福尔摩斯问。

"什么也没有。"

"什么也没干？"

"老实告诉您吧，"他把脸埋进瘦长白皙的双手里，"我已经觉得走投无路了。我觉得自己就像一只可怜的兔子，那条毒蛇就要爬过来了。我仿佛已经被某种无法抗拒、残酷无情的邪恶扼住了咽喉，任何预见和防范都毫无意义。"

"啧！啧！"福尔摩斯叫道，"你得采取行动，老兄，否则你就完了。现在除了振作精神外什么都救不了你了。现在没时间绝望。"

"我已经报警了。"

"啊！"

"但他们听我报案时竟然面带微笑。我敢打包票，警长肯定认为那些信都不过是恶作剧而已，我伯父、父亲的死都真正是出于意外，就像验尸陪审团说的，跟那些警告什么的毫无关系。"

福尔摩斯紧握双拳，来回挥动。"蠢不可及！"他叫道。

"不过他们同意派一位警察陪我一起住。"

"今晚上他跟你一起来了？"

"没。他只是奉命待在我家里。"

福尔摩斯又开始挥舞起拳头来。

"那你干吗来找我，"他叫道，"最重要的是，你干吗不一开始就来找我？"

"我原本不知道啊。直到今天，我跟普伦德加斯特少校谈起我的困境时，他才建议我来找您的。"

"你收到那封信后已经过去了整整两天。我们应该早就开始行动的。我猜，除了这些你已经摊在桌面上的，你也没有更多的证据可以提供了——真的再没有什么或许能帮助我们的提示性的细节了吗？"

"是有一样东西。"约翰·奥本肖说。他在外衣口袋里摸索了一阵，摸出一张褪色的蓝色纸头，放在桌子上。"我有些记得，"他说，"在我伯父焚烧文件的那天，那堆纸灰里有些烧剩下的页边页角，我记得就是这种特殊的颜色。我是在他房间的地板上找到这张纸的，我认为这也许就是从那堆文件中意外掉落的一张，因此才没被烧毁。上面除了曾提到过橘核以外，我看不出对我们会有多大帮助。我想它是私人日记里的某一页，从笔迹上看无疑是我伯父亲笔。"

福尔摩斯把灯挪过来，我们俩都低头细看，纸边参差不齐，显然是从一个本子上撕下来的。抬头有"一八六九年三月"的字样，底下是些神秘难解的记录：

四日：赫德逊来。还是老一套政见。

七日：把橘核交圣奥古斯丁的麦考利、帕拉莫和约翰·斯万。

九日：清除麦考利。

十日：清除约翰·斯万。

十二日：拜访帕拉莫。一切顺利。

"谢谢你！"福尔摩斯说，把那张纸折起来交还我们的客人，"现在你无论如何不能再有一刻耽搁。我们都没时间讨论一下你告诉我们的情况了。你务必马上回家行动起来。"

"我该怎么做？"

"只有一件事能做。务必马上做到。你必须把这张纸放到你说过的那个黄铜盒子里。还得附一张条子，说别的所有文件都被你伯父焚毁了，仅存的就是这一张了。你一定要表达得确定无疑。完了以后你一定要马上把那个盒子放到日晷上，按照信上的指示。明白了吗？"

"完全明白了。"

"眼下先不要考虑复仇之类的事。我认为我们可以通过法律的途径做到这一点；虽然已经有了恢恢法网，我们也需要织我们自己的网。首要的一点是先除去你迫在眉睫的危险。其次才是揭穿秘密，惩罚那个罪恶的团伙。"

"谢谢您，"那个年轻人说，站起来穿上雨衣，"您又给了我新的生命和希望。我一定一切照您吩咐的去做。"

"必须分秒必争。与此同时，最重要的就是要保护好自己，毫无疑问你正面临着灭顶之灾。你怎么回去？"

"从滑铁卢车站乘火车回去。"

"现在还不到九点。街上人还很多，相信你路上还不至于会有什么危险。记住，无论多么小心都不为过。"

"我带着枪。"

"很好。明天我就开始办你这个案子。"

"您要去霍舍姆吗？"

"不，你这桩案子的奥秘就在伦敦。我将在伦敦找寻线索。"

"那么我过一天，要么两天再来看您，告诉您盒子和文件的

155

消息。我会严格按照您的建议行事，一丝一毫都不走样。"他跟我们握手告别。屋外，狂风仍在呼啸，大雨仍在泼洒，在敲打着窗户。这个怪异、狂暴的故事似乎就来自这些疯狂的元素——像是被狂风裹挟进来的一缕海草——现在又被它们整个吞噬了。

夏洛克·福尔摩斯默默地坐了一会儿，垂着头，紧盯着红红的火焰。然后他点起烟斗，靠在椅子上，目光随着一个个袅袅上升的蓝色烟圈一直望到天花板。

"我想，华生，"他终于说，"我们破的案子里还没有一个比这个更古怪的呢。"

"也许得把《四签名》案除外。"

"唔，也许吧。不过，依我看来，这位约翰·奥本肖的处境比沙尔托斯一家还要险恶。"

"你对这些危险形成什么明确的概念了吗？"我问。

"它们的性质已是确凿无疑了。"他回答。

"那到底是什么？谁是 K. K. K.，他又为什么对这个不幸的家族穷追不舍？"

夏洛克·福尔摩斯闭上眼睛，胳膊肘撑在椅子扶手上，手指尖搭在一起。"一个理想的推理家，"他说，"一旦全方位明了一个孤立的事实之后，他应该不但能推论出何以导出这一事实的整个过程，还应该推论出这一事实将导向的结果。正如居维叶[①]通过参详一块骨头就能正确地描述出完整的动物，一位已经完全掌握了一连串事件中之一环的观察家也应该能确切地讲出其余所有的环

[①] Cuvier（1769—1832），法国自然学家，被认为是比较解剖学以及脊椎动物古生物学的创始者。

"紧盯着红红的火焰"

节，不论是之前还是之后的。但我们还未能完全掌握单靠严谨的推理就能达致的结果。那些仅仅依靠感觉来寻找答案的人解决不了的问题，也许可以通过审慎的研究破解。然而，要想彻底掌握这门艺术又是谈何容易，推理家为了解决问题应该有本事调动起他掌握的一切事实为之服务，但你不难看出，这个要求本身也就差不多意味着要掌握所有的知识，而要完美地做到这一点，即使是在有了免费教育和百科全书的今天，也是难乎其难呀！不过话又说回来了，要求一个人掌握可能会对他工作有用的一切知识，却还不是可望不可即的事，这正是我在探案过程中竭尽全力要做到的。如果我没记错的话，在我们订交初期，你曾用非常简洁的方式概括了一下我的缺门。"

"没错，"我忍不住笑了，"那概括可是独此一家。我记得，哲学、天文学和政治学得零分；植物学说不准；地理学，对伦敦方圆五十英里以内任何地区的泥巴都了如指掌；化学很古怪；解剖学不系统；惊悚文学和犯罪记录，独一无二；同时身兼小提琴手、拳击家、剑术家、律师和嗜好可卡因、烟草的瘾君子。"

福尔摩斯对最后一条评语咧了咧嘴。"是呀，"他说，"我一直都这么说，一个人应该往他脑袋里的那个小阁楼堆满可能用得上的一切家具，一时看来用不上的就放到他称为书房的杂物间里，以备不时之需。眼下，为了对付像今天晚上交托给我们的这类案子，我们看来必须把我们所有的资源统统调动起来。麻烦你把就竖在你旁边书架上的《美国百科全书》中的'K'字卷递给我。多谢。现在我们就来参详参详，看能得出什么结果。首先，我们可以假定奥本肖上校之所以离开美国是有他不得已的苦衷。到了他那个年纪的人都不会太乐意改变生活习惯，很难设想他会乐于主动拿佛罗里达那么怡人的气候来换英国一个外省小镇的孤寂生活。他在英国期间绝对遗世独立的做派可能是出于害怕某人或是某事，我们就假设他惧怕的这某人某事正是他迫不得已离开美国的原因。至于他怕的到底是什么，我们只能从他和他的家人收到的那几个可怕的字母下手。你可曾留意那几封信上的邮戳？"

"第一封寄自本地治里，第二封是邓迪，第三封是伦敦。"

"伦敦东区。从中能得出什么？"

"三个地方都是海港。写信的人是在一条船上。"

"精彩。我们已经有了个线索。很有可能——极有可能写信的人是在一条船上。现在让我们来参详一下另外一点。本地治里的那次，从发出威胁到真正实施中间隔了七个星期，邓迪那一次只隔了三四天。这能说明什么？"

"路途的远近。"

"可信过来也是同样的远近啊。"

"那我就看不出什么了。"

"至少我们可以假定这个人乘的船是帆船。看起来他们像是开始行动前必先将他们那独一无二的警告或者说记号送到。你看邓迪那次随警告而至的行动有多快。如果他们从本地治里过来乘的是蒸汽船的话，他们会跟信来得差不多快。但事实是有一个长达七星期的间隔。我想那七个星期应该就是带信过来的邮船跟带人过来的帆船之间的时间差。"

"有可能。"

"不止可能。很有可能。现在你该明白眼下这次警告的紧迫性了吧，要不然我干吗那么紧催着小奥本肖立刻采取行动呢。最后的一击总是在那个人从发信地赶到后实施。而这次信就发自伦敦，所以我们一刻都耽搁不得。"

"我的天！"我叫道，"这种无情的迫害到底所为何来？"

"奥本肖手里的文件显然对帆船上的那个或那群人至关重

要。以我看来他们明显不止一个人。单独一个人是无法进行两次谋杀又一丝马脚都不露，把验尸陪审团完全骗过的。这个团体至少有数人组成，而且都富有谋略、行事果断。这些文件他们势在必得，不管是在谁手里。如此看来，这个 K. K. K. 肯定不是某个人的姓名缩写，而是一个团体的标志。"

"那是什么团体？"

"你有没有听说——"福尔摩斯说着，俯身过来而且压低了嗓音——"有没有听说过三K党？"

"闻所未闻。"

福尔摩斯开始翻看膝盖上的书页。"在这儿，"接着他念道，

Ku Klux Klan（三K党）：此名称源自臆想中扣动来复枪时发出的声音。此一恐怖的秘密组织原由内战结束后一帮前南军士兵组成，后迅速在全国各地发展出分支，特别是田纳西、路易斯安那、南北卡罗来纳、佐治亚和佛罗里达诸州。其势力被用于政治目的，主要是恐吓黑人投票者以及谋杀和驱逐反对其政见的人士离境。其暴行实施前，受敌视者通常会收到其送出的奇怪而又易于辨识的标志——在有些地方是一小枝橡木叶，或是瓜子或橘核。收到此等"信物"后受害人要么公开放弃其先前的主张，要么逃离出境。如果坚持不屈服，几乎注定会面临死亡，而且死亡的方式往往非常奇特，无法预料。此组织结构非常之完善，手段非常之完备，竟至有案可稽之案例中，鲜有坚贞不屈者能免受其祸或由其暴行能追溯至犯罪者之例外发生。尽管有美利坚政府以及南方上

层阶级的努力遏止，此团体在数年内仍发展迅速。最后，在一八六九年，这一邪恶的运动相当突然地销声匿迹，虽然此后尚有此类零星暴行出现。①

"联系起来看你会发现，"福尔摩斯放下手里的百科全书说，"这个团体的骤然垮台是跟奥本肖带着文件从美国销声匿迹的时间正相吻合的。两件事极有可能互为因果。也就难怪总有些死敌在他和他的家族后面穷追不舍了。可以想象，这一记录和日记很可能牵涉到南方的某些头面人物，也会有很多人一天找不到这些记录，就连觉都睡不安稳。"

"那我们看到的那张纸——"

"这也不难猜到。它上面写道，如果我没记错的话，'把橘核交给 A、 B 和 C'——意思就是把这个团体的警告交给他们。接下来就有 A 和 B 被清除，或者说离开这个国家的记载，最后他们拜访了 C，我猜 C 是难逃不测了。好了，大夫，我们该给这个黑暗的地方透进点光亮了，我相信眼下小奥本肖唯一的机会就是完全照我的吩咐行事。今晚再没什么可说可做的了，那就请把我的小提琴递给我，让我们起码在半小时内暂时忘掉这可怕的天气以及我们的同胞那更为可怕的行径吧。"

第二天早上终于算是放晴了，不过太阳仍然要透过一层灰暗

---

① 关于三 K 党的起源和兴衰，小说中已有详细交代，值得注意的是，到了二十世纪，这一邪恶运动竟又死灰复燃：一九一五年三 K 党在美国佐治亚州重新成立，主要活动于美国南部，其成员限于土生的新教白人，仇恨黑人、犹太人、天主教徒和外国人。

的面纱才能照到这个庞大的都市。我下楼的时候福尔摩斯已经在用早餐了。

"你会原谅我没有等你共进早餐，"他说，"因为今天要调查小奥本肖的案子，我肯定会忙得不可开交。"

"你打算如何做起？"我问。

"这在相当程度上取决于我第一步调查的结果。最后可能免不了要去霍舍姆跑一趟。"

"你不先去那儿？"

"不，我要从伦敦开始。摇摇铃，女仆就会把你的咖啡端上来。"

等咖啡的时候我顺手从桌上拿起还没打开过的报纸，溜了几眼。但意外看到的一个标题却使我心底一阵发凉。

"福尔摩斯，"我大叫，"你已经太晚了。"

"啊！"他放下杯子说，"我怕的就是这个。怎么发生的？"他语气虽然平静，但我看得出来他是大为动容了。

"我意外看到了奥本肖的名字，然后就是新闻标题'滑铁卢桥畔的悲剧'。内容如下：

　　昨晚九十点间，正在滑铁卢桥附近值勤的 H 区治安巡警库克突然听到呼救及落水声。但是夜极暗，又兼风雨交加，虽有数位路人的协助仍无法实施营救。不过仍然为此拉响了警报，在水上巡警的帮助下，尸体终于被打捞上来。死者是一位年轻绅士，从其口袋里发现的一个信封显示他名叫约翰·奥本肖，其住宅在霍舍姆附近。据推测，他可能因为要

"福尔摩斯，"我大叫，"你已经太晚了。"

赶从滑铁卢车站开出的末班车，过于匆忙，又兼天色极暗，以至迷失路径，失足从河上小型汽船碇泊之处落入水中。尸体无任何施暴痕迹，死者无疑因意外不幸而遇难，此事亦足应唤起市政当局注意河边码头之状况云云。"

我们默不作声地坐了几分钟，我从没见福尔摩斯显得如此消沉沮丧过。

"这伤害了我的自尊，华生，"他最后说，"这本来算不得什么，但这确实伤了我的自尊。现在，这已经成了我自己的事，如果上帝假我以天年，我发誓将亲手惩处这帮强梁。他巴巴地跑来求我帮助，我却打发他去送死——！"他从椅子上一跃而起，在房间里踱来踱去，激动到不能自抑，他蜡黄的脸颊涨得发红，瘦长的双手神经质地一会儿紧握一会儿又放开。

"真是狡猾的魔鬼，"他最后说，"他们是怎么把他引诱到那儿的？堤防并不是去车站的必经之地。很显然，即使在那么一个夜晚，桥上的人也嫌太多，他们无法逞凶。那好吧，华生，我们倒来看看最后到底谁赢。我这就行动！"

"去警察局？"

"不；我就是自己的警察局。等我撒好了网他们可以进去捉苍蝇，在此之前用不着他们。"

一整天我都忙着自己的工作，等我返回贝克街的时候天已经很晚了。夏洛克·福尔摩斯却还没回来。他进门的时候已经将近十点了，看起来面色苍白、筋疲力尽。他走到餐具橱前，从一整条面包上撕下一块贪婪地几口吞掉，再用一大口水冲下去。

"你饿了。"我说。

"快饿死了。好久没尝过这滋味了。早饭后就再没吃过东西。"

"一点都没吃？"

"一口都没吃。我没时间想到吃饭。"

"事情进展得怎么样？"

"不错。"

"有眉目了？"

"都被我捏在手心里了。小奥本肖的冤仇很快就会洗雪的。有了，华生，我们把他们自己的邪恶商标也用到他们身上一回。

164

这主意好！"

"你什么意思？"

他从食橱里取出个橘子，撕成一瓣一瓣，然后把橘子核直接挤到桌子上。他从中选了五粒，扔到一个信封里去。在信封的内封口处他写了几个字"S. H. 代 J. O."①。然后他封上口，在信封正面写道："佐治亚州萨凡纳市孤星号三桅船 詹姆斯·卡尔霍恩船长 收"。

"他的船一进港，这封信就在等着他了，"他说着，轻声一笑，"这会让他一夜不得安眠。他会发现，奥本肖的命运就是他的将来。"

"这位卡尔霍恩船长到底是谁？"

"这帮强盗的头儿。别的我也不会放过，不过先得拿他开刀。"

"你是怎么查到的？"

他从口袋里摸出一张很大的纸，上面密密麻麻地记满了日期和姓名。

"我一整天都泡在劳埃德船级社翻阅旧文件中的登记和档案，"他说，"追查一八八三年一月曾在本地治里停靠的所有船只的随后活动。查得共有三十六艘具有相当排水量的船只当时曾在那儿碇泊。这艘孤星号立刻引起了我的注意，因为据记载它虽然是从伦敦开出的，但船名却显然指的是美国的一个州。"

"我想是得克萨斯。"

---

① 即 "Sherlock Holmes for John Openshaw"："夏洛克·福尔摩斯代约翰·奥本肖"。

"我原本弄不清，现在也不确定到底是哪个州①；不过我可以确定的是这一定是艘美国船。"

"然后呢？"

"我又查了邓迪的记录，当我查到这艘孤星号三桅船曾于一八八五年一月在当地停泊时，怀疑就已经坐实了。然后我又查了现在停泊在伦敦港的船只。"

"结果呢？"

"孤星号上周就到了这儿。我跑到阿尔伯特船坞，发现它已经顺着今晨的早潮返航萨凡纳了。我发电报到格雷夫森德港询问，得知它已经经过那儿有段时间，因为正刮东风，我肯定它现在已经过了古德温斯，离怀特岛不远了。"

"那你打算怎么办？"

"哦，我已经可以说把他抓在手心里了。据我所知，他和两个同伴是那艘船上仅有的美国人。此外都是芬兰人和德国人。我还知道他们仨昨晚都离船上过岸。我是从帮他们运货的搬运工那儿了解到的。等他们的帆船驶达萨凡纳港之时，邮船已把这封信先期送到，萨凡纳警方也已经接到电报：那三位绅士正是这里被通缉的谋杀嫌疑犯。"

然而谋事在人，成事在天，那几个谋杀约翰·奥本肖的罪犯终究没有收到那几个橘核，也就无从得知，另有一位谋略和果敢绝不下于他们的侦探正在他们身后穷追不舍。那年春分前后的暴风刮得实在太久太猛，我们空等着来自萨凡纳孤星号的消息，望

----

① 确是得克萨斯州。

166

眼欲穿，终于还是落了空。最后，我们终于听说，在大西洋深处的某地曾有人发现有一块破碎的船尾柱在浪谷中起伏，上面刻着两个缩写字母"L. S."①，我们所能了解到的孤星号的命运也就仅此而已了。

---

① "Lone Star"（孤星号）的缩写。

歪嘴男人

伊萨·惠特尼是已故圣乔治神学院院长伊莱亚斯·惠特尼神学博士的弟弟,嗜食鸦片而且烟瘾极大。据我所知,他之所以染上这个恶习,源自大学时期蠢不可及的异想天开: 读了德·昆西①对梦幻和感觉的描述后,他就用鸦片酊把烟草浸过再吸,以期获致同样美妙的感受。跟大多数人一样,他后来才发现这种毛病染上容易戒除难,所以多年以来他一直就是毒品的奴隶,也成为亲戚朋友既恐惧又怜惜的对象。他的样子我至今还记忆犹新: 蜡黄憔悴的脸,眼皮耷拉着,瞳仁暗淡无光,整个人就蜷在一把椅子上,整个一副公子落魄的倒霉相。

一八八九年六月的一个晚上,正是一般人打第一个哈欠、抬眼望望几点了的时候,突然传来了门铃响。我在椅子上坐起来,我妻子把针线活放在膝上,脸上露出不悦之色。

"肯定是病人!"她说,"你又得出诊了。"

我忍不住呻吟了一声,我这一天累得要死,刚刚才回到家。

我们听到门开了,然后是几句急促的话音,接着就是漆布地毯上急促的脚步声。门被砰地打开,一位身着深色衣裙、戴着黑色面纱的女士闯进了房间。

"原谅我这么晚了还来打扰。"她开口道,接着就突然失去自控,跑上前来搂住我妻子的脖子啜泣不止。"哦,我太倒霉了!"

她哭道，"多希望有人能帮帮我！"

"哦，"我妻子说着，一边撩起她的面纱，"原来是凯特·惠特尼啊。可把我吓死了，凯特！你刚进门的时候我都没认出你来。"

"我真不知道如何是好了，这才直接跑了过来。"总是这样的。人们一有了发愁的事就来找我妻子，就像鸟儿扑向灯塔。

"你来了真是太好了。听着，你一定得喝点兑水的葡萄酒，舒舒服服坐在这儿，然后跟我们说说到底怎么回事。要不然我先打发詹姆斯上床睡觉？"

"哦，不，不！我也需要大夫的建议和帮助。是伊萨的事。他已经有两天不着家了。我担心死了！"

她这已经不是第一次向我们诉说她丈夫的麻烦了，因为我是个医生，我妻子是她的同学兼密友。我们尽我们所能竭力地安抚她。她知道她丈夫在哪儿吗？我们能替她把他给找回来吗？

看来像是有可能。她确切地知道，近来她丈夫一犯了烟瘾就跑到伦敦最东边的一个鸦片烟馆去过瘾。迄今为止，他外出放荡从没超过一天，总是在晚上身体抽搐、筋疲力尽地回到家里。但这次鬼迷心窍已经有整整四十八小时了，现在准是躺在那儿，跟那些码头上的社会渣滓混在一起吞云吐雾，要么就是已经吸饱了，在那儿酣睡。她肯定能在那儿找到他，那地方叫黄金酒吧，在上斯万丹姆巷。但她能怎么办？她这么一位年轻胆小的女士怎么能一个人跑到那种地方，把她丈夫从那群恶棍中拽出来呢？

---

①De Quincey（1785—1859），英国名散文家和评论家，不但吸鸦片成瘾，其作品也以《英国一鸦片吸食者的自白》最为知名。

就这么回事，办法当然只有一个。我能拒绝陪她去那个地方吗？不过再一想，她干吗还要一起去？我是伊萨·惠特尼的医疗顾问，所以对他还有点影响。我一个人去的话反而更好处理。因此，我向她担保如果他果真在她告诉我的那个地方，我一定在两个小时之内把他送回家。就这么着，十分钟以内我就把我的扶手椅和舒适的起居室抛在后头了，为了完成这桩奇怪的差事，乘上一辆双轮马车快马加鞭朝东驶去，当时我的感觉也不过如此，谁知真正奇怪的还在后头呢。

不过我这次深夜历险记的第一阶段倒还顺利。上斯万丹姆巷是条肮脏不堪的陋巷，藏在泰晤士河北岸高耸的码头和伦敦桥东侧之间。我发现我要找的那个下等大烟馆夹在一家廉价估衣铺和一家小酒馆之间，一段陡直的楼梯向下通往一个活像是洞口的黑乎乎的缺口。吩咐了一声要我的出租马车等着，我走下阶梯，因为醉鬼不断的踩踏，楼梯的中间部分都被磨得凹陷下去了。借着门上方不断摇曳的油灯灯光，我找到门闩，走进了一个又长又低矮的房间，房间里弥漫着浓厚的棕色鸦片烟的烟雾，层叠着木质的铺位，活像个移民船的水手舱。

昏暗中可以朦胧地看到以各种匪夷所思的姿势躺着的身体，伛偻的肩膀、弯曲的膝盖、向后仰的头颅和翘向房顶的下巴，还有这儿那儿转向我这个新来者的暗淡无光的眼神。在这些黑色的阴影之外闪烁着一圈圈红色的小小的亮光，一会儿亮，一会儿暗，取决于金属烟管头上烟锅里的毒品烧的程度。大部分人都默默地躺着，不过也有一些在喃喃自语，还有聚在一起说话的，话音怪异、低沉而又单调，交谈忽而开始，忽而又消失，每个人都只顾嘟囔自己的想法，根本不管旁人在说什么。在房间尽头烧着一小盆木炭，火盆边上三条腿的木凳子上坐着个又高又瘦的老人，双手抱拳抵着下巴，胳膊肘又抵住膝盖，只管盯着火看。

"只管盯着火看"

　　我一进来，就有个满脸菜色的马来人伙计跑上前来，忙不迭地给我递上烟管和鸦片酊，把我往一张空铺位上领。

　　"不，多谢。我不是来吸鸦片的，"我说，"这儿有我一位朋友——伊萨·惠特尼先生，我希望跟他讲几句话。"

接着是一阵骚动和对我行为的惊叹，这时，透过一片昏暗，我看见了惠特尼，他面色苍白、形容枯槁、头发凌乱，正在盯着我看。

"上帝！是华生。"他说。他的反应已经非常迟钝，神经质地哆嗦个不停。"我说，华生，现在几点了？"

"快十一点了。"

"星期几？"

"星期五，六月十九号。"

"我的天！我还以为是星期三呢。原来已经是星期四了。你干吗要吓唬我？"他把脸埋到胳膊里啜泣起来，声音尖利得怕人。

"跟你说今天是星期五了，老兄。你妻子已经巴巴地等了你两天了。你真该为自己感到害臊！"

"我是很害臊。不过你肯定弄混了，华生，因为我才不过在这儿待了几个小时，抽了三筒要么就是四筒烟——我忘了到底有多少了。不过我还是跟你回去吧。我不想吓着凯特——可怜的小凯特。来，拉我一把！你叫了出租马车了？"

"是的，有一辆等在外头呢。"

"那我们就乘这辆了。不过我肯定还欠了钱。帮我看看到底欠了多少，华生。我身体差极了。什么都干不了啦。"

我走过夹在两排双层铺位中间的狭窄过道，屏住呼吸不想吸进鸦片那种令人麻木的可憎烟雾，想找到管账的。当我从坐在火盆旁边的那个高个子男人身边经过时，突然觉得衬衫被扯了一下，还有低低的声音说："经过我之后再回头看看我。"声音听来非常耳熟。我低头看了一眼。声音只可能是我旁边的那个老人发出的，但他坐在那儿，还是一如既往地心无旁骛，瘦得厉害，也皱得厉害，老得腰弯背驼，一杆大烟枪在两膝间来回逛荡，像是手指都乏得抓不住了，因此掉了下来。我往前走了两步回头望去。结果费尽全力才勉强压住就要脱口而出的惊呼。他也已经转过身来，所以除了我谁都看不见他的表情。他的原形显露出来，他的皱纹不翼而飞，他迟钝的双眼重新熠熠生辉，那个坐在火盆边冲着我咧嘴怪笑的不是别人，正是夏洛克·福尔摩斯！他向我微微示意要我靠近一步，当他的脸半转向房间里的人时，他立刻又变回了那个哆哆嗦嗦、嘴唇松垂的棺材瓤子。

"福尔摩斯！"我低声叫道，"你跑到这个大烟馆里来干吗？"

"别这么大声，"他说，"我耳朵灵得很。你要是能把你那位愚蠢的朋友先打发了，我会非常乐于跟你稍微说上几句的。"

"我有辆出租马车等在外头。"

"那就请你用那辆马车把他送回家吧。你尽管放心，他站都站不起来，没力气再去招惹任何麻烦了。最好也让马车夫给你妻子送个条子，说咱俩又搭上伙了。你要是肯在外头稍等片刻，我五分钟后就能出去跟你会合。"

你很难拒绝夏洛克·福尔摩斯的任何要求，因为一来它们一贯毫不含糊，再者他的态度历来温和而自有权威感。从我这方面说呢，我觉得只要把惠特尼送上马车，我的任务也就完成了，而且我生平最大乐事就是想跟他视若家常便饭的那些非凡的历险搭上点关系。几分钟内我就写好了便条，付清了惠特尼的欠账，领他出去乘上马车而且目送他驶进了黑暗。片刻之后，有一个衰老

"'福尔摩斯!'我低声叫道"

的人形走出大烟馆，我就跟夏洛克·福尔摩斯在大街上并排而行了。他弯腰驼背脚步趔趄地拖拉了两条街后，四处张望一下，立刻身板挺直迸发出一阵由衷的大笑。

"我猜，华生，"他说，"你肯定认为我在注射可卡因之外又染上了抽大烟的恶习，在你作为医生好心缅我的其他小毛病上再增加那么一笔。"

"在那儿碰上你我的确吃惊非小。"

"碰上你我才是大吃一惊呢。"

"我是来找个朋友的。"

"我是来找仇家的。"

"仇家？"

"没错，简直是我的一个'天敌'，或者不如说我才是他的天敌。长话短说，华生，我正在进行一项非常不同寻常的调查，我希望能在这帮大烟鬼的胡言乱语中寻找点线索，正如往常一样。我要是在大烟馆里被人识破真面目，可能不出一小时就把小命给丢了，因为我过去曾为了调查案件到那儿去过，那个开烟馆的印度水手是个泼皮无赖，一直发誓要寻我的晦气。保罗码头附近街角处的那所房子后面有个活板门，在那些月黑风高之夜，它可是见识了不少奇闻怪事呢。"

"什么！你是说尸体什么的？"

"是呀，是尸体，华生。如果那个大烟馆里每死一个可怜的恶棍我们就能抽个一千镑的话，我们早就发了财了。那地方称得上是整个河岸区最险恶的谋财害命的所在，内维尔·圣克莱尔怕就是进了那儿再没出来。不过我们的套儿也应该设在那儿才对。"他把两个食指撮到嘴里吹了个尖利的口哨——远处也以类似的口哨应答，不久就传来车轮滚滚马蹄嘚嘚的声音。

"好了，华生，"福尔摩斯说话间，一辆高大敞亮的双轮轻便马车已从暗处驶了出来，马车的边灯射出两道黄色的光柱，"你会跟我一起走的，对吧？"

"只要能略尽绵薄之力。"

"喔，一位可以信赖的朋友总是有用的；一位编年史家就更是没话说了。我在雪松宅邸的房间里恰好有两张床。"

"雪松宅邸?"

"是呀,那是圣克莱尔先生的住宅。我在进行调查期间就暂住那里。"

"那在哪儿呢?"

"在肯特郡,离李镇不远。离这儿有七英里远。"

"但我还两眼一抹黑呢。"

"这是自然,不过你马上就会一切尽知的。跳上来吧。好了,约翰,不用再麻烦你了。这是半克朗。明天等着我,大约十一点。放开马缰吧。再见了!"

他轻抽一鞭,我们就疾驰而去,先是走不完的暗街陋巷,然后路渐渐宽起来,最后飞驰而过一座宽敞、两侧有围栏相护的大桥,桥下黑沉沉的河水缓缓流过。过了桥,又是一片尽是砖块灰泥的荒地,唯有巡警沉重而有节奏的脚步或是几个纵酒迟归的醉汉的狂呼乱唱才偶然打破四周的一片寂静,一片呆滞的云彩懒洋洋地从空中掠过,一两颗星星透过云缝有一搭没一搭地眨着暗淡的眼睛。福尔摩斯一言不发地只顾赶车,脑袋低垂,像是想什么东西入了迷,而我坐在他身边,非常想知道这个新案子到底有何难断,竟然使他耗费这么大的心力,但又怕打断他的思绪。我们已经驶出几英里远,就要进入郊区的别墅地带了,这时他才摇了摇脑袋,耸了耸肩膀,带着一种自鸣得意的派头把烟斗点燃了。

"你还真沉得住气,华生,"他说,"这会使你成为千金难买的同伴。的确,我确实非常需要找个人谈谈,因为我自己的想法恐怕不见得能太合人心意。我一直在琢磨今天晚上在门口见到那

"他轻抽一鞭"

位可爱的小女人时该对她说些什么。"

"你忘了我还一无所知呢。"

"在到达李镇前还有时间告诉你案情。这个案子看起来好像简单之极，但不知怎么我却无从着手。无疑有很多条线索，但我却抓不到线头。好了，我这就简明扼要地把案情跟你讲一下，华生，也许你能看出什么我当局者迷的道道来。"

"那就请讲吧。"

"几年前——确切地说是一八八四年五月——李镇来了一位名叫内维尔·圣克莱尔的绅士，显得很有钱。他买下一幢很大的别墅，庭院整治一新，生活得很是舒适。渐渐地，他在附近交了不少朋友，一八八七年娶了当地一位酿酒商的女儿为妻，生了两个孩子。他没有职业，但在好几家公司都有股份。他每天都早上进城，下午从坎农街乘车回家。圣克莱尔先生现年三十七岁，生活很有节制，无不良嗜好，堪称称职的丈夫、慈爱的父亲，认识他的人没人不喜欢他。我还可以补充一句，他目前所有的债务，据我们查证，共计八十八镑十先令，而他在首都和郡银行里的存款就有两百二十镑。因此，他毫无理由会为金钱的问题烦心。

"上星期一，内维尔·圣克莱尔先生进城比平常要早一些，出发前特地交代有两件重要的业务要办，还说会给他的小儿子带一盒积木回来。非常凑巧的是，他刚刚出门他妻子就收到一封电报，通知她有个价值不菲的小包裹已经到了阿伯丁航运公司的办公室，等着她去领取，这个包裹正是她一直等着的。如果你对你居住的伦敦还算熟悉的话，你应该知道这家公司的办公室就在弗里斯诺街，那条街有条岔路通上斯万丹姆巷，就是今晚你撞到我的地方。圣克莱尔太太吃过午饭后就动身进城，先买了点东西，就去了公司的办公室，取了包裹，然后返回车站，在经过斯万丹姆巷时她看了看表，确切的时间是四点三十五分。都听清楚了吗？"

"很清楚。"

"不知道你还有没有印象，上星期一热得要命，圣克莱尔太太走得很慢，一边还四面张望，希望雇到一辆出租马车，因为她很不喜欢她所处的那个街区。当她这样子走在斯万丹姆巷的时候，突然听到一声惨叫或是呼喊，她抬头一看，惊得血都快冷了，因为她丈夫正透过三楼的一个窗户在望着她，像是在向她招手让她上去。那扇窗户开着，她清清楚楚看到了他的脸，她觉得他的表情极度惊恐不安。他发狂一样地向她挥手，然后就突然从窗口消失了，在她看来他是被人从背后强行拽走的。她出于女性的敏感甚至注意到，他虽然还穿着那件离家时穿的黑外套，但既没戴硬领，又没系领带。

"她确信他肯定出了什么意外，马上冲下楼梯——那幢房子的底层就是你今晚碰上我的那个大烟馆——跑过前厅想上二楼。但在楼梯口迎头碰上了我提到过的那个印度恶棍，他把她硬往外推，外加一个丹麦狗腿子，两人一道把她推到街上。她又惊又惧，发狂一般地往巷口跑，真是难得的运气，她竟然在弗里斯诺街碰上了几个由警官带领的巡警，他们正要去各自的巡区。警官和两个巡警陪她回去，尽管业主竭力反对，他们还是强行进入圣克莱尔先生呼救的那个房间。但他却踪影全无了。事实上，整个那层楼上除了一个看来住在那儿的相貌穷凶极恶的瘸子以外，没发现任何人的踪影。瘸子跟那个印度恶棍都坚决否认那天下午有任何人进过前厅。他们那么言之凿凿，连警官都将信将疑了，就在他差不多就要相信圣克莱尔太太肯定是看走了眼时，她却大叫一声，冲向一个躺在桌子上的小包装盒，一把撕开。哗啦啦撒落出一堆小孩子玩的积木。正是他说好要带回家的玩具。

"这一发现，再加上瘸子显而易见的慌乱，使警官意识到问题的严重性。于是细细搜查了所有的房间，搜查的结果全部指向

"在楼梯口她迎头碰上了我提到过的那个印度恶棍"

一桩令人发指的罪行。前厅显然是布置成了起居室，再进去是一个小卧室，俯瞰着一个码头的背面。码头和卧室窗户间只隔着一道狭窄的水沟，潮落时是条旱沟，但潮起时至少会有四英尺半积水。卧室的窗户很宽，是从下面开启的。搜查中在窗台上发现有血迹，卧室的木质地板上也溅了几滴。前厅的窗帘后面乱扔着内维尔·圣克莱尔先生所有的衣物，只少了他的外套。他的靴子、袜子、帽子、手表——全都在那儿。这些衣物并无撕扯的痕迹，除此之外也再没有内维尔·圣克莱尔先生别的线索了。他显然是从卧室的窗户跳出去的，因为除此之外再无别的出口发现，从不幸在窗台上发现的血迹推测，他很少有游泳逃生的可能，因为悲剧发生时潮水正处在其最高位。

"说说那几个似乎已经毫无疑问牵涉在内的恶棍的情况。那个印度水手论起来算得上恶棍的祖宗，但按照圣克莱尔太太的描述，在她丈夫在窗口出现的那几秒钟内他是在底层的楼梯口处晃荡的，这么看来他至多也就是个从犯而已。他自己辩称对此事一无所知，而且对他的房客休·布恩的所作所为他也完全蒙在鼓里，因此，对于眼前那位失踪绅士所遗留的衣物事宜他一点附带责任也没有。

"那个印度店主的情况就这么些。现在说说住在烟馆三楼上的那个凶狠的瘸子，他无疑是最后一个见到内维尔·圣克莱尔的人。他名叫休·布恩，经常进城的人应该都认得他那张丑怪的脸。他是个职业乞丐，虽然为了应付警察局的禁令，他假装成倒腾蜡制火柴的小贩，营业地点就在针线街下去一点点，你可能也注意过，在左手边的墙上挂了个小天使的标志。那就是这位老兄日常工作的所在，盘腿坐在当地上，几小盒火柴就摆在腿上，因为看起来实在可怜，他摆在身边人行道上的那个皮帽子经常能募到不少硬币。在我还没打算把他的职业搞个清楚之前我就观察过他不止一次；在有所了解后，我对他能在很短时间内就讨到那么多硬币实在吃惊匪浅。你看，以他的外表而论，无论谁从他身边走过都不可能注意不到他。一头蓬乱的橙色头发，一张苍白的

"他是个职业乞丐"

脸，还被一道吓人的伤疤破了相，这道疤使整张脸都皱缩起来，一直通到上嘴唇处，下颌像牛头犬，深色的眼睛却非常锐利，像是能把你看穿，跟头发的颜色构成鲜明对比，所有这些都使他在乞丐群里鹤立鸡群，同样鹤立鸡群的还有他的才智，对于路人抛过来的无论什么取笑他随时有针锋相对的对辞。大烟馆里的房客、那位失踪绅士的最后目击者就是这么个货色。"

"不过是个瘸子！"我说，"他怎么能赤手空拳对付一个四肢健全的人？"

"说他是个瘸子只是因为他一条腿有毛病，但在其他方面他看起来却是个强有力的角色。你当医生的职业经验也会告诉你，华生，一条腿有了缺陷经常会有其他方面的优势来弥补。"

"请继续讲下去。"

"圣克莱尔太太一见窗台的血迹就昏了过去，由警察叫了辆出租马车先把她护送回家了，因为有她在场也不会对警察的调查有任何帮助。此案已由巴顿警官负责，他非常仔细地搜查了这所房子，但没发现任何对案情有帮助的线索。没立即逮捕布恩就已经是个错误了，因为这使他有了几分钟时间可以跟他的朋友——那个印度水手通气，不过这个错误马上被弥补了，他被抓住而且被搜了身，但也没发现任何可以控告他有罪的证据。他衬衫的右袖口上倒确实有点血迹，但他指着指甲旁边被刀割破的无名指说血是自己指头上流出来的，还说他刚刚就到窗口那儿去过，他们在那儿找到的血迹无疑也是这么来的。他矢口否认曾见过内维尔·圣克莱尔先生这号人，赌咒发誓他房间里怎么会跑出这些衣服来他也完全摸不着头脑。至于克莱尔太太坚称曾亲眼看到她丈夫站在窗口，他则宣布那她肯定要么是疯了，要么是在做梦。尽管他大声抗议，还是被移送警察局，警官仍然留在房间里，希望退潮能给他带来点新线索。

"还真有发现，不过够吓人的，也就仅次于他们最担心的结果。退潮后，在泥滩上找到了内维尔·圣克莱尔的外套，还好不是内维尔·圣克莱尔本人。你猜猜他们在他口袋里发现了什么？"

"无法想象。"

"谅你也猜不到。每个口袋都装满了便士和半便士铜币——共有四百二十一个便士和两百七十个半便士铜币。也难怪那件衣服没被潮水冲走。但换了人的尸体可就两样了。码头和那幢房子之间的退潮会形成很强的涡流。情况看起来像是那件沉甸甸的外衣留了下来，而被剥光了的尸体已经被卷进河里去了。"

"但据我理解，所有其余的衣物不是都在房间里找到了吗？难道他就穿了一件外衣不成？"

"也不尽然，先生，这些貌似不通的事实或许也能讲得通。我们可以假定那个布恩已经把内维尔·圣克莱尔推下了窗户，也没有目击证人，然后他又会怎么做？他的第一个念头肯定是要立刻除去那些可以成为证据的衣服。就在他抓起那件外衣往外扔的当口，他会突然想到衣服可能会漂在水上沉不下去。他时间紧迫，因为他已经听见那位太太想硬往楼上闯时所引起的混战，或者也许他已经听到他的印度合伙人叫嚷着警察正大踏步赶过来。这时已经是刻不容缓了。他冲到几处藏钱的地方，把他乞讨所得的成果悉数翻出来，尽着把那些硬币往外衣口袋里塞，一定要确保它沉底。他把外衣扔出去之后，正要对别的衣服也来个如法炮制，但已经听到楼下直冲上来的脚步声，在警察闯进来之前，他只来得及把窗户给关上。"

"听起来确实是有可能的。"

"唉，在有更好的解释之前就权且当它是个可行的假设吧。我告诉过你布恩已经被带到局里去了，但他好像没有任何对他不

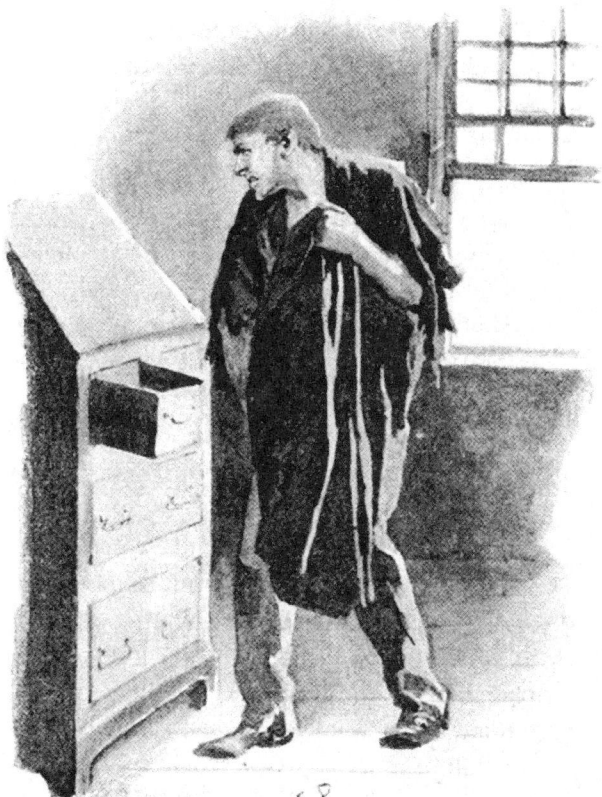

"尽着把那些硬币往外衣口袋里塞"

利的前科。他的确干了多年的职业乞丐，但似乎一直本本分分，没犯过什么罪。就目前掌握的情况看，还有很多问题亟待解决——内维尔·圣克莱尔当时跑到那个大烟馆里干吗去了？他在那儿到底发生了什么事？他现在何处？休·布恩对他的失踪到底负什么责任？——但都远未能解决。我得承认，在我的办案经验中倒真没碰上这么一件初看简单得不得了，一旦着手又这么困难重重的案例。"

在夏洛克·福尔摩斯详述这些离奇环节的过程中，我们已经旋风般驶过伦敦郊区，最后几幢稀稀拉拉的房子也被我们甩到后面去了，此时我们正急匆匆地行驶在两旁有篱笆的乡间道路上。他刚刚讲完的时候，我们正驶过两个疏疏落落的村子中间，有几家的窗户里还闪着微光。

"我们已经到李镇郊区了，"福尔摩斯说，"我们这次短途旅行就已经途经了英国的三个郡。从米德尔塞克斯郡出发，经过萨里郡一角，终点在肯特郡。看到透过树林的灯光了？那就是雪松宅邸，毫无疑问，那盏灯旁边坐着的那位女士正竖起耳朵期待着我们的马蹄响呢。"

"但你调查这个案子干吗不留在贝克街呢？"我问。

"因为有好多调查必须在这儿展开。圣克莱尔太太慷慨地拨给我两间房子任我处置，你尽可大放宽心，她对我的朋友兼同事肯定会热诚欢迎的。但我真怕见她，华生，她丈夫的案子一点进展都没有。我们到了。吁，喂，吁！"

我们在一幢建在自家园地上的大型别业面前喝住马车。一个马童已经跑过来把马带住，我从马车上跳下来，跟在福尔摩斯身后沿着一条曲折的沙砾铺的狭窄车道朝宅邸走去。还没到门口，大门已经轰然洞开，一个金发的小妇人站在门口，穿着一身浅色真丝薄绸衣裙，领口和袖口镶一圈粉红柔毛花边。在屋里的灯光辉映下她的轮廓清晰可辨，一只手撑在门上，另一只若有所盼地半举着。她身体微弯，探首向前，目光急切、嘴唇半启，整个一副探询的神情。

"怎么？"她叫道，"怎么样了？"然后，当她看到我们是一行两人时，她满怀希望地大叫一声，但一看到福尔摩斯摇了摇头又无奈地耸了耸肩，她希望的叫喊就转成低沉的呻吟了。

"没有好消息？"

"没有。"

"也没有坏消息？"

"没有。"

"感谢上帝。快请进来吧。你们一定累死了，忙活了一整天。"

"这位是我的朋友，华生医生。在我经手的几个案子里他曾帮过我大忙，这次真走运能把他拉上，协助我一起调查此案。"

"见到您我真高兴，"她说着，热情地握住我的手，"如有照顾不周之处我想您肯定会谅解的，因为我们受到的打击实在是太突然了。"

"亲爱的夫人，"我说，"我是个老兵了，就算不是，我也看不出您有丝毫需要道歉的地方。如果我能略尽绵薄之力，无论是对您还是我的朋友，我都会不胜欣悦之至的。"

我们走进灯火辉煌、已摆好冷餐的餐厅后，她说："好了，夏洛克·福尔摩斯先生，我很想坦率地问您一两个问题，我求您也一样坦率作答。"

"那是自然，夫人。"

"别去费心顾虑我会做何感想。我不会歇斯底里，也不会动不动昏厥。我只是想听到您真正真心的看法。"

"对什么的看法？"

"在您内心最深处，您认为内维尔还活着吗？"

夏洛克·福尔摩斯似乎为这个问题大感为难。"请您坦率地说吧！"她又重复了一遍她的请求，站在地毯上热切地望着靠在柳条椅中的福尔摩斯。

"坦率地说来，夫人，我不这么认为。"

"您认为他已经死了？"

"我确实这么认为。"

"被谋杀了？"

"我没这么说。也许吧。"

"'请您坦率地说吧！'她又重复了一遍"

"那他死在哪一天？"

"星期一。"

"那么，福尔摩斯先生，您也许肯费心向我解释一下我怎么会在今天收到他的一封来信。"

"您说什么？"他大吼一声。

"没错，是今天。"她站在那儿微笑着举着一张小纸条。

"我能看看吗？"

"当然可以。"

他急切地从她手里一把抓过来，在桌子上把它摊开，挪过灯来专心地审视。我早已离开座椅，这时也目不转睛地从他背后盯着看。信封非常粗糙，盖着格雷夫森德的邮戳，邮戳上的日期就是今天，或者说是昨天，因为现在早已经过了午夜了。

"字迹潦草，"福尔摩斯喃喃道，"这肯定不是您丈夫的笔迹，夫人。"

"对，但里面的信是他写的。"

"我还看出来，不管信封上的地址是谁写的，他在写之前都先查了地址簿。"

"您这是从何说起？"

"您看，收信人的名字是用纯黑墨水写的，看得出来是写完后自己阴干的。而其余的字迹却是浅灰色，显然是用吸墨纸吸干的。如果信封上的字迹都是一气写成，然后用吸墨纸吸干，就不会有一个字是深黑色的了。那个人肯定是先写好了名字，停了一会儿才写的地址，这只能说明他不熟悉这个地址。当然了，这不过是小事一桩，但有时不起眼的小事才是至关重要的。我们这就

189

来看看信吧。哈，随信还附了样东西呢！"

"是的，有一枚戒指，是他的印章戒指。"

"您能肯定这是您丈夫的笔迹吗？"

"是他的一种笔迹。"

"一种？"

"他写得匆忙时的笔迹。不太像他平常的笔迹，但我完全认得出。"

> 最最亲爱的，不要害怕。一切自会好起来。已铸成大错，也许要花点时间才能弥补。要耐心等待。
>
> 内维尔

"用铅笔写在一本书的衬页上，八开本大小，没有水印。嗯！今天由一个大拇指很脏的人寄出。哈！信是用胶水粘上的，如果我没弄错的话，那个封口的人还在一直嚼着烟草。您绝对肯定信是您丈夫亲笔所书吗，夫人？"

"没错。确是内维尔亲笔所书。"

"而且是今天从格雷夫森德寄出的。好了，圣克莱尔太太，已经基本上云开雾散了，虽然我还不敢说危险已经过去。"

"但他肯定还活着，福尔摩斯先生。"

"除非此信是高明的伪造，故意引我们步入歧途的。毕竟这枚戒指什么也证明不了。它也可能是从他那儿抢来的。"

"不，不；我肯定这是他亲笔所书！"

"很好。不过也有可能是星期一就已写好，今天才寄出的。"

"那不可能。"

"如果真是这样，这之间不定会发生什么事呢。"

"哦，您别再给我泼冷水了，福尔摩斯先生。我知道他肯定没事的。我们之间有很强的心理感应，如果他果真遭遇不测，我会感觉得到的。就在我最后一次见到他的那天，他在卧室里不小心割伤了自己，我马上就从餐厅冲上楼去了，因为我感觉他肯定出了什么事。对这么一件小事我都能感觉得到，您认为我竟会对他的死亡毫无感应吗？"

"我有过很多切身体会，知道一位女性的直觉可能比一位老到的推理家的三段论更有价值。而且在这封信里您还有充足的证据印证您的观点。不过如果你丈夫当真还活着而且还能写这封信，那他干吗要离开您呢？"

"我无法想象。实在不可思议。"

"星期一他离家前也没说到过什么？"

"没有。"

"您也没料到会在斯万丹姆巷见到他？"

"绝没料到。"

"窗户开着吗？"

"开着。"

"那么他可能是在叫您了？"

"有可能。"

"据我的理解，他只能含混地喊叫一声？"

"是的。"

"据您理解，是在喊救命？"

"是。他还挥舞着双手。"

"不过也可能是惊喜的喊叫。在那儿竟然意外见到了您也会使他情不自禁地挥手致意吧？"

"是有这种可能。"

"您认为他是被硬拽回去的？"

"他消失得太突然了。"

"也可能是他自己往后一跃。您没看到屋子里有别的人？"

"是没看到，但那个可怕的瘸子不是说当时他在那个房间里吗，而且那个印度人还在楼梯口。"

"这倒是。您丈夫，就您看到的而言，穿的是他平常的衣服？"

"但硬领和领带都没戴。我清楚地看到了他的咽喉。"

"之前他说起过斯万丹姆巷吗？"

"从没提过。"

"您曾注意到他有吸食鸦片的迹象吗？"

"从来没有。"

"多谢，圣克莱尔太太。这些问题都是我要绝对搞清楚的要点。现在我们该吃点东西然后就寝了，因为明天会有很多事要忙活。"

一间宽敞舒适的双人房间早就为我们准备好了，我马上就上了床，今晚竟然有这么多奇遇，我真是筋疲力尽了。但夏洛克·福尔摩斯却不同，他脑子里只要还有没解决的问题，就会一连几天甚至几周一刻不停地琢磨个没完，反复考量，把已经掌握的事实翻来覆去地倒腾，从能想到的所有可能的角度予以审视，直到胸有成竹了或者确信他掌握的事实还不够充分才肯罢休。不久我就确信他是准备要坐一夜了。他脱了外衣和背心，换上一件宽大的晨衣，然后就开始从他的床上和沙发、靠背椅上把枕头和软垫都收集到一起。用这些材料，他给自己搭了一个东方情调的吸烟室，跷起二郎腿高高地靠在那堆软垫上，面前摆上一盎司粗烟丝和一盒火柴。在暗淡的灯光下我看见他坐在那儿，嘴里衔着一个旧欧石南烟斗，两眼空洞地紧盯住天花板的一角不放，蓝色的烟雾袅袅上升，他一声不吭，一动不动，烟头的亮光映衬出他鹰隼般的侧脸。我沉沉睡去之前他就这么坐着，等我因为冷不丁的一声叫喊而惊醒时，发现他仍然以同一个姿势坐在那儿，而夏日明媚的阳光已经洒满了我们的房间。

烟斗还在他嘴里衔着，烟还在袅袅上升，房间里充满了烟味，我昨天夜里看到的那一堆烟草已经光了。

"醒了，华生？"他问。

"是呀。"

"驾车出去兜兜风可好？"

"当然好。"

"那就整装吧。还没人起来，不过我知道那个马童睡哪儿，我们很快就能把马车弄出来。"说话间他忍不住哧哧笑起来，两眼放光，跟昨晚那个阴沉沉的思考者相比简直判若两人。

我穿衣服的时候看了一眼手表。难怪还没人起来，才四点二十五分。我刚穿好衣服，福尔摩斯就回来宣布马童已经在备马了。

"我想检验一下我的一个小理论，"他一边穿靴子一边说。"我觉得，华生，现在站在你面前的这个人称得上欧洲最蠢的蠢蛋。真该有个人把我一脚从这儿踢到查令十字街上去。不过我现在终于算是找到解开整个案件的钥匙了。"

"烟斗还在他嘴里衔着"

"在哪儿找到的？"我微笑着问。

"在浴室里，"他回答。"哦，真的，我不是在开玩笑，"他看到我满脸怀疑的神色，继续道，"我刚才就在浴室里，我已经把它拿出来放到这个格莱斯顿旅行包里了。来吧，老兄，让我们看看它能不能打开那把锁。"

我们蹑手蹑脚地下楼，来到了室外明媚的朝阳中。马和马车就停在路上，衣衫不整的马童在马前伺候着。我们俩跳上马车，沿着通往伦敦的大路直冲下去。路上已经有几辆往伦敦运蔬菜的乡间大车忙活起来，但路两旁一排排的别业仍一片沉寂，就像睡梦中的城市。

"从某些角度说来，这个案子堪称绝无仅有。"福尔摩斯说着，马鞭轻甩之下，马车飞驰起来。"我得承认我一直像个瞎子一样被蒙在鼓里，不过迟开窍总比压根不开窍强。"

我们途经萨里郡时，镇上那些起得最早的居民才刚刚睡眼惺忪地从自家窗户里往外看。从滑铁卢桥过河后，马车直奔惠灵顿大街，然后向右急转，在弓街停了下来。警务人员都熟识福尔摩斯，门前的两个巡警马上给他敬了个礼。其中一位接过马去，另一位引我们入内。

"谁值班？"福尔摩斯问道。

"是布拉德斯特里特警官，先生。"

"啊，布拉德斯特里特，你好吗？"一个高大魁梧的警官正沿着石板铺路的过道走过来，戴着个尖顶帽，穿着饰有盘花纽扣的上衣。"我想私下跟你说几句话，布拉德斯特里特。"

"当然可以，福尔摩斯先生，请到我房间里来吧。"

那是个很小的房间，像是办公室，桌子上摆着本巨大的账簿，墙上挂了个电话机。警官在他的桌旁落座。

"我能为您做点什么，福尔摩斯先生？"

"我是来拜访那位乞丐布恩的——就是被控与李镇的内维尔·圣克莱尔先生失踪案有涉的那个人。"

"是的。他是被押到这儿来候审的。"

"我是这么听说的。他人还在吗？"

"关在牢里。"

"他规矩吗？"

"哦，他倒是不惹麻烦。不过真是个肮脏透顶的恶棍。"

"肮脏透顶？"

"没错，我们只能迫使他洗了洗手，他的脸脏得像个补锅的。哼，等他的案子确认了以后，一定好好地给他洗个监狱的澡；我肯定您只要见到他，也一定会觉得他该好好洗洗的。"

"我真的很想见见他。"

"真的吗？这太容易做到了。请这边走。您可以把手提包放在这儿。"

"不了，我想还是拿着吧。"

"很好。请这边走。"他带领我们走下一条过道，打开一扇上了闩的门，走下一道旋转的楼梯，到了一处白石灰刷墙的走廊，两边是一溜排开的牢门。

"右手第三间牢房就是他的，"警官说，"就这个！"他轻轻地拉开牢门上方的一块小嵌板，往里瞅了一眼。

"他在睡觉，"他说，"从这儿能看得很清楚。"

我们俩都凑到栅栏上往里看。犯人面朝我们躺着，睡得正沉，呼吸声既慢又重。他中等身材，衣着粗劣，正合他乞丐的本分，一件染色的衬衣从他破烂的外套裂隙处露出来。正如警官所言，他简直脏到了极点，但脸上的污垢再厚，也无法掩盖他骇人的丑陋。一条旧伤疤从眼睛一直延伸到下巴，这条伤疤造成脸颊严重皱缩，致使上嘴唇的一边永远吊着，三颗牙齿都露在外面，就仿佛永远在咆哮。一簇乱蓬蓬的亮红头发低低地压在他的眼睛和前额上。

"他可真是个美人，对吧？"警官说。

"他确实需要好好洗洗，"福尔摩斯评论道，"我已经猜到他或许有这个需要，所以自作主张把洗浴工具都带来了。"他说着，把他的格莱斯顿包打开，拿出一大块洗浴用的海绵，我的惊异也就可想而知了。

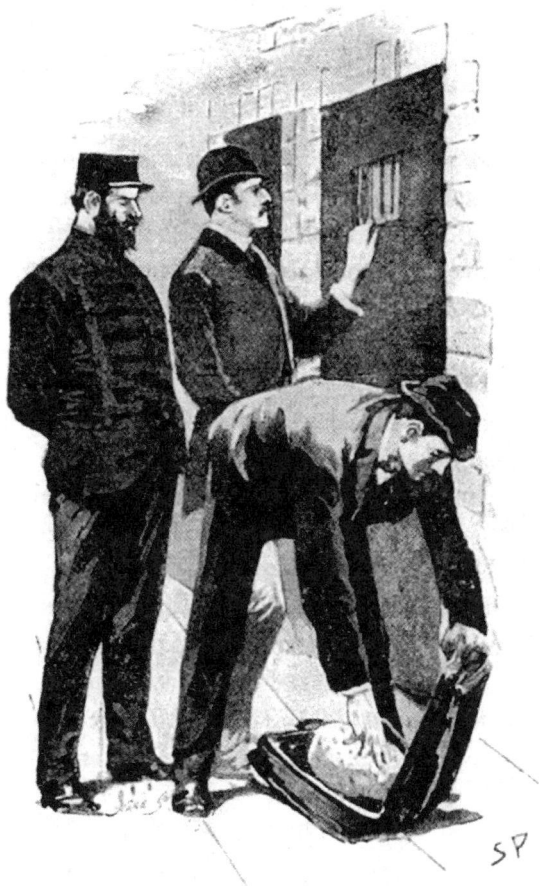

"拿出一大块洗浴用的海绵"

"哈！哈！您可真会逗乐！"警官咻咻地乐个不停。

"好了，如果你肯帮个忙，把牢门悄悄打开，我们不久就会给他换上一副体面得多的尊容。"

"噢，我看不出有什么不可以的，"警官说，"他现在这副尊容可真不像能给弓街监狱增光添彩。"他用钥匙打开牢门，我们仨都轻悄悄地进了牢房。犯人侧了侧身，重新沉沉入睡。福尔摩斯俯身用水壶里的水把海绵蘸湿，然后用力上上下下地在犯人的脸上猛擦了两遍。

"让我来给你们引见引见，"他叫道，"这位就是肯特郡李镇的内维尔·圣克莱尔先生。"

这真是我见所未见的奇事。那个人的脸就像从树上剥落的树皮一样被海绵整个擦了下来。那粗糙的棕色不见了！同样不见了的还有那道横在脸上的可怕疤痕和永远显出一副可憎的冷笑的歪嘴！那簇乱蓬蓬的红发也被一把扯掉。从床上坐起来的是个苍白、忧郁、相貌优雅的男人，黑色的头发、光洁的皮肤，他揉了揉眼睛，带着半睡半醒的困惑四周打量着。突然间他意识到事已败露，不觉大叫一声扑在床上，把脸埋在枕头下面。

"老天爷！"警官叫道，"还真是那个失踪了的人。我还是从照片上认得的。"

那个犯人这时见大势已去，就摆出一副听天由命、满不在乎的神气。"即便如此，"他说，"请问，又能以什么罪名控告我？"

"控告你谋杀内维尔·圣——，哦，算了吧，除非是你想自杀，要不然是没法控告你，"警官咧嘴笑着说，"老天，我干这行有二十七年了，今儿才算开了眼。"

"大叫一声"

"我就是内维尔·圣克莱尔先生，那么显然是什么罪都没犯，既然如此，我就是被非法拘禁了。"

"罪虽没犯，但已铸成大错，"福尔摩斯说，"如果你信得过自己的妻子，又何至于此？"

"主要的还不是我妻子，是为了我的孩子。"那个犯人呻吟道，"上帝助我，我不能让他们以自己的父亲为耻呀。我的上帝！终究还是败露了！我该怎么办？"

夏洛克·福尔摩斯挨着他在床上坐下来，和蔼地拍了拍他的肩膀。

"如果任由此事交法庭论处，"他说，"你的事当然也就免不了要公之于众了。退一步想，如果你说服警察当局你根本就没犯任何罪，我就看不出有任何必要一定要把你的详情捅到报纸上去了。我确信布拉德斯特里特警官会乐于把你主动交代的一切都详细笔录，然后提交给有关当局的。这件案子也就根本用不着再上法庭了。"

"上帝保佑你！"犯人热情洋溢地叫道，"我宁肯蹲大狱，喔，甚至宁肯被处死都不愿让孩子们知道我的秘密，让我的家庭永远蒙羞。

"你们将是唯一听到我的身世的人。我父亲是切斯特菲尔德市的一位中学校长，在那儿我受过很好的教育。年轻时我四处游历，曾登台表演，后来在伦敦的一家晚报社当上了记者。有一次总编想做一组反映伦敦市内乞讨生活的报道，我就自告奋勇接了这个任务。也就是从此我开始了我的历险。我发现，只有装成乞丐才能收集到文章需要的素材。我做过演员，当然谙熟化装的秘诀，我还曾是后台化装间里的行家里手呢。到了该用己所长的时候了。我把脸用油彩涂了，为了使自己尽量显得可怜，我还做了一道惟妙惟肖的疤痕，并借助一小块肉色的橡皮膏把嘴唇的一边也扭曲起来。然后再戴上一顶红发，穿上一身相配的衣服，我就在伦敦乞丐这个行当里粉墨登场了，我表面上是个卖火柴的，实则就是个乞丐。我把我的角色表演了七个小时，等到傍晚回家一清点，我真是大吃一惊，这一天来我竟讨到了二十六先令四便士之多。

"我把文章写出来之后就把这事抛诸脑后了。但过了一段时间，我因为为一位朋友背书担保①一份账单，竟收到一张要我偿付

———————————————————
①在支票等票据后面签字作为信用或偿付的担保。

二十五镑的传票。我绞尽脑汁也想不出到哪儿能弄到这么一大笔钱，正走投无路之时我突然心生一计。我请求债权人再宽限我半个月时间，然后向报社请了假，就重新粉墨登场做起了乞丐。十天之内我就讨到了足以还债的钱。

"唉，这么一来，你们可想而知，再让我安心于每周挣两镑的工作就实在太难了，因为我只要用点油彩把脸抹一下，把帽子放在面前，然后安心坐在那儿，一天就能挣这么多。我的自尊也确实和金钱斗争了很长时间，但最后胜出的还是英镑，于是我放弃记者的工作，每天就坐在我一开始选定的街道拐角，凭我丑怪的面孔激起的恻隐之心，就能每个口袋都塞满铜板。只有一个人知晓我的秘密，就是斯万丹姆巷我租他房子的那个大烟馆老板，就是在那儿，我每天早上以一个肮脏的乞丐面目出现，而傍晚再摇身一变成为一位衣着讲究的城里人。我付给那个印度水手很高的房租，根本不用担心他会泄露我的秘密。

"不久，我就发现我已经积攒了相当大一笔钱。这倒不是说伦敦街道上的每个乞丐每年都能挣七百镑（我的平均收入还不止这些），我之所以能额外得利一是因为我高明的化装术，再就是我善于应答的本事，这两样本事又在实践中不断完善，最后我都成了伦敦城一景。每天都有一大堆铜板甚至还有银币流水般倾泄到我头上，哪天如果少于两镑，那就算非常背运了。

"我越有钱野心也就越大，我在乡间买了幢房子，后来还结了婚，没一个人怀疑到我的真正职业。我亲爱的妻子只知道我在城里有业务，至于究竟是什么业务她就不得而知了。

"上星期一，我结束了一天的营生，正在大烟馆楼上的房间里换衣服的时候，偶尔往窗外一望，谁知竟看到我妻子站在大街上，两眼直勾勾地看着我，我又惊又怖，忍不住大叫了一声，急忙抬起胳膊遮住脸，然后马上跑到我那位心腹房东那儿，要他阻止任何人上楼找我。我听到楼下她的声音，知道她一时还没法上来。我飞快地脱下衣服，换上乞丐装，再涂上油彩戴好假发。甚至做妻子的都无法识破我的假象。不过我马上想到我那个房间可能会被搜查，这么一来那些衣服可就露了馅。我急忙把窗户打开，开得太猛了，把当天早上在卧室里弄破的一个创口又给扯开了。然后我抓起外套就把它抛到了窗外，我此前才把那一整天讨到的铜板从皮帽子转移到外套口袋里，它就这么沉到了泰晤士河底。其他的衣服也该全部扔出去，但就在那时那群警察已经冲上了楼梯，几分钟后，我发现我竟然没被确认为内维尔·圣克莱尔先生，反而作为他的谋杀犯被逮了起来。我得承认，我宁肯是这个结局。

"我不知道是不是都说清楚了。我原是决定能伪装多久就坚持多久的，所以我宁肯不洗脸。我知道我妻子肯定着急得要死，当时就趁没有警察盯着我的时候把我的戒指褪下来，跟一张匆忙写就的便条托给那个印度水手，便条上告诉她不必担心。"

"她昨天才收到那封信。"福尔摩斯说。

"老天爷！那她这个星期是怎么熬过来的！"

"警方一直都在盯着那个印度人，"布拉德斯特里特警官说，"我很能理解，他要想神不知鬼不觉地把信寄出去确实不容易。也许他把信交给了某位做水手的烟馆主顾，而那位老兄又把这事一股脑地给忘了好几天。"

"应该是这么回事，"福尔摩斯赞同地点了点头，"我相信就是这种情况。但你就从没因为乞讨而被控告过吗？"

"好多次了，但罚点钱对我来说又算得了什么？"

"不过这事必须到此为止了，"布拉德斯特里特说，"如果想要警方把这件事给捂住，前提必须是休·布恩永远消失。"

"我已经最为郑重地发过毒誓了。"

"既然如此，我想也就可以不必深究下去了。不过，如果你再被发现一次，那一切就都必须抖搂出来了。福尔摩斯先生，我得说，您这么快就帮我们把这个案子给解决了，我们真是承情不少呢。真希望能知道您到底是怎么琢磨出来的。"

"说起来，"福尔摩斯道，"这还全靠坐在五个枕头上把一盎司烟草都抽掉。我想，华生，如果我们现在就坐车回贝克街，兴许正好能赶上吃早点呢。"

蓝宝石奇案

圣诞节后的第二天早晨，我去拜访我的朋友夏洛克·福尔摩斯，想向他致以节日的问候。他身穿一件紫色晨衣，懒洋洋地靠在长沙发上，够得着的地方有个放烟斗的架子，一堆皱巴巴的早报放在手边，显然是刚刚读完。沙发旁边放着一把椅子，椅子靠背的一角上挂着顶脏兮兮、破烂不堪的硬质毡帽，帽子好几处还

"挂着顶脏兮兮、破烂不堪的硬质毡帽"

裂开了缝，简直糟得不能再戴了。椅座上有放大镜和镊子，说明帽子是为了方便观察才挂在那里的。

我说："你正忙着，也许我打搅你了。"

"没有的话。我很高兴有个朋友来跟我讨论一下我的研究结果。这东西实在是微不足道，"——他竖起拇指指了一下那顶帽子——"但跟它相关联的几个问题却颇为有趣，甚至不乏教益。"

我在他的沙发椅上坐了下来，就着烧得正旺、噼啪作响的炉火暖暖手。寒冬到来，窗户上结了一层厚厚的冰花。我说："我猜这东西虽说其貌不扬，却与某桩性命攸关的案子相关联，这帽子就是引导你揭开谜题、惩戒罪犯的线索。"

"不，不。这可不是什么罪案，"夏洛克·福尔摩斯笑道，"只不过是日常生活中鬼使神差的离奇小事罢了，想想看，四百万人熙熙攘攘地挤在几百平方英里这么点范围里，少不得发生这种小怪事。人群如此密集，你来我往，各种错综复杂的事情都可能会发生，许多小问题都令人惊讶、光怪陆离，但不见得就是犯罪行为。这种事情我们也经历过不少。"

"的确如此，"我说，"我的记录上新增加的六个案子中，倒有三个跟法律意义上的犯罪毫无关联。"

"确实。你指的是我找回艾琳·阿德勒的相片一案、玛丽·萨瑟兰小姐那桩身份奇案，还有歪嘴男人的离奇故事。我丝毫也不怀疑这件小事也会归到这类无关犯罪的故事中去。你认识门卫彼得森吧？"

"认得。"

"这就是他的战利品。"

"是他的帽子？"

"不，不；是他拣来的。帽子的主人是谁尚未知晓。我请求你不要把它当作一顶寻常破毡帽等闲视之，而是当作一个需要动番脑筋才能解开的智力问题来考虑。我先说说它的来历。这东西是圣诞节的早上，连同一只大肥鹅一起送来的。我相信，那鹅如今正在彼得森家的炉火前烘烤。事情是这样的：圣诞节早上大约四点钟，彼得森——你知道，那家伙为人很是诚实——他参加一个小小的欢宴之后，沿着托特纳姆法院路往家走。煤气灯光下，他看到前面有个高个子男人，那人走路步伐稍微有点摇晃，肩上背着一只大白鹅。他走到古治街拐角的时候，这个陌生人跟几个流氓突然口角起来。其中一个流氓把他的帽子打落在地，他举起手杖自卫，手杖抡起来一下子打碎了他身后的橱窗玻璃。彼得森跑上前去想助这人一臂之力，对付那帮流氓；但那人打碎玻璃已经大吃一惊，又见这么个身穿制服、警察打扮的人冲他奔来，吓得把鹅一扔，掉头就跑，消失在托特纳姆法院路后面那些迷宫一般弯弯绕绕的小巷里。那些流氓一见彼得森也都作鸟兽散了。这样，就只剩下彼得森在那里，他非但占领了战场，而且缴获了这两样战利品：一顶破毡帽，还有一只上等的圣诞大肥鹅。"

"他无疑把东西归还原主了？"

"我亲爱的朋友，问题就出在这里。那鹅的左脚上确实系着张小卡片，上面印着'献给亨利·贝克（Henry Baker）太太'，而且帽子的衬里上也确实能找到'H. B.'这么个姓名的缩写，但是我们这个城里姓贝克的人成千上万，叫亨利·贝克的也足有好几百人，要找到其中一个归还失物可不是件容易的事。"

"那后来彼得森怎么办了？"

"圣诞节一大早，他把帽子和鹅都拿到我这里来了，因为他知道，再微末的小问题我都会很感兴趣。那只鹅我们一直留到今天早晨。尽管天气寒冷，但还是有迹象表明最好还是立刻把它吃掉，没必要再拖延了。所以彼得森来带走了它，去完成一只鹅最终的命运，而我则继续保留这位丢失了圣诞大菜的未曾谋面的先生的帽子。"

"他没有在报纸上登寻物启事吗？"

"没有。"

"那你有什么线索可以查出这人是谁吗？"

"那些流氓一见彼得森也都作鸟兽散了"

"只能靠我们尽量去猜测了。"

"就凭这顶帽子？"

"正是。"

"你真是开玩笑。单从这顶破毡帽里你能看出什么来？"

"给你我的放大镜。我的方法你了解。你来看看，关于戴这顶帽子的人，你能得到些什么情况？"

我把这件破旧物事拿在手里，有些为难地把它翻转过来。这是一顶普通的黑帽子，就是一般的圆形，硬质，破得几乎没法再戴了。衬里原先是红色丝绸，但是颜色褪得厉害。帽子上没有制造商的名字；但是，正如福尔摩斯说的，衬里一侧上草草写着一个姓名缩写"H. B."。帽子边缘上有洞，用以穿帽带，但上面的松紧带已经不见了。从外面看，帽子有几处裂开，布满了灰尘，还有几块污渍，污渍上还涂了墨水，以图掩饰。

"我什么也看不出。"说着，我把帽子还给了我的朋友。

"正相反，华生，你什么都看得到。但是你没有对看到的东西加以分析。你对作出推论太缺乏信心了。"

"那请你告诉我，你可以从这顶帽子里推断出些什么来？"

他拿起帽子，用他所特有的若有所思的方式仔细端详。"这帽子可能引不起很多的联想，"他说，"但至少有几处可以有确实的推论，另外还有几处至少可以推论出几种可能性。从帽子外观看来，这个人显然学问渊博，而且至少三年前生活还相当富裕，但是如今日子却过得十分困窘。他过去很有点远见，但是今非昔比了，再加上家道中落，精神日益颓唐，似乎他受了某种有害影响，也许是染上了酗酒的恶习。也许正因为如此，显然他妻子已经不再爱他了。"

"天哪！福尔摩斯！"

"但是，他还是保留了一部分的自尊，"他不顾我的抗议，继续说道，"此人深居简出，身体严重缺乏锻炼，人届中年，头发花白，最近几天刚理过发，头发上还抹了柠檬膏。还有，他的家里极可能没有安煤气灯。"

"你一定是在开玩笑，福尔摩斯。"

"绝对不是开玩笑。我都把推论结果告诉你了，难道你还看不出我是怎么得出这些结论的吗？"

"我的确很愚钝，对此我毫不怀疑，可我不得不承认我跟不上你的思路。比如说吧，你是怎么知道此人学识渊博的？"

福尔摩斯一下子把帽子扣到自己头上，作为回答。帽子把他整个前额全都挡住了，正好压在他鼻梁上。"这纯粹是个容积问题，"他说，"长这么大个脑袋的人，脑袋里必定有些东西吧。"

"那你又是怎么知道他富有还是贫穷的？"

"这顶帽子是三年前买的。这种平檐卷边的帽子当时正流行。这帽子质量顶好。看看这罗纹丝绸的镶边，还有上好的衬里。如果这人三年前买得起一顶这么昂贵的帽子，打那以后再没添置过帽子，那他一定是在走下坡路了。"

"这一点算是搞清楚了。他有没有远见，精神颓不颓唐，又是怎么推断出来的？"

夏洛克·福尔摩斯笑了起来。"这就说明他有远见，"他一边说着，一边用手指着系帽带用的一个小圆环和搭扣，"出售的帽子上从来不带这些东西，这个人特地定做了一顶这样的帽子，正说明他有一定的远见，特地做上这个东西防止风把帽子吹跑。但是我们也看到，他把松紧带弄断了，也不费心再装一根，很显然他如今已经不如从前那么有远见了，这也是他意志渐渐消沉的表现。话又说回来了，他还特地在污渍上面涂墨水来掩盖，说明他还没有完全失去自尊。"

"你的推论听来言之有理。"

"接下来的几点——他人届中年，头发灰白，刚理过发，用柠檬膏，都是通过仔细观察帽子衬里的下部得出的结论。透过放大镜可以看到大量的碎头发茬，都是理发师的剪子剪下来的，很整齐。头发茬看起来都粘在帽子上，而且明显闻得到柠檬膏的气味。你可以看得出，帽子上的灰尘并不是街上那种灰色的沙尘，而是室内的那种褐色绒絮状灰尘，说明帽子大多数时间都在房间里挂着，里面潮湿的印记肯定地证明戴帽子的人汗出得很多，必然是缺乏锻炼所致。"

"可还有他的妻子——你说她已经不爱他了。"

"这顶帽子已经有好几个星期没有刷过了。我亲爱的华生，要是我看到你帽子上堆积了一星期的灰尘，而尊夫人竟然容许你就这个样子出门，我也要担心恐怕你已经不幸失去夫人的关爱了。"

"也许那人根本没结婚呢。"

"非也，他正要把鹅带回家去作为求和的表示献给太太呢。别忘了鹅脚上还有张卡片。"

"桩桩件件你都能拿出个答案来。可你究竟是怎么推断出他们家没装煤气灯的呢？"

"一滴蜡油污渍，甚至两滴，都可能是偶然滴上的；但在他的帽子上我看到至少五处蜡油的污渍，我觉得，毫无疑问，此人经常接触燃烧的蜡烛——很可能一手拿帽子，一手拿着滴着油的蜡烛往楼上走。甭管怎么说，他绝不可能从煤气灯口上沾到蜡油。现在你满意了吗？"

"你这番推论的确高明，"我笑说，"但是，正如你刚才所说，此事并不涉及犯罪，顶多是一只鹅的损失，这么大费周章未免有点浪掷才力了吧？"

夏洛克·福尔摩斯甫一张嘴，正待回答，门猛地开了，看门人彼得森两颊通红，一脸诧异地冲了进来。

"鹅，福尔摩斯先生！那只鹅！"他上气不接下气地说。

"哦？那鹅怎么了？难道它又活过来，扑扇着翅膀从你家厨房窗口飞走了不成？"福尔摩斯在沙发上转过身来，好看清楚来人激动的面孔。

"您看哪，先生！看看我老婆从鹅嗉子里找到了什么！"他伸出手，手掌中央是一颗光芒四射、晶莹璀璨的蓝色石头，那石头比豆子还小些，但是质地纯净，光彩炫目，像一道电光在他黝黑的手心里闪烁。

夏洛克·福尔摩斯吹了声口哨，坐起身来。"老天哪，彼得森！"他说，"这可真是件稀世珍宝！我猜你知道这是什么。"

"是颗钻石吗，先生？一颗宝石。用它切玻璃就像切油泥一样。"

"这可不仅仅是颗宝石。这是一颗大名鼎鼎的宝石。"

"莫非是莫卡伯爵夫人的蓝宝石！"我脱口而出。

211

"看看我老婆从鹅嗉子里找到了什么！"

"正是。最近每天都看到《泰晤士报》上关于这石头的悬赏告示，我应该认得它的大小和形状。这块宝石绝对独一无二，它的价值只能约莫估量，悬赏出的一千镑报酬肯定还不敌这石头市价的二十分之一。"

"一千镑！仁慈的上帝啊！"看门人一屁股跌坐在椅子上，瞪大了眼睛轮番盯着我和福尔摩斯。

"这只是悬赏的报酬，我有理由相信，伯爵夫人私底下出于某种感情因素，只要能找回这颗宝石，哪怕失去一半的财产也会心甘情愿的。"

"要是我没记错的话，宝石是在国际饭店失窃的。"我说。

"的确如此，就在五天前，十二月二十二日。管子工约翰·

霍纳被指控从夫人的珠宝箱里窃走了这颗宝石。控方证据非常强有力，案子已经提交巡回法庭审判了。我想我这里有关于此案的报道。"他从一堆报纸中翻来翻去，查看日期，最后拣出一张，对折了一下，念了以下的段落：

"国际饭店宝石失窃。约翰·霍纳，二十六岁，管子工，被指控于本月二十二日从莫卡伯爵夫人的珠宝箱中窃取一颗价值连城、人称'蓝宝石'的贵重宝石。饭店的高级服务员詹姆斯·莱德做证说，案发当日他曾经带霍纳去莫卡伯爵夫人的更衣室，让他焊接壁炉上业已松动的第二根炉栅栏。他曾与霍纳一起在房中逗留，但不久即应召离开。待重新回到该处，他发觉霍纳已经不见踪影，衣柜被撬开，桌上有一摩洛哥皮质小匣空置，后来得知该首饰匣为伯爵夫人惯常放珠宝之用。伯爵夫人的贴身侍女凯瑟琳·库萨克做证说她曾听到莱德发现失窃后发出惊慌的叫喊声，她闻声立即冲进房间，目睹的情况与前面一位证人所述一致。B区的布拉德斯特里特警官证明霍纳被捕时曾拼命抵抗，并且坚称自己是无辜的。鉴于他此前曾因抢劫获罪，地方官员拒绝对此案草率从事，而将案件转交巡回法庭审理。审讯过程中霍纳情绪非常激动，乃至听到判决时竟当场昏倒，被抬出法庭。

"警察局和法庭所能提供的线索就只有这些了，"福尔摩斯若有所思地说，随手把报纸扔在一边，"现在我们要解决的问题是要把所发生的事情理出个头绪。事情的开始是珠宝盒被撬，结束在

213

托特纳姆法院路上那只鹅的嗉囊里。华生，你瞧，我们这小小的推理突然变得重要起来，也并非不涉及犯罪了。这是那块宝石，宝石是从鹅那儿来的，鹅又是从亨利·贝克先生那儿得来的，这位绅士有顶破帽子，还有其他种种特点，我已经分析得令你不胜其烦了。现在我们必须开始认真寻找这位绅士，并且弄清楚他在这个小小谜团中扮演着什么样的角色了。要做到这一点，我们必须先采取最简单的方法，在所有晚报上登个广告，无疑可见分晓。要是这招不灵，我们再想别的办法。"

"广告怎么写？"

"给我支铅笔还有纸。就这么写：'兹于古治街角捡到鹅一只及黑色毡帽一顶。亨利·贝克先生于今晚六时三十分前往贝克街二二一号B，即可重获上述物件。'就这么简单明了。"

"的确简单明了。可他会看得到吗？"

"他的损失对穷人来说算得上重大，所以他一定会留心报纸上的广告。他不幸打碎了橱窗，又看到彼得森跑过来，显然是吓了一跳，当时只顾逃跑了。但是之后他必然对自己莽撞行事丢了鹅而感到悔恨不已。何况广告上有他的名字，他一定会注意到的，因为所有认识他的人都会提醒他。彼得森，这个给你，你跑去广告代理商那里，把这个登到晚报上。"

"先生，登哪家晚报？"

"哦，《环球报》《星报》《蓓尔美尔报》《圣詹姆斯报》《新闻晚报》《旗帜报》《回声报》以及其他种种，只要你想到的都登一份。"

"那好吧，先生。那这块宝石怎么办？"

"哦，对了。宝石我来保管。谢谢你。听我说，彼得森，你回来的路上买只鹅放在我这里，我得赔给这位先生一只鹅，顶替你们家吃掉的那只。"

看门人离开后，福尔摩斯把宝石拿起来迎着灯光。"真是颗绝美的宝石，"他说，"看看它耀眼的光芒吧。当然它也是罪恶之源。每一块精美的宝石都是如此。宝石是恶魔最钟爱的诱饵。在那些更古老、更大的宝石上，每一个切面都代表着一桩血案。这块石头的历史还不足二十年。它是从中国南方厦门的河岸上找到的，具有蓝宝石的一切特征，但却是红宝石的颜色。尽管时间不长，它也有一段罪恶的历史。为了这块重四十格令①的碳结晶，已经发生了两起谋杀，一起硫酸毁容事件，一起自杀，还有多起抢劫案。谁能想得到，这么一件漂亮的玩物竟然将许多人送上绞架、带进监牢？我要把它锁在保险箱里，然后给伯爵夫人写封信，说宝石我们找到了。"

"你觉得这个霍纳是无辜的？"

"我说不上来。"

"那你觉得这个亨利·贝克跟这件事会有关系吗？"

"我觉得这个亨利·贝克很可能完全是清白无辜的，他可能完全不知道，他背着的那只鹅比纯金打成的价值还要高出许多。不过，只要我们的启事得到答复，这一点只需一个小小的试验就能搞清楚。"

"在此之前就没什么可做的了吗？"

---

① grain，英美制最小重量单位，等于 0.0648 克，亦为珍珠重量单位，等于 1/4 克拉。

"没了。"

"既然如此，且容我继续处理我的日常工作。不过今天傍晚我会在你刚才说的时间再回你这里来，因为我也很想看看这么曲折的一桩事件最终会怎么解决。"

"我会很高兴再见到你的。我七点钟吃晚饭。我相信会吃到一只山鹬。顺便说一句，考虑到最近发生的事情，也许我应该拜托哈德森太太检查一下山鹬的嗉囊。"

我因为被一个病人绊住脚，重又回到贝克街上的时候已经是六点半多一点了。快到福尔摩斯家门口的时候，我看到一个高个儿男人站在门外，在窗口灯影里等候，他头戴一顶苏格兰式便帽，外套一直扣到下巴上。我刚到门口门就开了，我们俩一起被带进了福尔摩斯的房间。

"想必您就是亨利·贝克先生吧，"他说着，起身招呼这位客，态度亲切自然，他总是很容易显出这样的姿态，"请坐在火炉边的椅子上，贝克先生。今天晚上很冷，据我观察您的装束更适合夏季而不是这么寒冷的冬天。哦，华生，你来得正是时候。这帽子是您的吗，贝克先生？"

"没错，先生；毫无疑问这是我的帽子。"

这人身材高大，肩膀厚实，脑袋很大，长相看来才智颇高，下巴上留着灰白的山羊胡。他鼻子和两颊略泛红色，手伸出来的时候稍微有点颤抖，这些不禁令我想起了福尔摩斯关于他酗酒的臆测。他身穿一件黑色旧外套，前襟的扣子扣得严严实实，衣领竖立，细瘦的手腕从袖子里伸出来，袖口既没有衬衫的踪迹，也看不到袖扣之类。他讲话很慢，有点断断续续，谴词造句非常小心，总的来说给人留下的印象是一个时运不济的文人学士。

"这两样东西在我们这里已经好几天了，"福尔摩斯说，"因为我们以为您会登寻物启事，那样就能找到您的地址了。我很迷惑，为什么您没有在报纸上登寻物启事呢？"

客人发出一声有点惭愧的笑声。"我如今阮囊羞涩，不比从前了，"他开口说道，"我绝对相信那帮袭击我的流氓已经把我的帽子和鹅全抢走了。眼看没有希望再找回失物，我再多花钱也是无益。"

"这是自然。顺便说一句，您那只鹅，我们不得以把它吃掉了。"

"吃掉了！"客人一激动，差点从椅子上跳起来。

"没错。若我们不吃，再放着也没法派上用场了。但是那边餐具柜上有另外一只鹅，我估计跟您原来那只分量相类，非常新鲜，请问能否代替原来那只，让您一样满意呢？"

"哦，那当然，当然可以。"贝克先生舒了口气，回答说。

"当然，我们还保留了您原来那只鹅的羽毛、鹅脚、嗉囊等等，如果您要——"

那人哈哈大笑起来。"这些东西作为我一次历险的纪念也许还有用，"他说，"但除此之外，我看不出我那只已故老相识的零碎遗物于我有何裨益。不，先生，要是您允许的话，我想我所关心的仅限于我看到的餐具柜上的那只绝妙好鹅。"

夏洛克·福尔摩斯飞快地朝我扫了一眼，略微耸了耸肩膀。

"那么，帽子归您，鹅也归您，"他说，"顺便说一句，可否麻烦您告诉我您那只鹅是从哪里来的？我对家禽颇有点兴趣，说来像您那只喂得那么好的鹅，我倒很少见到。"

"当然可以，先生。"贝克此时已经站起身来，将新得的财产夹在胳肢窝底下。他说："我们几个人常常光顾博物馆附近的一家阿尔法酒吧——要知道白天我们都在博物馆里待着。今年我们那位好老板，名叫温迪盖特的，成立了一个鹅俱乐部，只要每星期交一点钱，圣诞节的时候我们每人就能领取一只鹅。我总是按时交费，其余的事情您都已经知道了。先生，戴一顶苏格兰式便帽与我的年纪和身份都极不相称，您使我受惠匪浅，我谨向您深表谢意。"他严肃地向我们两人鞠了一躬，态度傲慢，颇具喜剧色彩，随即迈开大步走出了房间。

"亨利·贝克先生的事情就此结束，"福尔摩斯去关上门，一边说，"很显然他对此事是一无所知。华生，你饿了吗？"

"不太饿。"

"那么我建议我们把晚饭改成夜宵，我们不如趁热打铁，顺藤摸瓜。"

"正该如此。"

夜晚很冷，因此我们身穿厚大衣，系上围巾。外面，星星在万里无云的夜空里闪着冷光，路上行人呵气成霜，那冷气看来就好像许多手枪射击时形成的白烟。我们的脚步清脆响亮，直穿过医师区、威姆坡尔大街、哈利大街，而后穿过威格摩尔大街上了牛津大街。一刻钟后我们到达了布鲁姆斯伯里区，进了阿尔法酒吧，这是一家小酒吧，坐落在通往霍尔本的许多小街之一的拐角上。福尔摩斯推开这个僻静酒吧的门进去，跟脸色红润、腰系白围裙的老板要了两杯啤酒。

"他严肃地向我们两人鞠了一躬"

"要是你的啤酒也像你的鹅那么好，那就太棒了。"他说。

"我的鹅？！"那人显得很吃惊。

"没错。才刚半小时前我在跟亨利·贝克先生说话来着，他是您的鹅俱乐部的成员之一。"

"哦！对了。我明白了。但是您知道，先生，那些并不是我的鹅。"

"是吗！那是谁的呢？"

"我从科文特花园市场上一个售货员那里买了两打。"

"是吗！那里的售货员我倒认识几个。您是从谁那儿买的？"

"他的名字叫布雷肯里奇。"

"哦！他我倒不认识。老板，祝您健康，生意兴隆。晚安。"

"现在去找布雷肯里奇，"我们重又走到外面的冷气中，他把大衣扣起来，又说，"别忘了，华生，尽管表面看来这不过是一只鹅的小事，但实际上一个人可能因此被判七年徒刑，除非我们能证明他无罪。当然，很可能我们的调查反而证明他有罪，但是无论如何我们掌握了一条被警方忽略的线索，完全事出偶然。不管结局如何，我们得追查到底。现在掉头向南，全速前进。"

我们穿过了霍尔本，沿着恩德尔大街，穿过曲曲折折的贫民窟，到了科文特花园市场。市场上最大的摊位之一上写着布雷肯里奇的名字，经营者是个貌似赛马骑士的人，面部瘦削，留着整齐的络腮胡子，正帮一个小伙计关上百叶窗。

"晚上好。今天晚上可真冷。"福尔摩斯说。

那鹅贩子点点头，怀疑地朝我的同伴扫了一眼。

"看来鹅都卖光了。"福尔摩斯又说，指了指光秃秃的案板。

"明天一早给你五百只。"

"那也没用。"

"那边点煤气灯的摊子上还有几只。"

"哦，但是人家推荐我上你这儿来。"

"谁推荐的？"

"阿尔法的老板。"

"哦，是的，我给他送去了两打。"

"那些鹅很不错。你是从哪儿弄来的？"

不料这个问题引得这鹅贩子勃然大怒。

"先生，"他挺着脑袋，叉着腰，说道，"你到底想干什么？有话直说！"

"很简单。我就是想知道你给阿尔法的那些鹅是从哪里买来的。"

"好。我不告诉你。就这么简单！"

"哦，那也没什么要紧的；可我不明白为什么这么点小事引得你这么上火。"

"上火！要是有人也这么跟你纠缠不休，恐怕你也一样上火。我出好价钱买好货，银货两清了；但是老有人追着你问：'鹅哪里去了？''你把鹅卖给谁了？' 还有'一只鹅能赚多少钱？'听听这些大惊小怪的问题，教人以为全世界就那几只鹅似的。"

"我跟那些跟你打听这事的人可没什么关系，"福尔摩斯漫不经心地说，"你要是不肯说那就没得赌了，仅此而已。我对家禽的知识颇为在行，我出五镑钱打赌我吃的那只鹅是乡下养大的。"

"你那五镑钱输掉了，鹅是城里养大的。"

"绝对不是。"

"我说是。"

"我不信。"

"我打小就卖这玩意儿，你竟然觉得家禽你懂得比我还多？我告诉你吧，所有那些送到阿尔法的鹅都是城里养大的。"

"你怎么说我都不信。"

"那你愿意打赌吗？"

"你输定了，我知道我绝不会看错的。我出一个沙弗林金币跟你打赌，就是给你个教训，以后不要这么犟。"

那鹅贩子冷笑一声。"比尔，给我拿账本来。"他说。

那小伙计取来一个小薄本子和一本油乎乎的大本子，一起摆在吊灯下面。

"万事通先生，"那鹅贩子说，"我以为我的鹅都卖完了，不过不等我收摊你就能看到我店里还剩下一只呆头鹅。你看到这个小本子了吗？"

"如何？"

"这是卖鹅给我的人的名单。看到没有？喏，这一页上都是乡下人，名字后面注明他们的账号在大账本上的位置。喏，你瞧！看见用红墨水写的这一页没有？这是我城里供货商的名单。看这第三个名字。给我读出来听听。"

"欧克肖特太太，布里克斯顿路一百一十七号——二四九。"福尔摩斯念道。

"正是如此。你在大账本里查查看。"

福尔摩斯翻到了那一页。"在这儿哪，'欧克肖特太太，布里克斯顿路一百一十七号，禽蛋供应商。'"

"再看，最后一条写的是什么？"

"十二月二十二日。二十四只鹅，收价七先令六便士。"

"没错。你再往下看。下面是什么？"

"售与阿尔法的温迪盖特先生，售价十二先令。"

"给我读出来听听"

"你还有什么话说？"

夏洛克·福尔摩斯露出一副深感懊恼的样子。他从口袋里取出一枚金币，扔在案板上，带着一种难以言喻的厌恶神情走开了。走出几码之后，他在一盏路灯下停住脚，露出一种他所特有的不出声的畅快笑容。

"当你碰到一个留着那种样式小胡子的人，衣服口袋里还插着报纸的赛马版，你跟他打个赌就一定能把真话套出来。"他说，"我敢说即便我当场掏出一百镑给他，那人也绝不会像打赌这么痛快地把全部信息提供给我。华生，看来我们的调查很快就要接近尾声了，唯一剩下的一件事就是要决定我们该今天晚上一鼓作气，去找这位欧克肖特太太呢，还是留待明天再说。听那个粗野家伙说的话，很显然除了我们以外还有别的人也急于知道此事，因此我应该——"

他的话音突然被我们刚离开的摊子上传来的一阵大声吵闹打断了。我们转身去看时，见一个獐头鼠目的家伙站在吊灯的黄色光影中间，那鹅贩子布雷肯里奇挡在自家摊子门口，正冲那个畏缩的人影猛挥他的拳头。

"我受够了你还有你那些鹅的破事了。"他喊道，"你跟你的鹅都见鬼去吧。你要是再拿你那套傻话来烦我，我就放狗咬你。你把欧克肖特太太带来，我就告诉她，可你跟这有什么关系？我跟你买鹅了吗？"

"没有，可那里面有一只是我的。"那小个子哀叹道。

"那你去跟欧克肖特太太要去好了。"

"她让我来找您。"

"那你爱跟谁要跟谁要去好了，这我可管不着。我可是烦透了。滚出去！"他猛地往前一冲，那问话的人飞快地逃到黑暗里去了。

"哈！这倒省得我们去布里克斯顿路跑一趟了。"福尔摩斯低声说，"跟我来，看看我们能从这家伙身上查出点什么来。"我的伙伴大踏步穿过那些三五成群在亮着灯的摊头逛荡的闲人，很快赶上了那个小个子，拍了拍他的肩膀。那人猛地转过头来，借着煤气灯光，我看到那人吓得脸色惨白，面无人色。

"你是谁？你想干吗？"他声音颤抖地问道。

"恕我冒昧，"福尔摩斯温和地说，"我碰巧听到你刚才问那鹅贩子的话。我想我大概能帮你这个忙。"

"你？你是谁？你怎么会知道这些事的？"

"我名叫夏洛克·福尔摩斯。我的工作就是要了解别人所不知道的事情。"

"但这件事你不可能知道啊。"

"恕我直言，这件事我全都知道。你是要查出一批鹅的下落，这些鹅是布里克斯顿路上的欧克肖特太太卖给鹅贩子布雷肯里奇的，布雷肯里奇又卖给了阿尔法的温迪盖特先生，他又把鹅给了他俱乐部的成员，亨利·贝克先生正是成员之一。"

"噢，先生，您正是我盼着能碰到的人哪，"这小个子哆哆嗦嗦地伸出双手，喊出这么一句话，"我简直没法跟您解释我对这件事有多感兴趣啦。"

夏洛克·福尔摩斯拦下一辆四轮马车。"既然如此，我们与其站在这刮着寒风的市场上说话，不如到一个舒舒服服的房间里细谈为妙，"他说，"不过，在我们继续这件事之前，请告诉我，我有幸为他效劳的这位先生怎么称呼呢？"

那人犹豫了一下。"我叫约翰·罗宾逊。"他眼睛望着别处说道。

"不，不；您得说真名，"福尔摩斯和气地说，"化名谈生意总是不大方便。"

陌生人的脸上泛起一片潮红。"好吧，"他说，"我的真名叫詹姆斯·莱德。"

"一点不错。国际饭店的领班。请您上车，我马上就可以把您想知道的一切都告诉您。"

那小个子来回打量着我们俩，眼神半是担心，半是希望，这

"您正是我盼着能碰到的人哪"

神情显示出他不能确定，自己到底是一笔横财即将到手呢，还是要大祸临头了。随后他上了马车，不到半个钟头，我们就回到了贝克街上福尔摩斯的起居室。一路上我们什么也没说，但我们这位新伙伴呼吸急促、微弱，双手一会儿交叉，一会儿放开，透露出他内心的极度紧张。

　　"我们到了！"我们鱼贯走进房间，福尔摩斯说道，"这种天

226

气炉火很是应景。莱德先生，您看上去很冷。请坐这把柳条椅。我换上拖鞋，然后咱们就来解决您的这个小问题。好了！您想知道这几只鹅的下落对吗？"

"是的，先生。"

"或者，不如说是那只鹅的下落。我猜想，您感兴趣的是那只鹅——白色，尾巴上有一道黑色条纹。"

莱德激动得浑身颤抖起来。"哦，先生，"他大叫，"您能告诉我它哪儿去了吗？"

"它到这里来了。"

"这里？"

"没错。事实证明它是只非同寻常的鹅。您对它感兴趣我丝毫不觉得奇怪。它死后还下了一个蛋——一个举世无双、最为美丽、光灿灿的小蓝蛋。我把它收在我的私人博物馆里了。"

我们的客人一下子跳将起来，右手一把抓在壁炉上。福尔摩斯打开他的保险箱，把那颗蓝宝石取了出来，宝石光芒四射，像星星一样闪着耀眼的冷光。莱德站在那里，脸激动得扭曲变形，眼睛直瞪着宝石，不知道该认领还是否认好。

"游戏结束了，莱德，"福尔摩斯平静地说，"站稳了，要不然你就掉到火里去了！华生，扶他坐到椅子上去。他还没那么大胆子敢明目张胆地触犯刑律。给他杯白兰地。好了，现在他看上去算是有点人样了。真是个怯懦小人啊！"

他摇摇晃晃地站着，几乎不曾跌倒，但白兰地使他两颊上添了点血色，他瞪着一双惊恐的眼睛盯着他罪行的揭发者。

"我手中掌握了几乎全部线索，可能用得上的证据我也都具备了，所以用不着你再跟我多说了。但是如果你说出真相，正好可以让案情完整明白。莱德，你曾经听说过莫卡伯爵夫人的这颗蓝宝石，对吗？"

"我是听凯瑟琳·库萨克说的。"他声音尖利地说。

"哦，是伯爵夫人的贴身侍女。唾手可得这么一笔横财，你无法抗拒这么强的诱惑，在你之前有比你强得多的人也同样经不起诱惑；但是你采取的方法可不太谨慎。在我看来，莱德，你这人天生就是个恶棍坏子。你早知道这个管子工霍纳以前曾有过类似的盗窃行为，所以嫌疑很容易会落到他身上。那么你干了些什么呢？你在伯爵夫人的房间里搞了点小花样——你跟你的同谋库萨克——你们设法把他叫到房间里来。然后，等他走了以后，你就撬开珠宝盒，拉响了警报，让这个不幸的人被捕。然后你——"

莱德扑通一下跪倒在地毯上，一把抱住我朋友的膝盖。"看在上帝的分上，可怜可怜我吧！"他尖声大叫，"想想我的父亲！我的母亲！他们的心都会碎了的。我以前从来没干过坏事！我再也不敢了。我发誓。我手按在《圣经》上发誓。哦，别把这事交到法庭上！看在基督的分上，千万别！"

"坐回椅子上去！"福尔摩斯严厉地说，"现在你倒知道磕头求饶了，可是你没有想想可怜的霍纳却因为这桩他一无所知的罪行而被置于被告席上。"

"福尔摩斯先生，我逃走。我离开这个国家，先生。这样对他的指控就不成立了。"

"哼！我们会谈到这个问题的。不过现在先让我们听听接下来这一幕的真实情况吧。宝石怎么会进到鹅的肚子里，鹅又是怎

"'可怜可怜我吧！'他尖声大叫"

么到了市场上的？把事实真相告诉我们，唯有如此，你才有可能平安无事。"

莱德伸出舌头舔了舔焦灼的嘴唇。"我把事情原原本本都告诉您，先生，"他说，"霍纳被捕以后，我觉得最好是马上把宝石处理掉，因为我不知道什么时候警察就会掉转头来搜查我和我的房间。旅馆里没有一处地方是安全的。我假装出门办事，径直去了我姐姐家。我姐姐嫁了一个姓欧克肖特的，住在布里克斯顿路上，她在那里饲养家禽，养肥了卖到市场上去。一路上，我觉得碰到的每个人都像是警察或者侦探；尽管那天晚上很冷，我还没到布里克斯顿路就已经满头大汗了。姐姐问我出了什么事，为什么我脸色那么苍白；我告诉她说是因为酒店里发生的珠宝失窃案搞得我心烦意乱。随后我到后院里去抽根烟，考虑我下一步应该怎么办。

"我曾经有个朋友叫毛兹利，他后来犯了罪，刚在本顿维尔监狱服刑期满。有一次他碰到我，跟我说起盗窃的方法，以及他们如何处理赃物的事。我知道他不会出卖我，因为我知道他的一两件事情，因此我决定直接到基尔本他的住处去找他，把我的秘密告诉他。他可以告诉我如何把珍宝卖掉。但是怎么才能安全地到他那里去呢？我回想起从酒店到这里来时一路上受的惊吓苦恼。我随时可能被拦下来搜身，而宝石就在我马甲的口袋里。我靠在墙边，看着脚边上摇摇摆摆走来走去的鹅，突然想到了一个主意，我想这主意足以瞒过世上最能干的侦探。

"几个星期以前我姐姐曾经跟我说过，让我从她养的鹅里挑一只作为圣诞礼物，我知道她一向说话算数，我现在就可以拿走我那只鹅，我可以把宝石放在鹅的肚子里带到基尔本去。后院里有个小棚子，我把其中一只鹅赶到棚子后面去—— 一只又大又好的白鹅，尾巴上有道条纹。我捉住它，把鹅的喙掰开，把宝石尽量地塞到下面。那鹅一口吞下，我感觉到宝石通过它的咽喉进了嗉囊。但是那鹅扑扇着翅膀挣扎，惊动了我姐姐，她出来看看发生了什么事。我转头跟她讲话的时候，那畜生挣脱开来，逃到鹅群中去了。

"'你要把那只鹅怎么样，詹姆？'她问我。

"我说：'你说你要给我只鹅作圣诞礼物，所以我在挑哪一只最肥。'

"'哦，'她说，'我们已经专门给你挑了一只——我们管它叫詹姆的鹅。就是那边那只大白鹅。一共有二十六只，一只给你，一只我们自己留着，剩下两打卖给市场。'

"'谢谢你，玛吉，'我说，'但是如果不给你添麻烦的话，我想要我刚才捉的那只。'

"'另外那只更好，比它重三磅呢。'她说，'我们特地给你养肥的。'

"'没关系。我就要那只；我现在就拿走。'我说。

"'哦，那随你便，'她有点气恼地说，'你想要哪只？'

"'那只尾巴上有条纹的白鹅，就是鹅群中间那只。'

"'哦，好吧。你宰了它带走好了。'

"我就照她说的做了，福尔摩斯先生。我带着鹅一路到了基尔本。我把我做的事告诉给我的朋友，跟他那样一个人讲这种事一点也不难。他哈哈大笑，直到喘不过气来，我们拿了把刀，把鹅剖开来。一见里面根本没有宝石的痕迹，我的心一下子凉透了，我意识到一定是出了什么可怕的差错。我扔下鹅跑回姐姐家，赶到她的后院。可那里一只鹅也没剩下。

"'鹅都哪儿去了，玛吉？'我大叫。

"'到经销商那里去了，詹姆。'

"'哪家经销商？'

"'科文特花园市场的布雷肯里奇。'

　　"'还有一只鹅尾巴上有条纹吗?'我问,'跟我挑中的那只一样的?'

　　"'是啊,詹姆;有两只尾巴有条纹的,我永远也分不清它们俩。'

　　"我一下子全明白了,我马上飞快地跑去找这个布雷肯里奇;但是他那批货刚进来就卖掉了,至于卖到了哪里,他又一句话都不肯透露。您今天晚上也听到了。他向来都是那么答复我的。我姐姐觉得我是发疯了。有的时候我自己也觉得我是发疯了。如今——如今我身上已经打上了贼的烙印,可我为之出卖了人格的那笔财富,我连碰都没碰过。上帝啊,救救我吧! 上帝啊,救救我吧! "他把脸埋在双手中,哭得上气不接下气。

　　沉默了好长一段时间,其间只听到他沉重的呼吸声以及福尔摩斯的手指有节奏地敲打桌边的声音。随后我的朋友站起身来,一把推开了房门。

　　"滚出去! "他说。

　　"您说什么,先生? 噢,上帝保佑您! "

　　"别多话了。滚出去! "

　　不用福尔摩斯再说,他猛地冲出门去,只听得楼梯上哗啦作响,门咣当一声带上,然后就是街上传来的清脆的奔跑声。

　　"不管怎么说,华生,"福尔摩斯说着,伸手取他的陶土烟斗,"警察并没有聘请我去提供他们不了解的情况。如果霍纳情况危险,那当然另当别论;但是只要这家伙不出来指控他,对他的指控就不成立了。我想我这么做是大大减轻了对一桩重罪的刑

"哭得上气不接下气"

罚，但是很可能我也因此拯救了一个人的灵魂。这个家伙从此不会再做坏事了；这事已经把他吓得失魂落魄了。若是现在送他进监牢，你就把他变成了个终身的罪犯。再说了，时值圣诞佳节，正是宽恕的季节。偶然的机会使我们碰上了这么一个十分古怪独特的问题，解决这个难题本身就已经是给我们的报答了。医生，如果你费心拉一下铃，我们可以开始一场新的考察，这次的主要考察对象，仍然是一只禽类。"

斑点带子奇案

翻检过去八年间我为研究我的朋友夏洛克·福尔摩斯的破案方法而记录在案的七十多桩案件，我发现其中有的是悲剧，有的是喜剧，很大一部分只能称为奇案，而没有一件案子稀松平常；这也难怪，因为他做私家侦探与其说是为钱，毋宁说是出于对破案艺术的热爱，如果人家请他进行的调查本身没什么独特甚至匪夷所思之处，他都会干脆回绝了事。不过，比起那件跟萨里郡斯托克莫兰著名旧族罗伊洛特家有关的案子来，所有这些形形色色的奇案都会相形失色，因为那案子实在太不寻常了。我说的这件案子发生在我跟福尔摩斯订交初期，当时我们都还是单身汉，合住在贝克街的房子里。本来我可能早就把这个案子讲出来的，但当初曾发誓保密，直到上月，我们为之做出保证的那位女士不幸过早去世，这才解除了誓言的束缚。也许现在到了把事实公之于众的时候了，因为据我所知，外界关于格里姆斯比·罗伊洛特医生之死所广为流传的谣言，在以讹传讹之下比事实本身更骇人听闻。

那是一八八三年早春的一天，我一早一睁眼，就发现福尔摩斯衣冠齐整地站在我床前。他历来起得很迟，而壁炉架上的钟才指向七点一刻，我有些诧异地朝他翻了翻眼睛，也许还有点不乐意，因为我自己的生活习惯是很规律的。

"非常抱歉把你叫醒了，华生，"他说，"不过今天早上我俩命该如此。先是哈德森太太被敲门声吵醒，然后她就报复到我身上，我呢，只好报复你了。"

"到底怎么了——失火了？"

"不；是位客户。看来是位年轻的女士莅临，而且情绪激动难安，坚持一定要见我。她现在就在起居室等着呢。你瞧，如果有位年轻女士这么早就跑到伦敦来，而且还把大伙儿硬从床上给吵醒，我有理由相信一定是出了什么紧急的事情，她们不得不找人商量。又如果这的确是件有趣的案子，我确信你肯定不愿错过的。因此，我觉得不管怎么说，还是该把你叫醒，以免错失了良机你事后再埋怨我。"

"亲爱的老伙计，我是无论如何不肯错失良机的。"

再没有比追踪福尔摩斯的职业性调查更令我感兴趣的了，我真心倾慕他快捷如同直觉又总是以逻辑为基础的推理，无论多么复杂的问题都会迎刃而解。我迅速穿好衣服，在几分钟内就做好了陪他一同去起居室的准备。一位全身着黑、戴着厚重面纱的女士站起来迎接我们，她此前一直坐在窗前。

"早上好，夫人，"福尔摩斯愉快地问候，"我是夏洛克·福尔摩斯。这位是我的密友兼搭档华生医生，您在他面前可以畅所欲言，就跟信任我一样信任他。哈！很高兴哈德森太太已经体贴地把壁炉生起来了。请移座到壁炉前面吧，我马上再为您叫杯热咖啡，我看出您在发抖呢。"

"我发抖不是因为冷。"那位女士的嗓音压得很低，接受了福尔摩斯的好意移座到壁炉旁。

"那是为了什么？"

"是因为害怕，福尔摩斯先生。是深深的恐惧。"她一边说一边揭开了面纱，可以看出她确实处在一种可怜的激动状态中，面容憔悴灰暗，目光惊恐不定，像一只正被追捕的动物。从她的容貌和身材看来她不过三十来岁，但头发已经过早地现出灰白，而且她神态疲惫而又枯槁。夏洛克·福尔摩斯迅速而又满怀同情地打量了她几眼。

"她一边说一边揭开了面纱"

"您千万不要害怕，"他安慰道，一边俯下身来轻轻拍了拍她的胳膊，"我们很快就能把问题解决的，我向您保证。我看，您是乘一早的火车来的。"

"这么说您认识我？"

"不认识，但我看到您左手手套里露出半张返程火车票。您一定很早就出发了，而且在到达车站前还乘了很长一段狗马车①，道上又满是泥泞。"

那位女士猛地惊跳起来，大感不解地盯着我的搭档。

"没什么神秘的，亲爱的夫人，"他微笑着说，"您上衣的左胳膊有不下七个地方溅上了泥点。而且一看就是新溅上的。只有那种狗马车才会这么溅起泥点，而且只有您坐在马车夫左侧时才会溅到泥。"

"不管您的理由如何，您的结论一点都没错，"她说，"我六点前就从家里出发了，到达莱泽海德时六点二十分，乘第一班火车到的滑铁卢车站。先生，我再也无法忍受这种压力了；再继续下去我会被逼疯了的。我没有一个可以依靠的人——除了他之外，没有一个人关心我，而他，可怜的人儿，也实在帮不上我什么忙。我听说过您的大名，福尔摩斯先生；我是从法林托什太太那儿听说您的，您在她最危急的关头慷慨相助。也是从她那儿我才得到了您的住址。哦，先生，您难道不能同样也帮帮我吗？至少也可以为身陷深重黑暗中的我指出一线光明吧？目前我还无力为您的帮助付出酬劳，但一个月最多一个半月之后我就结婚了，就能支配我自己的收入了，至少到那时您会发现我并不是不懂得知恩图报的。"

福尔摩斯转向书桌，打开抽屉的锁，取出一本案例汇编，翻阅了一下。

① dog-cart，指设有两个背靠背座位的单马拉双轮轻便马车，原在座位底下设有载狗车箱，故名。

"法林托什，"他说，"啊，没错，我想起那个案子来了；是跟一顶镶猫儿眼的贵重头饰有关的。华生，我想那还是你来之前的事呢。夫人，我向您保证我乐于为您效劳，会像对您的朋友一样尽心竭力。至于说到酬劳，我的职业本身就是对我的酬劳；当然，您可以在您最方便的时候补偿一下我为了调查可能付出的费用。现在，我请求您把可能帮助我们明了这一事件的一切事实都和盘托出。"

"唉！"我们的访客回答道，"我的处境之所以恐怖，就在于我为之担惊受怕的东西我都不知道到底是什么，我的疑虑完全是因一些琐碎的小事而起的，换个人可能会觉得我实在莫名其妙，即使那个在所有的人当中我最有权利得到其帮助和建议的人，也会把我告诉他的一切看作一个神经质女人的胡思乱想。他并没这么直说，但我能从他安慰我的回答、有意回避的眼神中看出来。但我听说，福尔摩斯先生，您能看透藏在人们内心深处的种种邪恶。您也许能指点我如何躲过包围着我的种种危险。"

"我洗耳恭听，夫人。"

"我叫海伦·斯东纳，我跟我继父一起住，他是英格兰最古老的撒克逊家族之一——萨里郡西部边界地区斯托克莫兰的罗伊洛特家族的末代子孙。"

福尔摩斯点了点头。"这个姓氏我有所耳闻。"

"这个家族一度曾是英格兰最富有的家族之一，地产向北跨越萨里郡直至伯克郡，向西直到汉普郡。然而，在上个世纪，接连四代继承人都是放荡成性、挥霍无度的败家子，家道日益中落，摄政时期最终完全败在一个赌徒手里。除了几英亩土地和一幢两百年历史的旧宅邸之外一切都败光了，就连房子本身也被抵押了出去。家族的最后一代乡绅在那儿苟延残喘，过着一种凄惨的贵族乞丐式的生活；不过他的独生子，也就是我的继父，明智地看到他必须设法改变自己的处境，依靠一笔亲戚资助的款子读了一个医学学位，然后去了加尔各答，凭他的专业技艺和坚毅的性格站住了脚跟，成就了很大的业务。但有一次他的住家遭到抢劫，盛怒之下他把他当地的男仆殴打致死，他勉强才逃脱死刑的宣判，不过总归系狱多年。出狱后，他返回英国，成了个意气消沉、悲观沮丧的人。

"罗伊洛特医生还在印度的时候就娶了我母亲斯东纳太太——孟加拉炮兵部队斯东纳少将年轻的寡妻。我姐姐朱丽娅和我是双胞胎姐妹，母亲再醮时我们只有两岁大。她相当有钱——一年不少于一千镑收入——婚后她立下遗嘱，除了为我们姐妹婚后预留一定数目的年金之外，其余的全部留给罗伊洛特医生。我们返回英国不久我母亲就去世了——八年前死于克鲁附近的一次火车事故。罗伊洛特医生于是放弃了在伦敦开业行医的打算，带着我们姐妹移居他在斯托克莫兰的祖传旧宅。我母亲留下的钱尽够我们花用，看起来似乎不会有什么妨碍到我们的幸福了。

"但就在这时，我继父的性情大变。众乡邻本来很高兴看到斯托克莫兰的一位罗伊洛特重返旧宅，但他非但不跟他们结交互访，反而深居简出，除了热衷于跟踏上他家小径的无论是谁大呼小叫之外简直足不出户。脾气暴戾到近于狂躁本就是他们家族的遗传，据我看来，继父因为长期居住热带的关系，坏脾气更是变本加厉。由此引发了一大串说来丢人的激烈口角，有两次竟然闹到了治安法庭，最后他成了整个村庄的祸害，简直人见人怕，大家都避之唯恐不及，因为他的坏脾气固然毫无控制，人又力大无穷。

"上个星期，他一怒之下把我们当地的铁匠越过栏杆生生给扔到了河里，我把手头所有的钱都凑起来付给人家才把事情压下去，免得再次出乖露丑。除了那些流浪的吉卜赛人，他一个朋友都没有，他倒是肯接纳这些懒汉，让他们在他那荆棘丛生的几英亩地产上安营扎寨，还接受他们的邀请到帐篷里去拜会，有时甚至一连几个星期跟他们出去浪游。他对印度的动物也情有独钟，

"他一怒之下把我们当地的铁匠越过栏杆生生给扔到了河里"

都是一个跟他有业务往来的客户送给他的，现在他豢养的是一头印度豹和一头狒狒，他就让它们大摇大摆地在他的地产上游荡，村民们就像怕它们的主人一样怕它们。

"从我的话里您也可以想象，我和我可怜的姐姐生活得很难说有多少乐趣。没有一个仆人肯在我们家待下去，很长时间以来都是我们俩包下所有的家务。她去世时只有三十岁，但头发已经开始灰白，就像我现在这样。"

"您姐姐已经去世了？"

"她去世已经整整两年了，我想跟您说的正是她去世的事。您应该能够理解，生活在我所描述的那种环境中，我们是极少有机会同年龄地位相称的同辈交往的。好在我们还有一位姨妈，是我母亲一直未出嫁的姐姐霍诺丽娅·韦斯特法尔小姐，她住在哈罗附近。我们偶尔得到允许，可以到她家小住几天。朱丽娅两年前的圣诞节是在姨妈家过的，她在那儿认识了一位领半薪的海军少校①，跟他订了婚。姐姐回来后把婚约的事告诉了继父，他倒也没反对这桩婚事；但在还有半个月就到预定的婚礼日期时，可怕的事情发生了，夺走了我唯一的伴侣。"

夏洛克·福尔摩斯此前一直靠在扶手椅上，闭着眼睛，头倚着一个软垫，这时他半睁开眼睛，看了一眼他的访客。

"请详细讲一下，任何细枝末节也别略过。"他说。

"这对我说来不难办到，因为那一可怕时刻发生的每件小事都已深深印入我的脑海。我前面已经提过，那幢庄园的宅邸已经

---

① 未服现役的军官只领半薪。

非常古老了，现在只有一侧的耳房住人。这一侧耳房的卧室都在一楼，几个起居室则在宅子的中间部分。那几间卧室中第一间是罗伊洛特医生的，第二间是我姐姐的，我自己的是第三间。三间卧室彼此互不相通，不过门都开向同一条走廊。不知道我说清楚了没有？"

"非常清楚。"

"三间卧室的窗户都开向草坪。灾难降临的那天晚上罗伊洛特医生很早就回自己房间了，不过我们知道他还没有就寝，因为我姐姐被他惯常抽的那种印度雪茄的强烈烟味熏得很难过。于是她离开自己的房间，到我的房间来坐了一会儿，闲谈了几句她即将举行的婚礼。十一点钟的时候她起身回房，但走到门口时犹豫了一下，又回过头来。

"'告诉我，海伦，'她说，'夜静更深的时候，你有没有听到过口哨的声音？'

"'从没听到过。'我说。

"'我猜你自己不太可能吹口哨吧，你睡着的时候？'

"'当然不会。为什么这么问？'

"'因为就在这几天深夜，大约凌晨三点钟的时候，我总是听到清晰的口哨声，虽然声音压得很低。我睡觉很警醒，所以就被吵醒了。我也说不清楚是从哪儿传来的，也许是隔壁，也许来自草坪。我当时就想，该问问你是不是也听到了。'

"'没，我没听到。一定是荒地上那些讨厌的吉卜赛人干的。'

"'很有可能。可是如果真是从草坪上传过来的，你也该同样听得到呀。'

"'啊，不过我一向睡得比你沉。'

"'算了，不管怎么说，这也没什么大不了的。'她冲我微微一笑，把我的房门带上，不一会儿我就听到她拿钥匙开自己房门的声音。"

"这倒是，"福尔摩斯说，"你们一直就有晚上锁门的习惯吗？"

"是的。"

"为什么？"

"我想我跟您提过医生养了一头印度豹和一头狒狒。一定要把我们卧室的门锁上我们才有安全感。"

"可以理解。请继续讲下去。"

"那天晚上我怎么也睡不着。一种大难即将临头的模糊预感使

"脸吓得煞白"

243

我惶惶不安。我跟您说过，我和姐姐是双胞胎，您知道，两个如此相像的人之间会有多么微妙的心理感应。那天晚上风狂雨骤，大雨不断敲打着窗户。突然，在呼啸的风声中爆发出一个惊恐的女人的嘶声尖叫。我听出那就是我姐姐的声音。我从床上一跃而起，裹上一条披肩，直冲到走廊。在我打开我卧室房门的时候，我似乎听到一声低低的口哨，跟我姐姐描述过的一般无二，稍过片刻又传来一种叮当声，就像是一大块金属掉在地上。我冲到姐姐卧室的门前，发现她的门开着，沿着门轴在轻轻晃荡。我惊恐万状地紧紧盯着那扇门，不知道里面会跑出什么东西来。结果，借着走廊的灯光，我看见我姐姐出现在门口，脸吓得煞白，双手摸索着寻求帮助，整个身体前后摇晃着，就像个醉汉。我跑上前去紧紧搂住她，但就在那时她双膝一软，跌倒在地上。她翻腾扭动着，仿佛在忍受骇人的痛楚，她的四肢可怕地抽搐着。起先我还以为她没认出我来，但当我俯身下去时她突然凄厉地尖声大叫，那叫声我一辈子都忘不了，'哦，我的上帝！海伦！是那条带子！那条带斑点的带子！'她很明显还想说些什么，她把手指伸向半空，指着医生的房间，但抽搐再次发作，她再也没能开口。我冲过去，大声叫着我继父，迎头碰上他穿着晨衣从他房间里匆匆跑出来。等他赶到姐姐身旁时，她已经人事不省，尽管他又是给她灌白兰地又是派人往村子里去请医生，都已经是徒劳了，她渐渐进入弥留状态，就这么死了，再没有苏醒过来。这就是我那亲爱的姐姐的悲惨结局。"

"请稍等片刻，"福尔摩斯说，"您肯定自己听到过口哨声和金属碰撞声吗？您能保证吗？"

"郡验尸官在检查时也这么问过我。当时我对这口哨声印象非常深刻,不过,那时风狂雨骤的,而且老房子总是咯吱咯吱的,我也有可能是听错了。"

　　"您姐姐衣着齐整吗?"

　　"不,她穿着睡衣。在她右手里发现了一截烧焦了的火柴杆,左手握着个火柴盒。"

　　"这表明在出事时她划着火柴向四周看过。这一点很重要。最后验尸官得出什么结论?"

　　"这个案子他查得不可谓不用心,因为罗伊洛特医生的品行在本郡早已是臭名昭著,但他没能找到任何可以解释她致死的原因。我的证词表明她已经在室内把门锁好了,窗户也是由老式的带有宽铁杠的百叶窗挡着的,每天晚上都关得好好的。四周的墙壁都仔细敲打过,证明都是实心的,很牢固,地板也仔细检查过,结果也一样。壁炉的烟囱很宽敞,但四脚也都用四把大环锁锁得牢牢的。由此得出的结论当然是我姐姐遭到不幸时房间里只有她一个人。再说,她身上也没有任何暴力的痕迹。"

　　"会不会是下毒?"

　　"医生们也检查过了,但没查出什么结果。"

　　"那么,据您看来您姐姐是因何而死的呢?"

　　"我相信她纯粹是因为极度的恐惧而被吓死的,虽然我想象不出到底会是什么样的恐惧。"

　　"当时荒地上还有吉卜赛人吗?"

　　"有,几乎总有些吉卜赛人在那儿逗留。"

　　"啊,那您对所谓的带子——带斑点的带子是怎么想的?"

"有时候我觉得那只不过是她精神错乱时的胡言乱语，有时候又觉得有可能指某一帮人[1]，没准就是那些荒地上的吉卜赛人。他们有很多人头上都包着带点子的手帕，不知道她所谓的带斑点的带子是否也有可能指的就是这个。"

福尔摩斯摇了摇头，似乎这样的解释远远不能令他满意。

"这里面应该还大有文章，"他说，"请继续讲下去吧。"

"自那以后，已经又过去了两年，我这两年来的生活也就更加寂寞难挨了，直到最近才有改观。因为就在一个月前，我相识已有多年的一位亲密的朋友向我求了婚，令我倍感荣幸。他姓阿米塔奇——珀西·阿米塔奇——是里丁附近克兰沃特的阿米塔奇先生的次子。对这桩婚事我继父也没表示异议，我们商定今年春天就正式举行婚礼。两天前，那幢老宅的西侧耳房开始进行修缮，我卧室的墙面也被钻了几个洞，于是我不得不搬到姐姐去世的那个卧室暂住，就睡在她临死前睡的那张床上。而在昨天夜里，当我躺在她的床上细想她可怕的命运之际，竟突然听到万籁俱寂中传来曾预兆着她死亡的低低的口哨声，您可想而知我的恐惧之情！我一跃而起，马上点起灯，但房间里什么都没有。但我实在太害怕了，就再也没有上床。我穿好衣服，天一亮就溜出来，在老宅对面的王冠旅店雇了一辆双人马车，驱车去了莱泽海德，从那儿径直赶到这儿来，唯一的目的就是拜访您并向您求教。"

"您这么做很聪明，"我的朋友说，"但是您是否把一切情况都说了？"

---

[1] "带子"（band）在英文中也可解作"一帮""一伙"（人）。

"是的，毫无保留。"

"罗伊洛特小姐，您还是有所保留。您在为继父打掩护。"

"什么，您这是什么意思？"

福尔摩斯没有答话，而是把她放在膝盖上的那只手的黑色花边袖口拉了起来，白皙的手腕上赫然印着五个青紫的淤痕，正是四个手指外加一个拇指的指痕。

"您一直受到虐待。"福尔摩斯说。

那位女士脸涨得通红，马上遮住了受伤的手腕。"他力大过人，"她说，"他也许都不知道自己力气有多大。"

大家沉默了良久，期间福尔摩斯一直手托着下巴凝视着噼啪作响的炉火。

"这个案子不同一般，"他最后开口道，"在决定该如何行动前我还有数不胜数的细节需要了解。但事情本身又刻不容缓。如果我们今天去斯托克莫兰，有可能在您继父不知情的情况下仔细检查一下那几个房间吗？"

"倒是正巧，他说起今天要进城来办几件重要的事务。他有可能要离开一整天，这样您就可以丝毫不受打搅了。如今我们多了个管家，不过她又老又迟钝，我可以轻易把她打发开。"

"那太棒了。你不反对一同前往吧，华生？"

"乐于从命。"

"那我们两个都去。您自己还有什么事情要办吗？"

"既然进了城，我想顺便办一两件事。不过我会乘十二点的火车回去，所以应该赶得上在那儿迎候两位。"

"我们午后不久就能到那儿。我自己也有几件小事要料理。

您不稍等片刻一起用点早餐吗？"

"不了，我得告辞了。既然已经把我的烦恼向您和盘托出，我也就轻松多了。期待着下午再见到您吧。"她把厚厚的面纱拉下来遮住整张脸，悄悄地告辞而去。

"华生，你对这一切作何感想？"夏洛克·福尔摩斯往椅背上一靠问我。

"在我看来，这可真是个阴险恶毒透顶的阴谋。"

"确实够阴险也够恶毒的。"

"然而，如果这位女士所谓的墙壁、地板都完好无损，而窗户跟烟囱又都不可能进人都是实情的话，那么她姐姐倒确实是独自一个人神秘猝死的了。"

"那夜静更深时的口哨，还有她姐姐临死前莫名其妙的遗言又是怎么回事呢？"

"我无法想象。"

"你瞧，夜半的哨声；一帮跟老医生关系可疑的吉卜赛人；我们有一切理由相信医生会因阻止他继女结婚而获利的事实；临终遗言关于带子的指涉；还有，再加上海伦·斯东纳小姐听到有金属碰撞声的事实——那很可能就是销紧百叶窗的一条铁杠落回原处发出的声音；综合以上各点，我觉得我们有充分的理由认为应该沿着这些线索去解开最后的谜。"

"但那些吉卜赛人到底做了什么呢？"

"我无法想象。"

"对这类的推理我总看到有很多否定的理由。"

"我何尝不是如此。正因为这个我们今天才得去一趟斯托克莫兰。我就是想看看这些否定的理由到底是不是站得住脚。不过，这又是见的什么鬼！"

福尔摩斯这一声惊叫的来由是我们的大门突然被生生撞开，眼前现出一个彪形大汉。他的衣着非常奇怪，既像是个专业人士又像个庄稼汉，头戴黑色大礼帽，身穿一件长礼服大衣，脚踏一双绑腿式长统靴，手里还挥动着一条猎鞭。他身形之高，帽子都擦到了门上的横梁；块头之大，几乎能把大门堵得严严实实。一张阔脸上遍布皱纹褶子，被强烈的阳光晒得焦黄，又被千万种邪恶的欲望所照亮。一双眼窝深陷、凶相毕露的眼睛和瘦削高耸的鼻子，看来活像一头恶形恶状的老猛禽。他一个大脑袋在我和福尔摩斯之间来回晃荡。

"你们俩谁是福尔摩斯？"这个怪物开口说话了。

"不才正是，敢问先生高姓大名？"我的朋友平静地说。

"我是斯托克莫兰的格里姆斯比·罗伊洛特医生。"

"久仰久仰，"福尔摩斯殷勤地说，"请坐吧，医生。"

"少来这一套。我继女到你这儿来过。我一直跟着她呢。她都跟你说了些什么？"

"今年都这个时候了怎么还这么冷。"福尔摩斯回答。

"她到底跟你说了些什么？"老头儿暴跳如雷地咆哮道。

"不过我听说番红花倒是颇为应景。"我的朋友继续泰然自若地接道。

"哈，你耍我玩儿呢！"我们这位新访客道，向前大跨一步，挥舞着他的猎鞭。"我知道你，你这个恶棍！我对你有所耳闻。你就是那个爱管闲事的福尔摩斯。"

"你们俩谁是福尔摩斯？"

我的朋友微微一笑。

"福尔摩斯，那个好事之徒！"

他更加笑容可掬了。

"福尔摩斯，那个苏格兰场的帮闲小丑！"

福尔摩斯开心地哈哈大笑。"您的话可真是够风趣的，"他说，"您出去的时候请顺便把门带上，穿堂风还挺厉害的。"

"我把话说完自会走的。你竟然胆敢搅和我的事。我知道斯东纳小姐来过这儿。我跟踪她的！我可是个不好惹的危险角色！看这儿。"他大踏步向前，伸手抓住火钳，竟用那双棕色的巨手生生把它给拗弯了。

"看好了，可要小心别落到我手里。"他咆哮道，把弯曲的火钳往壁炉里一扔，大踏步走出门外。

"他看起来倒和蔼可亲得很呢。"福尔摩斯说着，哈哈大笑。"我倒不是说大话，不过如果他肯再逗留片刻的话，他会看到我的手段并不见得就比他弱。"他一边说着一边把那柄铁火钳捡起来，猛一用力又把它给扳直了。

"这个自负的家伙竟然把我跟官方的警探混为一谈！这个小插曲倒是平添了我调查此案的兴趣，不过，我只希望我们的那位小朋友不要因为疏忽大意被这个野兽跟踪而又吃苦头。好了，华生，我们该叫早餐了，吃罢早餐我得去医师协会走一遭，希望能找到点对案情有所帮助的材料。"

夏洛克·福尔摩斯办事回来时已经快一点了。他手里拿着一张蓝色的纸，上面潦草地记着些笔记和数字。

"我见到了那位已故妻子的遗嘱，"他说，"为了确定其确切的含义，我不得不算了一下按现在的物价，其中所列的那些投资到底有多少进项。在他妻子刚刚去世的时候一年的总进项略少于一千一百镑，到了现在，因为农产品价格下跌，就只有七百五十镑多一点了。而每个女儿一旦结婚就有权继承二百五十镑。这么一来就很明显了，如果两个女儿都结了婚，这位美人儿就真是所剩无几了，即使只有一位结了婚，他都会给弄得很狼狈。我这一上午的辛苦可没白费，因为这足以证明他有最强烈的动机防止此类事情发生。华生，我们现在可是不能有一刻耽搁了，特别是这个老头儿现在已经知道我们对他的事务很感兴趣了；要是你已经准备好了，我们就叫辆马车直奔滑铁卢车站吧。如果你顺便捎上你的左轮手枪，我将不胜感激。对一位只手就能把铁火钳扭出花来的绅士，这把埃里二号算得上最好的解决争端的工具了。再加上一把牙刷，我想也就万事俱备了。"

我们到滑铁卢车站时正好赶上一趟开往莱泽海德的火车，下车后我们在车站旅店雇了一辆双轮轻便马车，沿着萨里郡可爱的乡间小道行驶了有四五英里。那天天气好极了，阳光明媚，天空中飘着几朵白云。道旁的树木和灌木树篱刚刚开始吐翠，空气中弥漫着湿润泥土的气息。至少在我看来，这春意盎然的甜美景象跟我们正在调查的这桩险恶案件反差实在太过明显。而我的朋友则抱着双臂坐在前座，帽檐压在眼睛上，头一直垂到胸前，陷入最深的思绪中不能自拔。可是他突然抬起头来，拍了拍我的肩膀，指着对面的草地。

"瞧那边！"他说。

一片林木茂密的园地沿着一道缓坡向上延伸，在最高处形成一片小森林。一幢古老的宅邸就掩映在森林中，只能看到突出的灰色山墙和高高的红色屋脊。

"斯托克莫兰？"他说。

"是的，先生，那就是格里姆斯比·罗伊洛特先生的宅邸。"

马车夫道。

"那儿好像正在大兴土木，"福尔摩斯说，"我们就是要去那儿。"

"村子在那边，"马车夫说，指着左边一段距离之外的一簇房顶，"不过如果您想去那个老宅子，爬上那段篱笆之间的台阶，沿着田地边的小路过去会更近些。就是那儿，那位女士正走过来的那条小路。"

"我猜，那位女士就是斯东纳小姐，"福尔摩斯手搭凉棚看了看道，"是的，我想我们最好还是照你说的这么办。"

我们下了车，付了车费，那辆轻便马车就咯吱咯吱地返回莱泽海德了。

"我想这样也好，"我们爬上那段台阶的时候福尔摩斯说，"那个家伙肯定当我们是来这儿工作的建筑师或是办什么事的。也

"我们下了车，付了车费"

253

省得他多说闲话。下午好，斯东纳小姐。您看我们可是说来就来了。"

我们早上的客户已经跑上来迎接我们了，满脸兴奋的神色。"我一直在急切地盼望你们到来，"她大声说着，热情地跟我们握手，"一切都称心如意。罗伊洛特医生已经进城去了，看起来晚上之前是不会回来了。"

"我们已经非常荣幸地跟医生照过面了。"福尔摩斯说，然后三言两语把情况说了一下。斯东纳小姐听了嘴唇都白了。

"天哪！"她叫道，"这么说来他一直在跟踪我。"

"看来是这么回事。"

"他实在太狡猾了，我从来都不知道什么时候是安全的。那他说过几时回来吗？"

"他得小心保护自己了，因为他会发现有个比他更要狡猾的人正在追踪他呢。您今天晚上一定要把卧室的门锁好。如果他试图施暴，我们就送您去您哈罗的姨妈家。现在，我们得抓紧时间了，请您马上带我们去那几个房间检查一下。"

那幢宅邸是用灰色的石块建造的，石块上已经苔痕斑斑，中间部分较高，左右延伸出两个弧形的侧翼，就是两边的耳房，就像个大螃蟹向两侧伸出两只巨螯。一侧耳房的窗户都碎了，用木板钉起，而且部分房顶也已经坍塌，完全是一副废墟的样子。中间部分也明显缺乏维护，不过房子的右翼相对来说现代化一点，窗户后面有窗帘，烟囱里也有袅袅的青烟冒出，说明这一家人就是住在那儿的。靠边墙竖起了几个脚手架，石墙部分已经凿通，不过我们到达的时候倒是一个工人也没看见。福尔摩斯在那块修

254

剪草率的草坪上缓缓地来回走动，十分细心地检查了几个窗户的外部。

"我猜，这个房间就是您原来的卧室，中间那个是您姐姐的，紧挨着主建筑的那个卧室就是罗伊洛特医生的吧？"

"一点没错。不过我现在是睡在中间那个卧室里。"

"我想是因为房屋正在修缮。顺便说说，边墙看起来好像并不急需修缮。"

"根本不需要。我认为那只是想把我从自己的卧室赶走的借口。"

"啊！这倒提醒了我。这溜狭窄耳房的另一边就是那个走廊，三个房间的房门都开向它。走廊里当然也有窗户吧？"

"有是有，但都非常小。任何人都不可能钻进来的。"

"既然你们俩晚上都把自己锁在房里，你们的房间从走廊那一边自然是进不去的了。现在，麻烦您到您房间里，从里面把百叶窗插牢。"

斯东纳小姐照做了，福尔摩斯十分细心地检查遍了开着的窗户，用尽一切办法想把百叶窗打开，但就是打不开。连一道能容刀子通过、把插销撬起的缝隙都没有。随后，他又用放大镜检查了铰链，但也都是铁制的，牢牢地嵌入坚硬的石墙。"嗨！"他有点困惑不解地搔着下巴说，"我的理论倒是真碰上了难题。如果百叶窗插牢了，任谁都没法进去。好了，我们来看看内部是否能有什么发现吧。"

一个小边门通往那条刷成白色的走廊，三个卧室的门都开向它。福尔摩斯不想检查第三间卧室，于是我们直接来到第二间卧室——斯东纳小姐现在的寝室，也是她姐姐遭遇不幸的房间。那是一个很家常的小房间，低低的天花板，又大又深的壁炉，是那种老式乡村房舍的式样。一个棕色的五斗柜占据房间的一角，另一角是一张罩着白色床罩的窄窄的床，窗台的左手边有一个梳妆台。这些摆设外加两把不大的柳条椅就是房间里所有的家具了，再就是地板中央一块四方的威尔顿地毯。房间四周包的木板和墙上的镶板都是蛀孔斑驳的棕色栎木，非常陈旧，严重褪色，看来是房子最初建造时的装修。福尔摩斯拉了一把椅子在一个角落坐定，眼睛却前前后后、上上下下地不断审视，房间里的任何细节都休想逃过他的眼睛。

最后，他指着从床边挂下来的一根很粗的铃绳问道："这个电铃通到什么地方？"那条铃绳的穗头实际上就搭在枕头上。

"通往管家的房间。"

"看起来比别的陈设要新嘛。"

"是的，这是几年前安装的。"

"我想，是您姐姐要求装的？"

"不，我从没听到她拉过铃。我们想要什么东西，向来都是自己去取的。"

"的确，看来是没有必要在这儿安个这么好的铃绳。对不起，我得再花几分钟时间研究一下这边的地板。"他趴到地板上，手拿着放大镜，迅速地前后移动，仔细地检查木板之间的接缝。然后，他又同样细心地研究了一遍墙壁上的嵌板。最后，他走到床前，目不转睛地观察良久，之后又沿着床头的墙面上下观看。最后他手握铃绳使劲拉了一下。

"咦？是哑的。"他说。

"不会响？"

"不响，它根本就没连上电线。这可太有趣了。现在看得很清楚了，铃绳就系在小通风口上面的一个钩子上。"

"这太荒谬了！我以前从没注意过。"

"非常奇怪！"福尔摩斯喃喃自语，手里拉着铃绳，"这个房间里有一两点很不寻常。比如，造房子的竟然把通风口开到另一个房间，那不是蠢不可及吗？费同样的事完全可以直接开到室外去！"

"通风口也是近来装的。"那位女士说。

"跟铃绳同时？"福尔摩斯问。

"没错，那段时间是做了几点改装。"

"这几点改装看来都具有最为有趣的特征——拉不响的铃绳，并不能通风的通风口。如果您允许的话，斯东纳小姐，我们应该检查一下医生的房间。"

格里姆斯比·罗伊洛特医生的房间比他继女的房间要大，不过陈设也很简单。一张行军床，一个小小的木制书架，上面插满了书，大部分都是专业书籍，床边有一把扶手椅，靠墙有一把普通的木头椅子，一个圆桌，一个巨大的铁制保险箱，一眼看到的也就这些东西。福尔摩斯慢慢地在屋里转了一圈，全神贯注地将每样东西都检查了一遍。

"里面有什么？"他敲了敲保险箱问。

"是我继父的一些业务上的文件。"

"哦！这么说来您看过里面的东西？"

"只看过一次，还是几年前。我记得里面装满了文件。"

"里面不会有，比方说，一只猫吧？"

"不会。多奇怪的想法！"

"是吗，看看这个！"他从保险箱上面端起一个盛着牛奶的茶碟。

"不，我们没养猫。但有一头印度豹和一头狒狒。"

"啊，对了，当然了！一头印度豹也就是只大猫，但我敢说一茶碟奶恐怕满足不了它的需要吧。有一点我需要得到确认。"他在那把木椅子前蹲下来，全神贯注地检查了一番这个座位。

"是吗，看看这个！"

"多谢。差不多算是解决了，"他说着，站起身来把放大镜放回口袋，"喂，这儿有件有趣的玩意儿！"

他所谓的有趣玩意儿是挂在床头的一条不长的打狗鞭子。然而，那条鞭子却是卷起来的，而且端头打成了个绳圈。

"这条鞭子你怎么看，华生？"

"是条再平常不过的鞭子。但我不明白干吗要打成结？"

"所以，并不那么平常吧？唉，老天！这可真是个邪恶的世界，一个聪明人把他的花花肠子都用在犯罪上，那可就再糟没有了。我觉得已经看够了，斯东纳小姐，如果您不反对，我们该再到草坪上溜达溜达了。"

我从没见福尔摩斯离开调查现场时脸色是如此严峻，眉头是如此阴沉。我们又在草坪上前后走了几遭，我跟斯东纳小姐都不愿打搅他的沉思默想，最后他终于醒过神来。

"斯东纳小姐，"他说，"现在最为紧要的就是您应该完全按照我的建议行事，要绝对一丝不苟。"

"我当然会遵照您的指示行事。"

"形势已经到了千钧一发之际。您的性命可能就取决于您是否听从我的建议。"

"我向您保证，一切听您的吩咐。"

"首先，我的朋友和我都必须在您的房间里过夜。"

斯东纳小姐和我都惊愕地望着他。

"是的，必须如此。请容我解释。我相信对面就是乡村旅店吧？"

"没错，那就是王冠旅店。"

"很好。从那儿应该能看得到您的窗户吧？"

"当然能。"

"您必须一直待在自己的房间里，您继父回来的时候您就托词头痛。然后，晚上当您听到他就寝后，您一定要把百叶窗打开，把插销拔起，把灯放在窗前作为给我们的信号，然后悄悄带上您可能需要的东西回到您原来的房间。我相信，尽管那儿尚在修葺，您还是可以凑合一晚上的。"

"哦，没错，容易做到。"

"剩下的您就交给我们吧。"

"但您打算怎么办？"

"我们将在您的房间里过夜，我们将会调查清楚困扰您的那些声响到底是怎么回事。"

"我相信，福尔摩斯先生，您已经打定了主意。"斯东纳小姐拉着福尔摩斯的袖子说。

"也许可以这么说。"

"那就请您发发慈悲，告诉我姐姐到底是因何而死。"

"我倒宁肯在掌握了更确切的证据以后再说。"

"那您至少可以告诉我，我自己的想法是否正确，她是不是因为骤然受惊而亡？"

"不，我不认为是这个原因。我想可能有些实在得多的原因。现在，斯东纳小姐，我们必须向您告辞了，因为如果我们被罗伊洛特医生撞上，那我们这趟旅行就算白费了。再见，请勇敢一点，因为如果您一切按我说的行事，我向您保证我们不久就能彻底驱除威胁着您的危险。"

夏洛克·福尔摩斯和我没费什么事就在王冠旅店订了一间卧室和一间起居室。房间在楼上，从我们的窗口可以俯瞰斯托克莫兰领主宅邸那林荫道的入口和现在住人的一翼。黄昏时分，我们

"再见，请勇敢一点"

看到格里姆斯比·罗伊洛特医生乘车驶过，他巨人般的身形衬着为他赶车的那个马童显得格外突出。那马童在开沉重的铁门时像是费了点事，我们听到医生嘶哑的咆哮，看到他狂怒地朝马童挥舞着拳头。双轮轻便马车继续向前驶去，几分钟后我们看到有一抹灯光突然将浓密的林木照亮，宅邸里的一间起居室掌起了灯。

　　暮色渐浓中，我们俩坐在一起，这时福尔摩斯道："你知道吗，华生，今晚上把你留下我实在颇费过一番踌躇。危险可以说迫在眉睫。"

"我能助一臂之力吗？"

"有你在场就是无价之宝。"

"那我当然该留下了。"

"感激不尽。"

"既然你说到了危险，那么，你在那几个房间里看到的东西显然要比我多。"

"不，我看到的你也应该都看到了，但我想我是据此推断出了一点东西。"

"除了那段铃绳我没看到什么值得一提的东西，至于那玩意儿有何目的，我坦白承认琢磨不透。"

"你也看到那个通风口了吧？"

"看是看到了，但我并不觉得在两个房间之间开个小洞有什么异乎寻常的深意。那个洞小得耗子都钻不过去。"

"在我们来斯托克莫兰之前我就知道会找到个通风口之类的东西。"

"我亲爱的福尔摩斯！"

"哦，是的，我不是说大话。你记得她说起过她姐姐能闻到罗伊洛特医生抽的雪茄烟味。这当然就意味着两个房间之间必有通道相连。而且还只能是个小洞，要不然的话，验尸官肯定会就此提出质询。因此我推测应该是个通风口。"

"但有了个通风口又会有什么损害呢？"

"噢，起码在时间上太过巧合了。造了个通风口，挂上根绳子，而一位睡在那张床上的女士送了命。这还不足以令你起疑吗？"

"我还是看不透其中的关联。"

"你观察到那张床有什么不同一般的奥妙了吗？"

"没。"

"床是固定在地板上的。你以前见过这么固定床的吗？"

"好像是没见过。"

"那位女士无法移动她的床。相对于那个通风口和那根绳子而言——好像只能这么叫它，因为根本就无铃可拉——床的位置就一直是固定不变的了。"

"福尔摩斯，"我叫道，"我好像隐约领会到你在暗示什么了。我们刚好来得及制止一桩狡诈而又可怕的罪行。"

"够狡诈也够可怕。一个医生如果有意作恶，那就成了头号罪犯了。他既有胆量又有见识。帕尔默和普里查德在他们这一行里就堪称翘楚。而眼前这个人则更加莫测高深，不过我想，华生，我们能比他更高更深。但在天亮之前，恐怕有得是担惊受怕的。甭管怎么说，就让我们先消消停停地抽袋烟，这几个钟头里想些愉快些的好事换换脑子吧。"

*　　*　　*

约九点钟时，林中的灯光熄灭了，领主宅邸的方向一片黑暗。其后的两个小时过得其慢无比，然后，突然间，就在钟敲十一点的时候，一盏孤灯在我们正前方点亮起来。

"我们的信号来了，"福尔摩斯霍地站起身来说，"是当中那扇窗户里的灯光。"

我们出去的时候，他跟旅店老板交代了几句，说我们要去看一位朋友，很可能就在朋友那儿过夜了。一会儿之后，我们就来到了黑漆漆的路上，砭人肌骨的寒风吹在脸上，前面一盏昏黄的孤灯透过暗夜在指引我们去完成那阴郁的使命。

年久失修的花园围墙上残破的缺口犬牙交错，我们没费什么力气就进去了。穿过树林，到达草坪，越过草坪正待从窗户爬进卧室之际，突然从月桂树里跃出一物，状若丑陋畸形的孩童，它四肢乱抓地跳到草坪上，然后就迅速穿过草坪消失在黑暗中了。

"我的上帝！"我低语道，"你看到了吗？"

一开始福尔摩斯跟我一样吓了一大跳。情急中他的手像老虎钳一样紧紧箍住我的手腕。然后他突然一声低笑，凑在我耳边上低声道：

"这一家子可真够瞧的，这就是那头狒狒。"

我已经把医生豢养的那两头怪异宠物给忘得一干二净了。还有一头印度豹呢！我们随时都有被它扑到肩膀上的危险。等终于学着福尔摩斯的样子把鞋子踢掉、溜进房间后，我才大大地松了一口气。我的同伴悄无声息地把百叶窗关好，把灯移到桌子上，环顾了一下四周。一切都跟我们白天的所见毫无二致。然后，他蹑手蹑脚走到我跟前，手围成喇叭形，挨近我耳边低声道：

"我们不能弄出一点动静来，否则前功尽弃。"声音低得刚能听到。

我点头示意已经听到。

"我们得摸黑坐着。不然他通过通风口会看到的。"

我再次点了点头。

"可千万别睡着，性命可能就全系于此。把手枪备好以备不时之需。我坐到床边去，你坐在那把椅子上。"

我取出左轮手枪，摆在桌角上。

福尔摩斯带来了一根又细又长的藤杖，此时把它放在身边的床上。手边还摆了一盒火柴和一个蜡烛头。然后他捻灭那盏孤灯，我们眼前就漆黑一片了。

我无论如何也忘不了那次可怕的守夜。我耳边声息全无，连呼吸声都不闻，可我知道我的同伴正大瞪着两眼坐着，离我只有咫尺之遥，神经跟我一样高度紧张。百叶窗将一切微光都完全遮蔽，我们俩就在伸手不见五指的黑暗中守候着。窗外偶尔传来夜猫子的悲啼，后来，就近在我们这个房间的窗前还传来一声拖长的猫叫似的哀鸣，告诉我们那只印度豹确实是在逍遥自在地随处乱跑。教区低沉的钟声遥遥可闻，每过一刻钟就隆隆地敲响一次。那每一刻钟都显得多么漫长难挨！十二点钟敲响了，随后是一点、两点、三点，我们仍旧寂然端坐，不论出现什么，我们都坦然面对。

突然，通风口那个方向有一线亮光转瞬即逝，但继之以一阵燃烧煤油和加热金属的刺鼻气味。隔壁房间里显然点起了一盏遮光灯。我听到一阵轻微移动的声响，然后一切再度陷入沉寂，不过气味却越来越浓。我耳朵直竖又一直等了有半个钟头，突然又听到另一种声音—— 一种柔和、轻缓的声响，仿佛烧开的水壶嘶嘶地不断冒着热气。一听到这种声音，福尔摩斯就从床上一跃而起，划着了一根火柴，用藤杖拼命抽打那根铃绳。

"你看见了吗，华生？"他大声叫道，"看见了吗？"

"用藤杖拼命抽打那根铃绳"

　　但我什么都没看见。就在福尔摩斯划着火柴的那一刹那，我听到一声低沉而又清晰的口哨，但突如其来的亮光刺着我疲惫不堪的倦眼，以至于我都没看清福尔摩斯拼命抽打的是什么东西。然而，我却清楚地看到他的脸变得煞白，满是恐惧和厌恶的神色。

　　他已经不再抽打，此刻凝神注视着通风口的方向。突然，一阵我从没听到过的最恐怖的呼喊在更深夜静中骤然响起。而且喊叫声越来越高，这可怕的尖叫声中还混合了因为剧痛、恐惧和愤怒而发出的嘶哑的吼叫。后来据说村子里甚至远处的牧师住宅里的住户都被这一尖叫声所惊醒，直听得人心脏发冷。我呆在原地瞪着福尔摩斯，他也瞪着我，一直到尖叫声连同它最后的回声都终于止息，四周重新陷入寂静为止。

"这到底是怎么回事？"我喘吁吁地问。

"这意味着事情都结束了，"福尔摩斯答道，"也许这样最好。带上你的手枪，我们到罗伊洛特医生的房间里瞧瞧去。"

他神色凝重地把灯点亮，我们一前一后来到医生门前。他敲了两次房门，里面都没人应答。然后他转动门柄进入了房间，我紧跟其后，手里握着子弹上膛的手枪。

映入眼帘的一幕委实匪夷所思。桌子上放着一盏遮光灯，遮光的合叶半开着，一束刺眼的光线直射在那个铁制保险箱上，保险箱的铁门开了一道缝。桌边的木椅子上就坐着罗伊洛特医生，身穿一件灰色长晨衣，赤着的脚踝从晨衣底下伸出来，脚上是一双红色无跟的土耳其式拖鞋。腿上摆着白天我们曾注意过的那根短柄长鞭。他仰面朝天，眼睛充满恐惧地直瞪着天花板的一角。他额头上有一条很是罕见的黄色带子，带有棕色斑点，看来像是紧紧地缠在了脑袋上。我们进去的时候他既没作声也没动弹。

"那条带子！那条带斑点的带子！"福尔摩斯低声道。

我跨前一步。他那奇怪的头饰突然动了起来，一个蹲伏着的菱形脑袋和扁而宽的脖颈一下子从他头发上挺立起来，竟然是条可怖的毒蛇！

"那是条沼地蝰蛇！"福尔摩斯大叫，"印度最毒的毒蛇。被它咬了不出十秒钟就会毙命。真是害人不成反害己，聪明反被聪

"他既没作声也没动弹"

明误。我们先把这玩意儿打回老巢，然后把斯东纳小姐转移到一个不受打搅的地方，再就是把发生的一切通知郡警方了。"

说话间他飞快地从医生的腿上把狗鞭子抢到手，用鞭上的绳圈套住那条爬虫的脖子，把它从医生的脑袋上拽下来，然后振臂一甩，把它甩进那个铁制保险箱，马上把铁门关紧。

这就是斯托克莫兰的格里姆斯比·罗伊洛特医生丧命的真相。后事长话短说，无须一一赘述我们如何把这个不幸的消息告诉那位吓坏了的女士，如何护送她一早乘火车到哈罗的姑母家去享受悉心照顾，官方的调查又是何等烦琐，最终得出医生因豢养宠物不慎而致死的结论。案情中有一两处我还不甚了了，在第二天返回伦敦的旅途中福尔摩斯都一一予以澄清。

"亲爱的华生，"他说，"我一开始的推论其实大谬不然，这真是个教训，掌握的材料尚不完备的时候万万不可强作解人。那群吉卜赛人、那个可怜的女孩所谓的'带子'就足以让我误入歧途了——她当时在匆忙划着的火柴微光下的仓皇一瞥实在也只能看到那么多。幸好我还不固执己见，在我确定无论是什么危险，都不可能通过房间的窗户和门施其淫威时，我即时修正了自己的立场。这时，我的注意力马上被那个通风口吸引住了，这我已经对你提过，还有就是直垂到床上的那根铃绳。一旦发现铃原来是哑巴，而床又被固定在了地板上，我立刻就怀疑那根绳子根本就是为从那个洞口爬过来的某种东西铺设的桥梁，目标就是床上的人。我马上想到的就是蛇，等我想到医生的家里本就豢养着印度的特产动物之时，我就对我的怀疑更有信心了。一个在东方待过多年的聪明而又残忍的专业人士，如果想下毒害人又能避免被任何化学方法测试出来，这应该是顺理成章的选择。从他的角度考虑，这种毒性发作之快也成为一个优先选用的理由。要一位验尸官发现毒蛇毒牙咬下去的两个小孔也实在是勉为其难。然后我又想到口哨声。他当然得在天光放亮人们发现牺牲者之前就把毒蛇唤回去。他肯定早就训练过那条毒蛇在他呼唤的时候返回他的房间，用的大概就是我们看到的那碟牛奶。一切准备就绪，他就会在他认为最适当的时机驱使毒蛇爬过通风口，他确信它随后就将沿着铃绳爬到床上去。结果它也许咬得到床上睡的人，也许咬不到，她甚至可能在一个星期内的每天夜里都侥幸逃脱厄运，但逃得了初一逃不过十五，她迟早会成为毒蛇的牺牲品。

　　"我在进入他的房间实地勘察之前就已经得出了这个结论。

269

观察他的坐椅后我发现他有站在上面的习惯，这当然是因为他得够得着那个通风口。再加上那个铁制保险箱、那碟子牛奶，还有鞭梢打结的鞭子，就绝对确凿无疑了。斯东纳小姐听到过的金属碰撞声显然是她继父在把那条可怕的毒蛇赶进去后匆忙关上保险箱铁门的声音。一旦打定了主意，你也看到我为了使案情水落石出而采取的步骤了。我一听到那条毒蛇发出的嘶嘶声——无疑你也听得很清楚——就立刻点亮灯火，拿藤杖猛抽它。"

"结果是把它通过通风口又赶了回去。"

"结果也导致它转而对另一面的主人发起了进攻。我的藤杖显然抽得它凶性大发，所以它就扑向了它第一个碰到的人。这么说来，我无疑得为格里姆斯比·罗伊洛特医生之死负点连带责任了，坦白说来，我倒不觉得这会使我的良心有多大的不安呢。"

工程师大拇指奇案

　　在我和我的朋友福尔摩斯过从亲密的这些年间，他接手并圆满解决的案子可以说不计其数，其中只有两个案子是因为我的介绍才引起他注意的——其一是哈瑟利先生的大拇指案，再就是沃布尔顿上校的发疯案。上校的发疯对一位目光敏锐、富有创造力的观察家而言不失为难得的好素材，不过就开端之奇特、细节之曲折生动而言，则窃以为大拇指案似更值得诉诸笔端，以广视听，尽管如此一来我朋友那百试不爽的系统推理方法将略少用武之地。我相信，这个故事已经在报纸上登过不止一次了，不过，这种至多不过占据半栏的豆腐块文章总归效果有限，远不如将事实一一展现在读者面前那般惊心动魄：每一次新的发现都是惊喜，都有助于一步步廓清疑云，直到真相大白于天下。此情此景一直令我中心难忘，即使时过境迁已有两年之久仍历历在目，未尝有半点忘怀。

　　我现在就要择要讲述的故事发生在一八八九年夏，我刚结婚不久。我那时已经重新开业行医，终于把福尔摩斯一个人撂在了贝克街的寓所，虽然我得空就去看他，甚至偶尔劝他扔下他那波希米亚式的不羁作风来我家做客。我的业务蒸蒸日上，碰巧我的住处又离帕丁顿火车站不远，所以颇有几位铁路员工到我那儿看病。我给其中一位治好了他缠绵多年久治不愈的病痛，此后他就成了我的义务宣传员，但凡碰到病人，他又能说得上几句话的，就竭尽全力撺掇人家到我那儿看病。

有一天早上，还不到七点钟的时候，我就被女佣给敲醒了，她说从帕丁顿来了两个人，正等在诊室里呢。我急忙穿好衣服，匆忙下楼，因为据我的经验，铁路上来的病人病情一般都轻不了。我下楼后，正碰上那个铁路警察——就是我那位义务宣传员从诊室出来，我见他随手将门紧紧地关好。

"我把他弄来了，"他悄悄地说，大拇指朝肩后一指，"他就会没事了。"

"你把谁弄来了？"我问，因为他的做派让人觉得像是把一个奇怪的生物给我关到了房间里。

"是个新病人，"他低声说，"我觉得还是亲自把他送来比较好，这样他就没办法溜掉了。他就在屋子里呢，安然无恙。我得走了，大夫；跟您一样，我也得恪尽职守。"我那位忠实的推销员就这么匆匆离去，我都没来得及向他道谢。

我走进诊室，发现一位绅士坐在桌旁。他衣着朴素，一身杂色斜纹呢服装，一顶软布帽放在了我的几本书上。他的一只手用手帕紧紧裹着，上面尽是斑斑血迹。他很年轻，看来不过二十五岁，应该说相貌英挺，很有男子气概；但脸色太过苍白，给我一种印象：他正竭尽全力以控制一种极端强烈的痛楚和情绪亢进。

"很抱歉这么早就把您吵醒了，大夫，"他说，"我昨晚遭遇了一次非常严重的事故。我是今天一早乘火车来这儿的，在帕丁顿车站询问哪儿能找到医生，一位好心人非常热心地把我护送到了这儿。我给过女佣一张名片，不过我看见她放在茶几上了。"

我拿起名片扫了一眼。"维克托·哈瑟利先生，水利工程师，维多利亚街十六号 A（四楼）。"这就是这位患者的姓名、称呼和住址。"很抱歉让您久等了，"我说着，在我的书房靠背椅上落座，"您刚刚乘了一夜的车，我很理解那可算得乏味之极了。"

"哦，我过的一夜可不能算是乏味。"他说着大笑起来。他笑得非常开心、热忱，声调高昂响亮，笑得在椅子上前仰后合。我出于医生的本能马上起身予以制止。

"别再笑了！"我叫道，"请控制住！"我赶快从水瓶里倒了些水。

然而这毫无用处。他正处在一种歇斯底里的大发作，这是在某种巨大的危机之前或之后经常爆发的，根本无法自控。他终于冷静下来，人显得疲惫不堪，脸色煞白。

"我真是丑态百出。"他气喘吁吁地说。

"没关系，算不了什么。把这个喝了。"我在水里掺了些白兰地，他脸上终于有了点红润。

"好些了！"他说，"现在，大夫，请您诊治一下我的大拇指，或者说原本是大拇指的那个部位。"他把紧裹着的手帕松开，伸出手来。就连我这神经极为粗壮的打眼一看都不禁打了个寒战。他手上有四根伸出的手指，在本来应该是大拇指的地方却只有一个可怕的红色海绵状的表面。它是被连根砍掉或者说生生扯掉了。

"老天爷！"我叫道，"伤得可真够严重的。一定流了很多血。"

"是的，的确流了不少血。事发时我昏了过去，我想肯定有

"他把紧裹着的手帕松开，伸出手来"

很长时间人事不省。我苏醒之后发现还是血流不止，所以我用手帕的一端把整个手腕紧紧缠住，还撑上了一根小树枝。"

"做得好极了！您真是个做外科医生的料。"

"这也可以说是个水利方面的问题，您瞧，这可是我的专业领域。"

"这像是被一种非常沉重又非常锋利的工具给伤的。"我检查了一下伤口说。

"像一把屠户用的切肉刀。"

"我猜应该是意外吧？"

"绝非什么意外。"

"什么！难道是行凶害命？"

"确实如此。"

"您真吓坏我了。"

我用医用海绵将伤口清洗干净，敷上药，再用药棉和经石炭酸杀菌处理过的绷带为他包扎停当。他躺在那儿，丝毫都没有因为疼痛而稍有退缩，尽管他不时紧咬着牙关。

"感觉如何？"我包扎完毕后问道。

"太棒了！喝了您的白兰地，经过您一手包扎后我感觉如获新生。我原先太虚弱了，可我还有很多事情必须要做。"

"也许您最好还是先别谈这件事。这对您的神经肯定是一种折磨。"

"哦，不，现在好多了。我得把这事的前因后果都报告警方；不过，就我们之间说说，如果我不是明摆着伤成这样，他们才不会相信我的陈词呢，因为这事儿实在也太过离奇，我又没有什么过硬的证据；就假定他们真的信了我，我能提供的线索也实在太过模糊，正义能否伸张真的很成问题。"

"哈！"我叫道，"只要是有什么难题亟待解决，那求助我的朋友夏洛克·福尔摩斯先生肯定没错，等见过了他再去警察局不迟。"

"哦，我听说过他，"我的客人回答，"如果他肯帮忙我真是再高兴不过了，虽然我还是免不了要惊动警方。您能帮我引荐一下吗？"

"不止是引荐，我想亲自带您去见他。"

"那我真是太感激不尽了。"

"我们叫辆马车一块儿过去。应该正好赶上跟他一起吃点早餐。您觉得身体能行吗？"

"没问题，我如鲠在喉，不讲出来总是坐卧不宁。"

"那我就叫用人去叫出租马车，您略等片刻我就下来。"我冲上楼梯，跟我妻子简单交代了几句，五分钟后我就乘上了一辆双人单马车，跟我的新相识往贝克街驶去。

不出我所料，福尔摩斯正披着晨衣在起居室闲荡，看看《泰晤士报》的私事广告栏①，抽早餐前的一袋烟，都是前一天抽剩下的板烟残丝，他都一概细心晾干，收好，集中在壁炉架上的一个角落里。他安详亲切地接待了我们，要了火腿和鸡蛋，跟我们共进了一顿丰富的早餐。餐毕，他把我们的新相识安置在一个沙发上，放了个枕头要他枕着，又在他手边摆上白兰地和饮用水。

"显而易见，您的经历一定非同寻常，哈瑟利先生，"他说，"请在沙发上躺好，完全放松，就像在自己家一样。把您的经历跟我们说说，但千万不要太累，随时补充点酒水提提神。"

"多谢，"我的病人说，"医生为我包扎好之后我就已经基本上恢复了，再加上您这顿早餐，我想我已经完全康复了。我尽量长话短说，少占用您宝贵的时间，这就讲讲我的奇遇吧。"

福尔摩斯在他的大扶手椅上一坐，摆出一副深藏不露的默然表情以掩饰他热心急切的天性，我就在他对面落座，洗耳恭听我们的客人详述他的奇遇。

---

① agony column，报刊上登载寻人、寻物、离婚等启事的专栏。

"他把我们的新相识安置在一个沙发上"

"我先得说明，"他开口道，"我少小失怙，现在又是个单身汉，孤身一人住在伦敦。我是个水利工程师，曾在格林尼治著名的韦内与马瑟森公司做过七年学徒，可以说经验丰富。两年前，我的学徒期满，又因为成年继承到我可怜的父亲留下的一笔不小的遗产，于是决定在维多利亚街自己开业。

"我想，每个白手创业的人都会对万事开头难深有体会。对我来说，尤其如此。两年的时间内我只接过三个咨询和一份很小的实际工作，这就是我职业生涯的全部收获。我全部的营业收入只有二十七镑十先令。每一天，从早上九点到下午四点，我都在我那个小房间里枯坐空等，最后我真是灰心丧气了，觉得自己根本不可能接到什么业务了。

"然而，就在昨天，我正想要离开办公室的当口，我的秘书进来说有位绅士等着见我，希望跟我谈点业务上的事。他带了一张名片来，上面镌版印着'莱桑德·斯塔克上校'的名字。上校本人前后脚就进来了，他比中等身材要高，但瘦得出奇。我从没见过那么瘦的人。他的整张脸瘦得只剩下个鼻子和下巴，脸颊上的皮紧紧裹着突出的颧骨。不过看来他瘦是瘦，并非身体欠佳，因为他的眼睛雪亮、步伐灵活、态度坚定。他衣着虽朴素但很整洁，他的年龄据我判断已经接近四十。

　　"'是哈瑟利先生吗？'他问，带着点德国口音，'有人向我推荐您，哈瑟利先生，赞您不但业务精通，为人也审慎周到，能保守住秘密。'

　　"我鞠了一躬，一位年轻人被人这么恭维总难免颇为自得。'我能冒昧请教是谁这么谬奖我吗？'

　　"'噢，也许还是暂不奉告的好。我还从同一渠道获悉您既是个孤儿，而且尚未婚配，现在一个人住在伦敦。'

　　"'您说得没错，'我回答，'不过请恕我直言，我看不出这些情况跟我的专业资格有何关系。如果我没误会的话，您不是因为业务上的事希望跟我商谈吗？'

　　"'一点没错。不过您会发现我谈到的事务绝对与此相关。我有件业务上的事要拜托给您，但首要的一点就是保密——绝对地保密，您应该理解，就保密而言，相对于有家有口的人，我们当然更能信赖您这样的单身汉。'

　　"'我言出必践，'我说，'我如果保证不泄露您的秘密，您尽可绝对信赖我。'

"莱桑德·斯塔克上校"

"我这么说时他目光非常犀利地紧盯着我，我觉得以前从没见识过如此多疑和严厉的目光。

"'那您保证吗？'最后他说。

"'是的，我保证。'

"'事前、事中和事后都绝对、彻底地保持沉默？无论在口头还是笔头都决不提及此事？'

"'我已经保证过了。'

"'很好。'话音未落他突然一跃而起，像道闪电般冲过房间把门砰地打开。走廊里空无一人。

"'没问题了，'他说着转身回来，'我知道做秘书的有时会对主人的事务过于好奇。我们现在可以安全地谈谈了。'他把椅子直拖到我身边，又开始用他那思虑多疑、城府极深的目光紧盯着我看。

"那个瘦皮猴男人稀奇古怪的做派开始使我感到非常厌恶甚至有点恐惧。甚至怕失去这么个客户的担心都没法掩饰我的不耐烦了。

"'我请求您还是谈您的公事吧，先生，'我说，'我的时间还是挺宝贵的。'上帝原谅我后面那句话，但它就那么脱口而出了。

"'工作一晚上赚五十几尼您觉得还算合适吗？'他问。

"'再好没有了。'

"'我说是一晚上，实际上可能也就需要一小时。我只是想请教您一个液压机械齿轮脱落的问题。您只要指出到底哪儿出了问题，我们就能自己修好了。您觉得这份工作如何？'

"'工作像是很容易，报酬却很丰厚。'

"'绝对如此。我们想请您乘今晚的末班车过去。'

"'到哪儿？'

"'埃福德，在伯克郡。是个临近牛津郡的小地方，距里丁不到七英里。有一班帕丁顿开出的列车到那儿，到的时间大概是十

一点一刻。'

"'很好。'

"'我将备好马车专程迎候。'

"'这么说离车站还有段路程喽？'

"'是的，我们那个小地方远在乡下。离埃福德车站足有七英里的距离呢。'

"'那么到那儿起码要午夜之后了。我想肯定不会再有回来的车了。我将不得不在那儿停留一晚了。'

"'是的，给您搭个便铺对我们来说方便得很。'

"'但这挺不方便的。我不能在更方便的时候过去吗？'

"'我们考虑过，还是觉得您晚上来最好。也正是考虑到给您带来的不便，我们才付给您这么一位寂寂无名的年轻工程师这么高的报酬，这报酬足可以请得到贵行中的顶尖人物了。当然啦，如果您不愿接受这项业务，现在还来得及。'

"我心里在掂量那五十几尼，掂量它对我来说是多么有用。'哪里的话，'我说，'如能为您效劳，我备感荣宠。我只是想对您希望我效劳的事务了解得再清楚些。'

"'这是当然。我这么一再要您信誓旦旦地保密，也难怪您会起疑。我不想在您还有所不知的情况下就要您承诺什么。我想我们这儿讲话不会隔墙有耳吧？'

"'您但放宽心。'

"'那我就把一切和盘托出了。您或许也知道漂白土①是一种

①fuller's earth，一种由水和铝硅酸盐构成的有高度吸附性的似黏土的物质，主要用来漂洗毛呢、制滑石粉、做滤器和催化剂用。

281

很值钱的原料，但在英国又只有少数几个地方出产吧？'

"'略有所闻。'

"'不久前我买了一小块地——很小的一块地——距里丁不到十英里。真是幸运，我竟然在其中找到了一个漂白土的沉积层，这一沉积层正好又是左右两个更大沉积层的边界，但那两个富矿却都属于我邻居的领地了。这些好人完全不知道他们的土地藏着跟金矿一样值钱的东西。我自然很想在他们尚不知情的情况下把他们的地也一并收买过来，但不幸的是我没有这么多资金。我把这个秘密告诉了几个朋友，他们建议我先悄没声地把我地里的那点矿藏开采出来，赚了钱之后再去买旁边的地。这一工程已经进行了一段时间了，为了便于开采，我们用上了一台液压机。前面已经跟您提过，就是这台液压机出了问题，我们希望征询您的意见。我们一直严守秘密，因为一旦大家知道我们在自己的小房子里藏了台液压机，马上就会谣言蜂起，就会有人来调查，而事实一旦泄露，我们也就永远别想买下那几块地了，我们的计划也就彻底告吹。正因为如此，我才要您郑重保证不会向任何人泄露今晚的埃福德之行。我希望都讲清楚了吧？'

"'我明白了，'我说，'我唯一不是很明白的就是你们挖漂白土怎么会用得上液压机，按我的理解，那不该是像从矿坑里往外挖沙子吗？'

"'啊！'他漫不经心地说，'我们有我们的程序。我们要把漂白土压成砖，这样在转运的时候才能不露馅。但这都是些细节，无关紧要。我已经对您推心置腹了，哈瑟利先生，我已经用实际行动证明我绝对信任您了。'他一边说着一边起身。'我今晚

十一点一刻在埃福德车站恭候大驾光临。'

"'我一定如约前往。'

"'请千万保密。'他最后又多疑地盯了我好一会儿，这才用冰冷潮湿的手紧握了一下我的手，匆匆离去。

"当我冷静下来，细想之下对这桩交托给我的任务不禁大感诧

"'请千万保密。'"

异，两位恐怕也有同样的感想。一方面，当然了，我很高兴，酬劳至少有我预期的十倍之多，而且生意一旦开张也许会就此兴隆起来。但另一方面，我那位主顾的外貌和做派给我留下了很不愉快的印象，而且我觉得他关于漂白土的解释尚不足以说明为什么一定要我三更半夜赶过去，还有就是他为什么那么害怕我会把这件事泄露出去。不过最终我还是把所有的疑虑都抛到脑后，吃了顿丰盛的晚餐后就驱车去了帕丁顿车站，登上了火车，遵守诺言谁都没告诉。

"在里丁，我不但得换车，还得换到另一个车站。不过，终于还是赶上了去埃福德的末班车，到的时候已经十一点多了。那是个灯光暗淡的小站，只有我一个人下车，月台上除了一个打着个灯笼昏昏欲睡的行李搬运工之外什么人都没有。我通过边门出站后倒确实发现我早上的那位客户就等在对面的暗影中。他一言未发，紧紧抓住我的胳膊催我马上上车，马车的门一直开在那儿等着。他把两边的车窗都拉上，敲了敲窗框，马车就以最快的速度跑了起来。"

"就一匹马？"福尔摩斯突然插进来问了一句。

"是的，就一匹马。"

"注意到是什么颜色的了吗？"

"是的，在上车的时候借着马车边灯的亮光看到的。是一匹栗色马。"

"看上去很疲累还是很有生气？"

"哦，生气勃勃，毛色鲜亮。"

"多谢。抱歉打断了您。您的故事非常有趣，请接着说。"

"我们在路上至少跑了有一个小时。莱桑德·斯塔克上校原说过只有七英里，但以我们的速度和花费的时间算来，那段距离应该快到十二英里了。他自始至终都一言不发地坐在我身旁，我还感觉到，不止一次，每次往他那边溜一眼，总发现他在非常紧张地看着我。我们走的那段乡下道路路况挺差的，因为马车颠簸摇晃得很厉害。我竭力想透过窗户看看到了哪儿，但车窗上的玻璃是磨砂的，除了偶尔有过往车辆的车灯闪烁一下之外什么都看不出来。我时不时地斗胆提起些话头，想借此打破旅途的单调，但上校只不过哼哈一声，根本不接茬。最后，崎岖不平的道路终于换成了砂石铺的平坦车道，接着马车就停了下来。莱桑德·斯塔克上校跳下车来，我紧跟在后面，然后马上被他拽进了面前的一道门廊。我们实际上是一脚踏出马车，另一只脚就直接进了门厅，所以我连房子到底什么样都没看到。我一进门，房门就在我身后重重地关上了，我隐约听到马车驶走的车轮声。

　　"房间里伸手不见五指，上校摸索着找火柴，一边气促地低声嘟囔着什么。突然，走廊另一端的门开了，一道金色的光带射向我们这边。光带越来越宽，然后现出一个手里举着一盏灯的女人，灯高举过头顶，正探头望着我们。我可以看出她很漂亮，而且从灯光照在她黑色长裙上现出的光泽来看，衣料一定非常华贵。她用一种外语讲了几句话，听声调似乎是在询问什么，而我的同伴粗声恶气地哼了一声作为回答，她惊骇莫名，灯都差一点从手上跌落。斯塔克上校走到她跟前，跟她耳语了几句，然后就把她推回到她出来的那个房间，手里拿着灯又朝我走来。

　　"'请您在这个房间里略等片刻。'他说着，为我开了另一个房间的门。那是个安静的小房间，陈设简单，中间有个圆桌，桌上散放着几本德文书籍。斯塔克上校把灯搁在了门边的风琴顶上。'我不会让您久等。'说完这句话，他就消失在黑暗中了。

"我浏览了一下桌上的几本书，尽管不通德文，我也能大体判断出其中的两本是科学方面的论著，另外几本都是诗集。然后我走到窗前，希望能看到屋外乡间的一点情况，却发现窗户被厚重的橡木百叶窗遮得严严实实。房间里静得出奇。走廊上某处有个旧钟，滴答声格外响亮，除此以外，万籁俱寂、阒无声息。一种模糊的不安悄悄涌上心头。这些德国人到底是些什么人，他们躲在这个偏僻、奇怪的地方到底要干什么？这地方到底在哪儿？我只知道这儿距离埃福德约十英里远，但到底是东、西还是南、北，我就一点概念都没有了。既这么说来，那么里丁，或许还有别的大城镇，都在这个范围之内了，果真如此的话，这地方就不该这么荒僻了。而从这么绝对的静寂判断，这儿又确属乡下无疑。我在那个小房间里踱来踱去，喃喃地给自己打气：振作，振作，那五十几尼马上就要到手了。

"突然间，没有任何先兆，房门悄无声息地慢慢开了。刚才有过一面之缘的那位女士站在了门前，黑暗的走廊衬在她背后，风琴上那盏灯的黄色灯光照着她急切、美丽的面庞。我一眼就看出她非常恐惧，我的心也忽悠一下沉了下去。她哆嗦着举起一个手指示意我不要响，她开始低声用很不流利的英语对我讲起话来，但眼睛却一直瞥着身后的暗处，就像一只受惊的小鹿。

"'我要是您就走了，'她说，在我看来她在竭力保持语调的平稳，'我要是您就走了。我不会待在这里。对您没有好处。'

"'但是，夫人，'我说，'我还没完成到这儿来的使命呢。不看看机器我是不可能走的。'

"'根本不值得您等，'她继续道，'您可以从大门跑出去，没人会拦您。'当她看到我仍然微笑着摇头时，她像是突然豁了出去，向前一步，两只手紧紧绞在一起，低声说：'看在上帝的分上，赶快离开这里，否则就太迟了！'

"但我这人天生不听劝，一件事越是不让干，倒越是起劲地想干。我想到那五十几尼，想到颠簸劳碌地赶到这里，还有注定不会好过的整个晚上。难道这些都白费了？在没完成任务，拿到那许给我的报酬之前我干吗要溜走？这个女人没准是个偏执狂也未可知。尽管她的举动已经使我大为动摇，我还是硬下心来摇了摇头，表示我一定要留下来。她还要再次请求我离开的时候，只听楼上的门砰地响了一声，接着楼梯上就传来几个人的脚步声。她侧耳倾听，然后双手绝望地一挥，就像来时那样突然无声地消失不见了。

"来的是莱桑德·斯塔克上校和一个矮胖子，几根鼠须从双下巴的褶缝里蹿出来，上校介绍说他是弗格森先生。

"'他是我的秘书和经理人，'上校说，'顺便提一句，我印象中刚才离开的时候把门关上的。我怕您吹到穿堂风。'

"'我倒是觉得太闷了点，'我说，'是我把门打开的，想透透气。'

"他又满腹狐疑地看了看我。'那我们还是开始干正事吧，'他说，'弗格森先生和我将带您去看看那台机器。'

"'那我最好把帽子戴上吧。'

"'赶快离开这里，否则就太迟了！'"

"'哦，不需要，就在这幢房子里。'

"'什么，你们在这幢房子里挖漂白土吗？'

"'不，不。我们只是在这儿把它们压成砖。别为这种小事操心了。我们希望您做的只是检查一下机器，然后告诉我们到底哪儿出了问题。'

"我们一起上了楼，上校打头，举着盏灯，胖经理和我尾随其后。那幢老房子可真是个迷宫，到处是走廊、过道、又窄又曲折的楼梯，还有无数低矮的房门，所有的门槛都因几代人的践踏而磨平了。地板上既没有地毯也没有任何家具，墙上泥灰剥落，潮气透过墙壁，霉绿斑斑。我竭力摆出一切如常的神气，但那位女士的警告却声声在耳，我虽置之不理，却也警惕地注意着我那两个同伴。弗格森看来是个闷闷不乐、沉默寡言的主儿，不过从他的只言片语中我至少可以断定他是个本国同胞。

　　"莱桑德上校终于在一扇低矮的门前停下脚步，他掏出钥匙打开门锁。里面是个四方形的小屋，小得都无法同时容纳我们三个人。弗格森就留在门外，上校领我进了小屋。

　　"'我们现在实际上就在那个液压机内部了，'他说，'这时候如果有人开动机器，我们可就惨透了。这间小屋的天花板实际上就是下压活塞的终端，它带着数以吨计的大力压到这个小屋的铁制地板上。外部有些横向的小水柱来承受这一压力，压力在这其中的传导和倍增原理是您的本行了。这个机器挺容易操作的，但现在有些运转不灵，在转换过程中白白流失了些压力。也许您能费心检查一下，告诉我们怎么才能把它修好。'

　　"我从他手里把灯接过来，非常彻底地把那个机器检查了一遍。真是个巨无霸，能产生非常巨大的压力。然后我走出那个小屋，压下操纵杆，从机器运转发出的飕飕声中我马上就明白是机器里出现了细微的裂痕，使得水经由一个侧面的活塞产生回流。进一步的检查表明，是传动杆头上的一个弹性橡胶垫圈已经皱缩，因此就不能完全塞住它进进出出的一个轴孔了。很明显，这就是能量部分流失的原因，我就向两个同伴指出了这一点，他们俩听得很认真，还提了几个怎么才能把它修好的实际操作方面的问题。我都交代清楚了之后又忍不住好奇，重新回到机器的主工作室，想再好好看看。其实第一眼就能看明白，那个关于漂白土的说法完全是骗人的，因为就为了那么点出息而弄出这么大功率的机器来，那可就真是本末倒置了。小屋的墙壁是木制的，但地板实际上就是巨型铁槽，仔细查看之下，我发现槽面上积了一层金属碎屑。我弯下腰去，正要取一点看看那到底是什么样的金属屑时，突然听到一声用德语发出来的低沉的惊呼，接着就看到上校那张死人一样苍白的脸正朝下望着我。

"'你在那儿干吗？'他问。

"我正因为自己被他这么处心积虑地给耍了而感到生气，就回了一句："我正在欣赏您的漂白土呢。我想，如果能弄清楚这台液压机的真正用途，我提的建议也会更有针对性些。'

"话一出口，我已经开始后悔不该这么鲁莽了。他脸色一下子变得很难看，灰色的眼睛里射出邪恶的光。

"'太好了，'他说，'你就会彻底了解这台机器了。'他后退一步，砰地把小门关上，将锁孔里的钥匙转动了一下。我冲向房门，拼命拉着门把手，但门已经被关牢了，尽管我连踢带推，它纹丝不动。'喂！'我大叫，'喂！上校！放我出去！'

"突然，在一片沉寂中响起了一种声音，吓得我心都提到嗓子眼儿了。那是杠杆的铿锵声和那个漏水汽缸的飕飕声。他竟然把机器给开动了！那盏灯还在地板上放着，是我刚才检查铁槽时搁在那儿的。借着灯光，我眼看着黑色的屋顶正颠簸着慢慢朝我

"我冲向房门"

压下来，而且我比谁都清楚，它挟着那么大的压力，不到一分钟就能把我碾成肉酱。我尖叫着拼命用身体撞门，用指甲抠门锁。我苦苦哀求上校放我出去，但杠杆无情的铿锵声淹没了我的喊叫。屋顶这时候离我的头顶只有一两英尺了，我伸出手来就能够到它坚硬粗糙的表面。此时我脑子里突然灵光一闪，我死亡时痛苦的大小端赖我身体的哪一部分最先受压。如果我脸朝下趴着，重量就会压到我的脊椎上，想到脊椎骨被压断时那可怕的喀嚓声，我不禁浑身战栗起来。也许换个姿势会少受点罪？但我有胆子仰面眼看着那团死亡的黑影颤抖着把我碾碎吗？屋顶的下落已经使我无法站直了，我的眼睛突然落在一样东西上，心里一下子绽放出希望的火花。

"我提到过虽然地板和屋顶是铁制的，但墙壁却是木头的。当我最后仓皇四顾时，竟在两块墙板间看到有一线黄色的灯光透进来，随着一小块嵌板被推到后面，那线亮光也越来越宽。刹那间我都不敢相信眼前竟真的出现了一道逃生之门。再一刹那，我已经从那儿冲了出去，丧魂失魄地跌落到屋外了。那道活动嵌板已经在我身后闭合，但灯被挤碎的声音和稍后两块铁板碰撞在一起的哐当声告诉我，我当真跟死神刚刚擦肩而过。

"我是被人疯狂地拉扯手腕才苏醒过来的，发现自己躺在一条狭窄走廊的石头地板上，一个女人右手拿着蜡烛，正俯身用左手使劲地拽我。正是那位曾警告过我的好朋友，而当初我竟然愚蠢地对她的好意置之不理。

"'快！快呀！'她直喊得上气不接下气，'他们马上就要来了。就会发现您不在那儿了。哦，时间太宝贵了，千万不能浪费，快一点呀！'

"至少这一次，我没有轻视她的劝告。我摇摇晃晃地站起身来，跟着她跑过一条走廊，然后下一条曲折的楼梯。再接下去是另一条宽阔的走廊，我们刚跑到这里，就听到奔跑的脚步声和两个人的叫喊声，一个在我们刚刚逃离的那一层回答在下面一层的另一个人的问话。我的向导停下来仓皇四顾，像是走投无路了。

然后她推开一扇卧室的门，月光正透过卧室的窗户朗照着。

"'这是您唯一的机会了，'她说，'高是挺高的，不过您也许能跳下去。'

"她话音未落，走廊的另一头就闪现出灯光，我看到莱桑德·斯塔克上校那瘦削的身形正疾步向我们冲来，他一只手提着个提灯，另一只手里是一把像是屠户的砍刀的凶器。我跑过卧室，猛地推开窗户向外望去。月光下的花园看上去是多么宁静、甜美而又生机勃勃，它就在下面不过三十英尺的地方。我攀到外面的窗台上，但我犹豫着，我想知道那个追赶我的恶棍到底会怎么对待我的救命恩人。如果她被欺负，那么无论身陷怎样的险境，我也会重新回去助她。这个念头刚在我的脑海里闪现，他已经到了门口，想把她推开闯进房来，但她伸出双臂抱住他，使劲把他往后推。

"'弗里茨！弗里茨！'她用英语大叫，'记住你上次的诺言。你保证这种事再也不会发生了。他会守口如瓶的！哦，他会守口如瓶的！'

"'你疯了，爱丽丝！'他咆哮道，拼命挣脱她的双臂，'你会毁了我们。他看到的太多了。我说，让我过去！'他一把把她推到一边，冲向窗口，挥起手里沉重的武器向我劈来。他劈下来时我身体已离开窗户，只是手还扒着窗台。我只觉一阵钝痛，手一下就松了，跌落在下面的花园里。

"我被震了一下，所幸并未受伤；于是我爬起来就在灌木丛中拼命往前飞奔，因为我知道我还远未脱离险境。但我跑着跑着，突然间只觉一阵要命的晕眩和恶心。我低头看了一眼自己的

"挥起手里沉重的武器向我劈来"

手，它痛得一阵阵抽搐，这才第一次发现我的大拇指竟然已被连根斩断，血正泉涌般从伤口往外直冒。我咬着牙拼着命用我的手帕把手裹上，但耳朵里又突然嗡的一阵，接着我就昏死在脚下的玫瑰花丛中了。

　　"我也不知道自己昏过去多长时间。一定很长，因为等我苏醒过来的时候月亮已经落下去，一轮旭日喷薄欲出。我身上的衣服都被露水浸湿了，我外套的袖口上全是拇指伤口的斑斑血迹。伤口的刺痛立刻使昨夜的险境历历在目，一想到可能还未完全脱险，我马上挣扎着站起来。但我四顾一望的时候不禁大吃一惊，我周围既没有房舍也没有花园。我原来一直躺在大路旁边的一个树篱角落里，略低一点的前方是一个长方形的建筑，等我走近的时候竟发现那就是我昨晚抵达的那个小火车站。如果不是手上还留着可怕的伤口，我几几乎都要怀疑那几个小时的可怕经历都不过是一场噩梦了。

"我迷迷糊糊地走进车站，问了问早上的车次。半小时之内就有一班火车去里丁。昨晚到站时我注意过的那个行李搬运工还坐在老地方。我问他是否听说过莱桑德·斯塔克上校的名字，他摇头说从没听说过。又问他昨晚是否见过一辆马车等着接我？不，他也没见过。附近有警察局吗？回答是三英里外有一个。

"我当时身体太虚弱，又有伤，去不了那么远。我决定先回伦敦，然后再报警。六点刚过我就回来了，先找医生包扎伤口，然后华生大夫就非常好心地把我带到了这儿。我把这个案子就托付给您了，您要我怎么样我就怎么办。"

听了他对这次奇遇的叙述后，我们俩都沉默地坐了一会儿。然后福尔摩斯从书架上好几本厚重的备忘录中找到一本，是他贴剪报用的。

"这儿有一则寻人启事，您肯定会感兴趣的，"他说，"大约一年前在所有的报纸上都登过。听我念念：

'寻人。杰里迈亚·海林先生，现年二十六岁，水利工

程师。于本月九日晚十时离家后下落不明。身穿……'

云云。哈！我猜，这正好就是上校上次需要对他的机器进行检修时出的事。"

"老天！"我的病人叫道，"这正说明那位夫人所言不虚。"

"毫无疑问。已经很清楚了，那位上校正是个冷血的亡命之徒，他绝不能容忍任何人妨碍了他的小玩意儿，否则格杀勿论，就像那些彻头彻尾的海盗在攻下一条船之后一个活口都不留。好了，现在一分一秒都很宝贵，如果您感觉体力尚能胜任，我们就马上去苏格兰场报案，然后立刻就去埃福德。"

大约三小时后，我们一行五个人一道登上了火车，从里丁赶往那个伯克郡的小村庄。五个人分别是夏洛克·福尔摩斯、那位水利工程师、苏格兰场的布拉德斯特里特警官、一位便衣还有我本人。布拉德斯特里特在座位上铺开一张伯克郡的军用地图，忙不迭地用圆规以埃福德为圆心画了个圈。

"已经好了，"他说，"这个圆圈是以埃福德为圆心、十英里为半径画的。我们要找的地方一定就在圆圈周围。我想您说的是十英里吧，先生？"

"马车足足跑了有一个小时。"

"您还认为他们在您人事不省的时候又把您给送回来了？"

"肯定是这么回事。我确实模模糊糊地记得像是被抬起来运到了什么地方。"

"我无法理解的是，"我说，"他们在发现您昏倒在花园之后干吗又放了您。也许那个恶棍因为那位女士的恳求心软了？"

296

"我认为那绝不可能。我这一辈子还从没见过比他更冷酷的人。"

"哦，要不了多久就都真相大白了，"布拉德斯特里特说，"瞧，我已经画好了圆圈。现在唯一要确定的就是在圆周的哪一点上能找到我们要找的那个家伙。"

"我想我能指出来。"福尔摩斯不动声色地说。

"真的，就现在！"警官叫道，"您已经有了您的判断！好吧，那我们现在就来看看谁跟您意见一致。我说应该在南面，因为那边的乡下更荒凉。"

"我说是东。"我的病人说。

"我认为是西，"那位便衣发表意见道，"那个方向有几个安静的小村庄。"

"我觉得是北，"我说，"因为北面没有山地，据我们的朋友所言，他并没有觉得马车爬过坡。"

"老天爷，"警官叫道，不禁哈哈大笑，"我们的意见可真够丰富多彩的。我们可是着实绕了一圈呢。那您决定性的一票投给谁呢？"

"你们都错了。"

"但我们不可能都错的。"

"哦，能，肯定能都错。我认为在这儿，"他用手指指着圆圈的中心。"我们在这儿才能找到他们。"

"但那十二英里的路程又怎么说？"哈瑟利喘着粗气说。

"跑出去六英里，再跑回来六英里。再简单不过了。是您自己说上车的时候马匹毛色鲜亮。如果已经在路况很差的乡间跑了

297

十二英里又怎么可能如此呢？"

"这倒确实是个诡计，"布拉德斯特里特若有所思地说，"这批强徒当然是无所不用其极的。"

"一点没错，"福尔摩斯说，"他们是大规模伪造货币的罪犯，用那个机器压制汞合金冒充白银。"

"我们发现有一伙很聪明的罪犯在干这一行已经有段时间了，"警官道，"他们已经伪造了上千万半克朗银币。我们都追踪到里丁了，但至此线索却完全中断。他们把行踪隐藏得非常好，足可见出他们是个中老手。现在倒多亏了这个侥幸的机会，我想这次准能抓他们个正着。"

但警官还是过于乐观了，这些罪犯倒是命中注定不该落入法网。当我们的车缓缓驶入埃福德车站时，但见一个巨大的烟柱从附近一个小树丛后面滚滚升起，犹如一片巨大的鸵鸟毛铺展在美丽的田园上空。

"是房子失火了？"当火车喷着蒸汽又驶出车站时，布拉德斯特里特问道。

"是这么回事，长官！"车站的站长回答。

"什么时候起的火？"

"我听说是夜里，长官，不过火越烧越旺了，整幢房子都已经一片火海了。"

"是谁的住宅？"

"比彻医生的。"

"告诉我，"工程师插了进来，"比彻医生是个德国人吗？非常瘦，鼻子又长又尖？"

站长开心地哈哈大笑。"不，先生，比彻医生是位英国人，而且本教区再没有谁的腰身比他更壮的了。不过有位绅士跟他住在一起，我想他是个外国人，他看起来倒确实不妨多吃点伯克郡的上好小牛肉。"

"是房子失火了？"

　　站长的话音未落，我们几个就全体往火场的方向急奔。路通向一个低矮的小山包，我们面前现出一幢规模庞大的白色建筑，每道缝隙、每个窗口都在向外喷吐着火舌，房前花园里的消防队还在徒劳地拼命想把火势压下去。

"就是这里！"哈瑟利激动不已地大叫，"那就是那条砾石铺的车道，那就是我昏倒的玫瑰花丛。我就是从那边第二个窗户跳下来的。"

"不管怎么说吧，"福尔摩斯说，"您至少已经报了仇。毫无疑问，这场大火正是您那盏灯被压碎之后燃着木制墙壁引起的，他们想必是忙于追捕您，没注意到起火。现在只有睁大眼睛在人群中仔细看看有没有昨晚那几个人了，不过我怕他们早就远走高飞了。"

倒正好被福尔摩斯不幸言中了，因为自从那天一直到现在，无论是那位美丽的女士，还是那个邪恶的德国人、那个郁闷的英国人都音信杳然。那天一大早，一个当地的农民碰巧看到过一辆载着几个人和几个巨大箱笼的马拉大车朝里丁方向疾驰而去，但这群亡命者的踪迹至此也就再无下文了，以福尔摩斯的精明都捕捉不到他们行踪的任何一点蛛丝马迹。

消防队员们为自己在那幢房子内部的发现震惊不已，尤其邪门的是竟然在三楼的一个窗台上找到了一个新切下来的人的大拇指。一直到日落时分，他们的努力才终于见效，火终于被扑灭了，可是房顶早都塌了，庞大的房舍变成了一片废墟，只有几个烧变形了的汽缸和铁制管道证明确曾有过一台巨大的机器，差点害了我们工程师朋友的命。在一个库房里还发现存放有大量的镍和锡，但一个硬币也没找到，也许可以猜想得到那几个巨大箱笼里的存货了。

如果不是因为花园里土质疏松，留下了脚印，我们的水利工程师到底是怎么从花园被转移到了他苏醒过来的树篱丛就将永远是个不解之谜了。其实非常简单，脚印显示他是被两个人抬过去的，其中一位的脚非常之小巧，另一位的脚又大得出奇。综合看来，最有可能的解释就是那位沉默寡言的英国人并不像他的同伙那么暴力和狠毒，是他帮那位女士把人事不省的工程师抬离了险境。

我们在返回伦敦的火车上一坐定，工程师就叹道："唉，我这桩业务可真够瞧的！白丢了大拇指，那五十几尼的报酬也付诸东流，什么也没得到！"

"您得到了经验，"福尔摩斯笑着说，"您知道，千金易得，经验难求；您知道，只要这件事公之于众，在您今后的生活中您的事务所肯定会赢得很好的声誉。"

单身贵族奇案

圣西蒙勋爵的婚姻以及奇特莫名的离异，在那位不走运的新郎出入的尊贵社交圈子里早已不再是人们感兴趣的话题了。层出不穷的丑闻已经使它黯然失色，它们自有刺激开胃得多的细节让人津津乐道，四年前的那场老戏也该当谢幕了。不过，我倒有理由相信，其间的全部事实其实至今都未公之于众，而且因为我的朋友夏洛克·福尔摩斯在将其中的是非曲折澄清方面曾出力不少，我觉得如果不将这一非同寻常的事件大略笔之于书，那么他的个人"行述"也就怎么都难说切实完备了。

当时我还有几个星期就要结婚了，还在贝克街跟福尔摩斯混住。有天下午，他外出散步回来后发现桌子上有他的一封信。我则一整天都闷在室内。因为天气恶劣，突然下起雨来，还有秋季特有的大风，再加上我参加阿富汗战役的纪念——留在一条腿里的一颗吉赛尔步枪的子弹又在一跳一跳地钝痛，我只得把自己安置在一把安乐椅里，腿架在另一把椅子上，埋头于一大堆报纸中权作消遣，一直看到满脑袋都充斥着当天的新闻。最后我把报纸统统扔到一边，没情没绪地枯坐着，望着桌子上那封信的信封上巨大的家族徽章和花押字，有一搭没一搭地琢磨我朋友的这位贵胄通信者到底是何许人也。

"你有一封时髦的信呢，"他刚进门我就对他说，"你早上的信，如果没记错的话，倒是个鱼贩子和一个海关监察员写来的。"

"没错，我的通信者倒真是三教九流无所不包，"他微笑着回答，"越是那些出身卑贱的往往越是有趣。这封信看起来像是讨厌的社交邀请函，你被招了去之后要么被闷死，要么只能信口雌黄。"

他把封蜡扯开，扫了一眼信的内容。

"哦，快看，这说不定还是件有趣的差使呢。"

"那就不是封社交信函了？"

"不是，显然是业务方面的。"

"是个贵族客户？"

"英格兰最高贵的家族之一。"

"老伙计。恭喜恭喜。"

"我向你保证，华生，丝毫不带虚情假意，客户的身份对我而言远没有他的案子更令我感兴趣。不过在这个新案子里，他的身份倒或许是不可缺少的因素。我觉得近来你报纸看得很勤吧？"

"算是吧，"我可怜兮兮地说，指着角落里那一大堆报纸，"我实在没别的事好做。"

"幸好如此，你正好可以帮我把事情理理清楚。我只看犯罪新闻和私事广告栏。那一栏总是饶有启发意义。既然你近来报上的新闻无所不看，你一定看到过关于圣西蒙勋爵和他的婚姻的报道吧？"

"哦，没错，我看得津津有味呢。"

"那就好。我手上的这封信就是这位圣西蒙勋爵写来的。我读给你听听，但作为报偿你得再翻翻那些报纸，把所有有关他的

"他把信蜡扯开，扫了一眼信的内容"

报道都让我知道一下。信是这么写的：

亲爱的夏洛克·福尔摩斯先生台鉴：

据巴克沃特勋爵惠告，我可以绝对信赖您的明智和判断。因此我决定登门拜访，当面请教一桩事关在下婚姻大事的非常令人痛心的意外事件。苏格兰场的雷斯垂德先生已经受理这一案件，不过他也认为没理由反对您的合作调查，甚至认为您的合作会有所助益。我将于下午四点登门求教，届时您如果已有其他安排，务请暂时推迟为盼，实因此事至关重要。切切。

您忠实的

圣西蒙。"

"信发自格罗夫纳大厦，用鹅毛笔书写，尊贵的勋爵不小心在右手的小指外侧沾了一滴墨水。"福尔摩斯一边折信一边随口评论道。

"他说四点来。现在已经三点了。一小时后他人就到了。"

"这么说来时间正好够把这件事搞清楚，要有你帮忙的。把那些报纸翻翻，按时间顺序把要点摘出来，我呢，先看一眼我们的客户到底是何许人也。"他从壁炉架旁边的一排参考书里抽出一本红色封面的来。"就在这里头，"他说着，坐下来把书放在腿上查阅，"罗伯特·沃尔辛厄姆·德韦尔·圣西蒙勋爵，巴尔莫拉尔公爵的次子。哦！纹章底色是天蓝的，中心的黑带上是三株荆棘。生于 1846 年。他今年四十一了，也该结婚了。在上届政府中担任过殖民地事务副大臣。公爵，他父亲，一度出任外交大臣。他们家族是金雀花王族①的嫡系后裔，母系则为都铎王族②后裔。哈！算了，这些东西都毫无意义。华生，我想还是必须仰赖你提供点更切实些的资料才好。"

"我找起来便当得很，"我说，"都是最近的事，而且我还特别留心关注了一下。之所以没跟你提起，是因为知道你手头还有案子在查，你在查案子的过程中又最怕别的事务打搅。"

"哦，你说的是格罗夫纳广场运家具的那件小事啊。现在已经都搞清楚了——其实打从一开始就明显得很。请把你翻检报纸的结果给我看看吧。"

---

①Plantagenet，金雀花王朝。从亨利二世到理查德三世（1154—1485 年）的一系列英王的家族名称。
②Tudor，都铎王朝。英国的统治王朝（1485—1603 年），包括亨利七世及其后代亨利八世、爱德华六世、玛丽一世和伊丽莎白一世。

"这是我能找到的最早的消息。登在《晨报》的人事要闻栏，日期，你也看到了，是几个星期前：

如果谣传可信的话，一桩婚事已经确定而且（据说）很快就要变成事实了，男方是罗伯特·圣西蒙勋爵，巴尔莫拉尔公爵的次子；女方是海蒂·道兰小姐，美国加利福尼亚州旧金山市的阿洛伊修斯·道兰先生的独生女。

就这些。"

"简洁明了。"福尔摩斯评论道，把两条又瘦又长的腿向壁炉伸过去。

"同一星期里的一份社交报纸报道得较详细。啊，在这儿呢：

真该号召大家行动起来捍卫我们的婚姻市场了，因为如今自由贸易规律对我们本国的婚姻已造成极为不利的影响。大不列颠名门望族的管理权正一家家地沦落到大西洋对岸我们那些美丽的女表亲手中。这些妩媚的侵略者的战利品名单上，上周又增加了一位重要人物，那就是圣西蒙勋爵。这位二十年来一直顽强抗拒爱神射出的利箭的中坚人物已明确宣布将与迷人的海蒂·道兰小姐，一位加利福尼亚百万富翁的女儿缔结连理。道兰小姐优雅的仪态和动人的容颜在韦斯特伯里宫的一系列欢宴上早已引起极大关注，道兰小姐是独生女，据报道，她的嫁妆将大大超过六位数，预期将来还会大为增值。因为巴尔莫拉尔公爵在最近几年内不得不出售个人藏画已是公开的秘密，而圣西蒙勋爵除了伯奇莫尔那一小块地产外自己并无财产，虽然这位加利福尼亚女继承人通过一次联姻就轻而易举地从一位共和国的女公民摇身一变成了不列颠的勋爵夫人，但占尽便宜的显然并不只她一方。"

"别的还有吗？"福尔摩斯打了个呵欠问道。

"有，多的是呢。《晨报》上还有另一则短讯说婚礼一切从简、绝不张扬，将在汉诺威广场的圣乔治教堂举行，将只邀请至亲好友观礼。婚礼过后，新婚夫妇一行将返回兰开斯特盖特一幢已收拾停当的宅邸，由阿洛伊修斯·道兰先生购置。两天后，也就是上星期三，发了个通告，说婚礼已经举行，蜜月将在彼得斯菲尔德附近巴克沃特勋爵的别业度过。这些就是新娘失踪之前报纸上出现过的所有消息了。"

"什么之前？"福尔摩斯大吃了一惊。

"那位女士失踪之前。"

"她什么时候失踪的？"

"在婚礼后的早餐上。"

"这倒是奇了，比我原来想象的有趣多了；实际上，应该说相当有戏剧性。"

"没错；就是因为实在有些不同寻常，我才格外关注了起来。"

"新娘即便失踪也一般是在婚礼举行前，有时候是在蜜月期间；我倒还真没见过这么干脆利落的。请详细道来。"

"有言在先，这些材料可是非常不完备的。"

"也许我们能略微弥补一二。"

"情况如下，是昨天一份晨报上的文章提供的，我这就读给你听。标题是《时髦婚礼上的意外事件》：

罗伯特·圣西蒙勋爵举行婚礼期间发生的奇怪的不幸事件，令其全家都惊惶失措。昨天报上简略报道的婚礼系于昨天一早举行；不过直到现在才最终证实了一直闹得沸沸扬扬的传闻。尽管亲友们竭力设法遮掩，此事已然引起公众的极大关注，成为共同的话题，再故作姿态置之不理，实无任何裨益。在汉诺威广场举行的婚礼不事张扬，非常简单，到场观礼者只有新娘的父亲阿洛伊修斯·道兰先生、巴尔莫拉尔公爵夫人、巴克沃特勋爵、尤斯塔斯勋爵和克拉拉·圣西蒙小姐（新郎的弟弟和妹妹）以及阿丽西亚·惠廷顿夫人。仪式结束后，新郎新娘一行即前往阿洛伊修斯·道兰先生在兰开斯特盖特的宅邸共进早餐。此时似乎因一个女人的到场而引起了一点麻烦，其姓名迄今未详。她跟随在新婚夫妇一行之后，试图强行闯入房内，断言她有权对圣西蒙勋爵提出要求。在颇经过一番痛苦的纠缠后，她才终于被管家和男仆逐出室外。新娘幸好在这件不愉快的纠纷发生之前已经进入室内，同亲友一起就座共进早餐，此时推说略感不适离席回房休息。但新娘离席后久久不归，以致引起亲友的议论，她父亲去她的房间看望，但据她的女仆告知，她只在房间里逗留了片刻，拿了一件长外套和一顶无边软帽就匆忙下楼去了走

"她才终于被管家和男仆逐出室外"

廊。一位男仆声称他确实看到一位如此装束的女士走出门去，但不敢相信那就是他的女主人，以为她还跟客人在一起呢。阿洛伊修斯·道兰先生在确定女儿失踪后，立刻同新郎一起跟警方取得联系，警方目前正积极展开调查，也许这一离奇事件不久就能水落石出。然而直到昨晚深夜，关于那位失踪女士的行踪仍无任何说法。有谣言认为那位女士可能已被害，据说那个最初引起纠纷的女人已被警方逮捕，据认为出于妒忌或其他原因，她也许跟新娘的神秘失踪有所牵连。"

"就这些了？"

"就只剩下另一份晨报的一则短讯了，不过倒是很有启发意义。"

"讲的是——"

"弗洛拉·米勒小姐，就是那位引起纠纷的女士，已经被捕。她原来好像曾在阿利格罗做过芭蕾舞女演员，而且已经跟新郎相识多年。别的也没什么特别的，就公共报刊上刊登的信息而言，这个案子你已经完全都掌握了。"

"看来这还真是个非常有趣的案子。说什么我也要探个究竟。不过门铃响了，华生，而且已经四点过了几分，来人肯定就是我们那位贵族客户。你可甭想溜，华生，我非常乐意有个见证人，哪怕只是为了事后核实自己的记忆之用。"

"罗伯特·圣西蒙勋爵。"我们的小听差一边通报，一边把门打开了。一位绅士走了进来，一张明朗、颇有修养的脸，高高的鼻梁，苍白而且显得有些性急的嘴唇，明亮的大大的眼睛表明他是一位乐于发号施令、喜欢被人服从的人。他的举止轻快活泼，但总的外貌却略显苍老，因为他走起路来背已经有点驼，膝盖也有点弯。他摘下帽檐卷得高高的帽子后，可以看出发际已经灰白，头顶的头发也很稀薄了。他衣着非常华丽讲究，已近于浮华，高高的衣领、黑色的礼服外套、白色的背心、黄色的手套、黑色漆皮鞋以及浅色的绑腿。他步伐缓慢地走了几步，左右打量了一下，右手来回晃动着系金边眼镜的链子。

"日安，圣西蒙勋爵，"福尔摩斯说，站起身来鞠了一躬，"请坐在那把柳条椅上。这位是我的朋友兼同事华生医生。请再靠

"罗伯特·圣西蒙勋爵"

火近一点，我们来谈谈您的案子。"

"对我说来实在太痛苦了，痛苦的程度您怎么想都不为过，福尔摩斯先生。真是掏心剜肺啊。我理解您肯定处理过几桩这类棘手的案子，先生，不过我猜肯定都不是出自我们这个阶层的。"

"不错，我的客户的身份确实是在下降。"

"您说什么？"

"我上次同类案子的客户是位国王。"

"哦，真的吗！我真是孤陋寡闻。是哪位国王？"

"斯堪的纳维亚国王。"

"什么！他把妻子给丢了？"

"您应该能理解，"福尔摩斯彬彬有礼地说，"就像要保证对您的私事保守秘密一样，我也得为我的其他客户负责。"

"那是自然！您做得太对了！太对了！真心请您原谅。至于我自己的案子，只要能对您的判断有用，任何情况我都乐于提供。"

"多谢。我所知道的不过都是报上登的，再就一无所知了。我想似乎可以把它当作事实来接受吧——譬如说这篇文章讲到的新娘失踪的情况。"

圣西蒙勋爵扫了一眼那篇报道。"是的，就它写到的内容而言还算属实。"

"但如果没有大量的补充材料，谁都无法妄下断言的。我想，为了得到我想要的事实，还是由我来直接问您的好。"

"悉听尊便。"

"您第一次见到海蒂·道兰小姐是什么时候？"

"一年以前，在旧金山。"

"当时您正在美国旅行？"

"是的。"

"当时您就跟道兰小姐订婚了？"

"没有。"

"不过一直是朋友？"

"跟她交往我感到很开心，她也看得出来我很开心。"

"她父亲非常富有吗？"

"他据说是西海岸最有钱的人。"

"他是怎么发财致富的？"

"采矿。几年前他还一无所有。后来他挖到了金矿，于是投资开发，一夜暴富。"

"请您谈谈您自己对这位年轻小姐——您妻子性格的认识好吗？"

这位贵族手里的眼镜甩动得更快了，两眼紧盯着壁炉里的火焰。"您明白，福尔摩斯先生，"他说，"她直到二十岁上，她父亲才成了富翁。此前她一直无拘无束地在矿区乱跑，在森林或是高山上游荡。所以她所受的教育，与其说是来自中小学校长，还不如说是直接来自大自然。她是那种我们英国人称为'假小子'的姑娘，个性极强，很野，无拘无束，不受任何传统习俗的约束。她性情暴烈，简直像座火山，一点就着。她兴之所至想怎么样就怎么样，谁都别想阻拦。但从另一方面说来，如果我不是因为认定她骨子里是个高贵的女人，我就根本不会把我有幸承受的高贵姓氏奉献给她了，"说到此处他庄严地轻咳了一声，"我认为她能够作出英勇的自我牺牲，任何有损名誉的事情都是与她格格不入的。"

"您有她的照片吗？"

"我随身带着。"他打开表链上的一个小纪念盒，里面嵌着一张非常可爱的女人的头像。根本不是照片，而是一张象牙小画像，画家栩栩如生地再现出那亮泽的黑发、大大的黑眼睛和优雅的嘴唇。福尔摩斯很认真地注视良久，然后将纪念盒扣上，递还给圣西蒙勋爵。

"后来这位小姐到了伦敦，于是你们就重叙旧情了？"

"是的，她父亲把她带来参加上个伦敦社交季的活动。我跟她见了几次面，就跟她订了婚，现在已正式娶她为妻了。"

"据我的理解，她为您带来了一份相当可观的嫁妆？"

"应该说是一份公道合理的嫁妆。在我的家族里并不算突出。"

"这份嫁妆当然就归您所有了，既然婚姻已是既成事实？"

"关于这一点我倒确实还没深究过。"

"这也很自然。在婚礼举行前您见过道兰小姐吗？"

"见过。"

"她情绪好吗？"

"再好没有了。她不断地跟我说我们结婚后的生活将如何如何。"

"是吗！那可太有意思了。在婚礼当天的早上呢？"

"情绪也不能再高了——至少在仪式举行前。"

"当时您观察到有变化？"

"噢，说实话，一开始我觉得她只是稍微有点不耐烦。那件小事实在微不足道，不值一提，跟这个案子不可能有什么关系。"

"请您还是详细地讲一讲吧。"

"哦，那真是很孩子气的。我们在往小礼拜堂走的时候她手

"坐在长椅上的那位绅士又把花递还给她了"

里的花束掉了。当时她正走过教堂的前面几排坐椅，花束就落在了长椅上。因此耽搁了一会儿，不过坐在长椅上的那位绅士又把花递还给她了，所以情形并不算太糟。然而当我跟她说起这件事时，她的反应却极不耐烦，相当粗暴；而且在往家里走的马车上，她很明显还在为这桩小事激动难安，真是太荒唐了。"

"这倒是！您说长椅上坐着位绅士。这么说来当时有很多闲人在场喽？"

"哦，是的。教堂的门一开就没办法把他们挡回去了。"

"那位绅士不是您妻子的朋友吗？"

"不，不是；我称他绅士是出于礼貌，他其实是个很平常的人。我都没注意到他长什么样。不过我当真觉得我们实在离开本题太远了。"

"这么说来，圣西蒙夫人在举行婚礼后就远没有婚礼举行前那么高兴了。她在重新回到她父亲家时做了什么？"

"我看到她跟女仆说了几句话。"

"她的女仆是谁？"

"名叫爱丽丝。是个美国人，是跟她一道从加利福尼亚来的。"

"心腹女仆喽？"

"好像还不止。看起来她的女主人给了她相当大的自由。当然了，在美国，他们看待这类问题的方式有所不同。"

"她跟爱丽丝说了有多长时间？"

"哦，也就几分钟。我当时还有别的事要考虑。"

"您一点都没听到他们说的话？"

"圣西蒙夫人讲到什么'跳出一种权利'①。她习惯于使用这类的俚语。我都不知道她到底什么意思。"

"有时候美国的俚语倒是很有表现力的。那么尊夫人跟她的女仆讲完话之后又干了什么？"

"她就走进了共进早餐的餐厅。"

---

① "jump a claim"意为"强占别人已申请的土地或矿产权"，此处直译，详见后文。

"挎着您的胳膊一道？"

"不，她一个人走。在这类小事上她非常独立。然后，等大家都坐下来才十分钟左右，她就匆忙起身，嘟囔了几句道歉的话离开了餐厅，就再也没有回来。"

"但那个女仆，爱丽丝，按我的理解，做证说她去了她的房间，在新娘的礼服外面罩上一件长外套，戴上一顶无边软帽就出去了。"

"是这么回事。之后还有人看到她跟弗洛拉·米勒一起走进了海德公园，这位小姐现已被关押，而且当天早上在道兰先生家制造了一场纠纷。"

"啊，没错。我想请您详细讲讲这位年轻女士的情况，还有您跟她的关系。"

圣西蒙勋爵耸了耸肩，眉毛挑了一挑。"我们是多年的朋友了——可以说是很亲密的朋友。她原本在阿利格罗。我待她一直算得上慷慨大度，她没有对我心怀怨恨的正当理由，不过您也知道，女人就是这样，福尔摩斯先生。弗洛拉是个甜蜜的小东西，但行事非常冲动，而且对我一往情深。她听说我要结婚后曾给我写过几封很可怕的信，实不相瞒，我之所以把婚礼安排得这么低调，就是怕届时教堂里会出麻烦。我们刚回到道兰先生家她随后就到了，而且硬往里闯，大骂我妻子，甚至威胁她，幸好我早就防着这类意外，已经让两个警察换上便衣预备着呢，他们很快就把她给架出去了。她眼见寻衅滋事也没什么好果子吃，也就不闹了。"

"尊夫人听到了吗？"

"没有，感谢上帝，她没听到。"

"事后又有人看到她跟这个女人走在一起？"

"是的。正是为此，苏格兰场的雷斯垂德先生才认为事态严重。他似乎认为是弗洛拉把我妻子引诱出去，而且为她设好了可怕的陷阱。"

"哦，这也不是没有可能。"

"您也这样认为吗？"

"我只是说不无可能。不过您本人是怎么看的？"

"我觉得弗洛拉连一只苍蝇都不会去伤害。"

"话虽如此，嫉妒可是能完全改变一个人的性格的。请谈谈您认为事情到底是怎么回事吧。"

"噢，真是的，我来是为了寻求解答，而不是提供意见的。我已经把一切事实和盘托出。不过既然您问到我了，可以这么说吧，我认为可能是这次婚礼给她造成的高度兴奋——因意识到自己的社会地位简直是一步登天，使我妻子的神经产生了一点小问题。"

"简单说来就是她突然神经错乱了？"

"哦，真是的，想到她竟然将这一切都弃之如敝屣——我不是指我本人，而是那么多人梦寐以求而又终归徒劳的一切——我很难认为还会有别的原因。"

"哦，当然这也是一种可以理解的假设，"福尔摩斯说着，微微一笑，"好了，圣西蒙勋爵，我想我需要的大部分资料也都基本齐备了。能再问您一个问题吗——您当时坐在早餐桌旁的位置看得见窗外吗？"

“我们能看见马路对面和海德公园。”

“正是如此。那么我认为没理由再耽搁您了。我会跟您联络的。”

“祝您好运，能尽快解决这个难题。”我们的客户说着，站起身来。

“我已经解决了。”

“呃？怎么回事？”

“我说我已经把这个问题解决了。”

“那我妻子在哪儿呢？”

“这是个枝节问题，我想很快就能为您提供答案的。”

圣西蒙勋爵摇了摇头。“要想这么手到擒来恐怕超出了你我两人的头脑之所能及。”他评论道，一边很老派地鞠了一躬，就此告辞。

“承蒙圣西蒙勋爵不弃，将我的脑袋跟他的相提并论，真是倍感荣宠，”夏洛克·福尔摩斯哈哈大笑着说，“经过这么一番盘问之后，我想我需要一杯威士忌加苏打和一支雪茄放松一下。其实在我们这位客户进门之前我对这个案子就已经有了结论。”

“我亲爱的福尔摩斯！”

“我有好几个类似案例的记录，只是像我说过的，没有一个竟然这么斩钉截铁。我的全部调查只是为了验证我的猜测。间接证据偶尔也会非常具有说服力，用梭罗①的话说，就像有时你在牛奶里也能发现鲑鱼一样。”

---

① Thoreau（Henry David, 1817—1862），美国著名作家，《瓦尔登湖》（1854）的作者。

"但你听到的我也一样都听到了呀。"

"但你并不知道那些先前的案例，它们对我帮助极大。几年前在阿伯丁郡就有过一个相似的案例，普法战争发生的第二年也有过一个案情非常相像的案子。它们都属于一类——但是，您好，原来是雷斯垂德驾到！下午好，雷斯垂德！茶几上还有一个平底酒杯，烟盒里也不缺雪茄。"

那位官方侦探身穿一件粗呢短外套，围着一条领巾，看起来俨然是个海员，手里还拎着一个黑色的帆布袋。他简短地打了个招呼就坐了下来，点着了敬给他的雪茄。

"出什么事了，啊？"福尔摩斯眨了眨眼睛问，"您看起来满腹心事。"

"我确实满腹心事。就是那可恶的圣西蒙结婚案。我现在是一点头绪都抓摸不到。"

"真的！这可让我吃惊非小。"

"谁听说过这么乱糟糟的事？每条线索好像都从我手指缝里给溜走了。我为这件事忙了有一整天了。"

"好像还弄得你浑身湿淋淋的。"福尔摩斯伸手摸了摸他短外套的袖子。

"是呀，我一直在打捞塞彭廷湖。"

"我的老天，打捞那儿干吗？"

"寻找圣西蒙夫人的尸体。"

夏洛克·福尔摩斯往椅子上一靠，哈哈大笑。

"那您打捞过特拉法加尔广场的喷水池了吗？"他问。

"为什么？你什么意思？"

"因为你在这两个地方打捞到那位夫人的机会同样大。"

雷斯垂德怒冲冲地瞪了我的同伴一眼。"我猜这个案子您也都知道了吧。"他几乎咆哮道。

"哦,我只听说了事情的经过,不过我已经有数了。"

"哦,真的吗!那以您的高见,根本没有塞彭廷湖什么事喽?"

"我觉得可以这么说。"

"既然如此,您肯费心解释一下我们在湖里找到的这些东西是怎么回事吗?"他说着打开随身带来的包,倒出一件波纹绸的婚礼礼服、一双白色缎鞋以及一套新娘戴的花冠和面纱,这些衣物都因为泡在水里而褪色了。"您看,"他说着,又把一枚全新的结婚戒指放在那一堆衣物上,"这儿还真有一个小硬果子要您啃呢,福尔摩斯大师。"

"哦,真的吗!"我的朋友一边吐着蓝色烟圈一边道,"您是从塞彭廷湖里打捞出来的?"

"不。是公园的守卫在湖边发现的。已经确认是她的衣物,窃以为既然衣服在那儿,那尸体也应该在附近不远处。"

"按您这么聪明的推理,那每个人的尸体都该躺在他本人的衣橱旁边了。还要请问,您费劲打捞是为了达到什么目的呢?"

"找到些弗洛拉·米勒与失踪案有牵连的证据。"

"我怕您会很难找到。"

"是吗,真的?现在您还这么想?"雷斯垂德明显话中带刺地叫道,"我怕,福尔摩斯,您那些演绎和推论可能不太现实。在不过两分钟时间里您已经犯了两个大错。这件礼服确实牵涉到弗洛拉·米勒小姐。"

"'您看,'他说着"

"何以见得?"

"礼服里有个口袋。口袋里有个名片盒。名片盒里有张字条。这就是那张字条。"他啪的一声把它拍在面前的桌子上。"听听这个:

> 一切具备后你就能见到我了。届时马上过来。
>
> F. H. M.

现在,我的看法是圣西蒙夫人是被弗洛拉·米勒诱骗出来的,因此米勒小姐,还有她的帮凶都毫无疑问要为她的失踪负责。我们眼前这张签有她姓名缩写①的字条无疑是在门口悄悄塞到

————————
① 弗洛拉·米勒的原文写作 Flora Millar。

322

她手里的，目的就是把她引诱出来，他们好下手。"

"很好，雷斯垂德，"福尔摩斯哈哈大笑着说，"您可真是够妙的。让我看看那张字条。"他漫不经心地拿起那张字条，但注意力马上被吸引住了，忍不住满意地叫了一声。"这确实非常重要。"他说。

"哈，您现在终于明白了？"

"确实如此。热烈祝贺您。"

雷斯垂德踌躇满志地站起身来，低头看去。"嗨，"他尖叫一声，"您字条看反了！"

"恰恰相反，这才是有价值的那一面。"

"这是有价值的一面？您疯了！这才是用铅笔写字条的那一面。"

"您所谓的反面看起来是一张旅馆账单的一部分，这让我深感兴趣。"

"上面什么都没有。我已经看过了。"雷斯垂德说。

"十月四日，住宿：八先令，早餐：两先令六便士，鸡尾酒：一先令，午餐：两先令六便士，一杯雪利酒：八便士。

我看这毫无意义。"

"这也不无可能，但它仍然极为重要。至于说到字条，也很重要，起码姓名缩写是如此，所以应该再次祝贺您。"

"我真是在浪费时间，"雷斯垂德说着，霍地站起身来，"我相信艰苦的实际工作，而不是坐在壁炉前编织高深的理论。再见了，福尔摩斯先生，我们倒来看看最终是谁先把案子侦破。"他把那堆衣物划拉到一块儿，又扔回包里，朝着房门走去。

"我只想再提醒您一件事，雷斯垂德，"在他的对手消失前福尔摩斯懒洋洋地道，"我来告诉您这案子的真正窍门儿在哪儿。圣西蒙夫人纯属子虚乌有。现在没有，过去也从来不曾有过这样一号人物。"

雷斯垂德不无悲哀地看了看我的同伴，然后转向我，接连轻敲了三下脑门，庄严地摇了摇头，然后匆匆离去。

他刚把门关上，福尔摩斯就站起身来穿上了外套。"那家伙所谓的户外工作确实不无道理，"他说，"所以我想，华生，我又得把你扔下一会儿，让你跟报纸做伴了。"

夏洛克·福尔摩斯离开我时已经五点多了，不过这次我倒是没时间寂寞了，因为他出门还不到一小时就有一位糕点商扛着个巨大的平板盒上门来了。他还随身带来个小厮，两人在我面前把盒子打开，令我瞠目结舌地将一顿极为奢侈讲究的冷餐一样样摆到我们寒酸宿舍的桃花心木餐桌上：有一对冷丘鹬，一只雉鸡，一个鹅肝酱馅饼，还有一大捆陈年佳酿。把这些奢侈品摆好之后，那两位来宾就消失不见了，简直像《天方夜谭》里神通广大的鬼仆，只说这些酒食已经付过账，要求送到这个地址，此外什么解释都没有。

马上就要九点的时候，夏洛克·福尔摩斯步伐轻快地走进门来。表情虽然一本正经，眼睛里却闪着一丝火光，看来这次出马定然大有斩获。

"看来他们已经摆好晚餐了。"他搓着手道。

"你好像请了不少人嘛。这足有五个人的量。"

"没错,我想我们是会有几位贵客临门,"他说,"我都奇怪圣西蒙勋爵怎么现在还没到。哈!我想我已经听到他的脚步声了。"

匆忙进来正是下午曾经来过的贵客,他手里的眼镜链子摇晃得更起劲了,贵族派头十足的脸上显露出非常不安的神情。

"这么说来我的信使把信送到了?"福尔摩斯问道。

"是的,坦白说来我真是吃惊非小。您能肯定您说到的情况吗?"

"毫无疑问。"

圣西蒙勋爵往椅子上一坐,用手撑着额头。

"公爵会怎么说,"他喃喃道,"当他听说家门竟会如此蒙羞?"

"这件事纯属意外。我并没觉得这有任何丢脸的地方。"

"啊,看来您看问题的立场不同。"

"依我看来谁都没错。我看不出道兰小姐处在这种情况下还有别的选择,虽然她的行事方式太过生硬,不堪效法。她又没有母亲,处在这样的危急关头没一个人可以商量。"

"这是一种侮辱,先生,一种公开的侮辱。"圣西蒙勋爵手指猛敲着桌子道。

"您得对这个可怜的姑娘宽容一点,她面临的处境真是前所未有的。"

"我没法宽容。我非常气愤,而且我被可耻地利用了。"

"门铃好像响了,"福尔摩斯说,"没错,听到脚步声了。如果我没法劝您对这件事慈悲为怀,圣西蒙勋爵,我还请了个辩护人来,也许她能成功。"他打开房门,引进一位女士和一位绅士。

"圣西蒙勋爵，"他说，"请允许我引见弗朗西斯·海伊·穆尔顿①先生和太太。我想，穆尔顿夫人您已经见过了。"

一看到来人，我们这位客户从座位上一跃而起，站得笔挺，眼皮耷拉着，手插进大礼服的前襟，十足一副受到冒犯的高贵派头。那位夫人已经飞快地跨前一步而且朝他伸出了手，但他仍然拒绝抬一抬眼皮。也许这样更容易坚定决心，因为她那张充满恳求的脸实在难以抗拒。

"你在赌气，罗伯特，"她说，"是呀，你确实有理由生气。"

"十足一副受到冒犯的高贵派头"

"请不要向我道歉。"圣西蒙勋爵语气尖酸地说。

"哦，没错，我知道我实在对不起你，我在离家前应该给你个交代的；但我当时慌慌张张的，自打我又在这儿见到弗兰克以

---

① 弗朗西斯·海伊·穆尔顿（Francis Hay Moulton）的字首缩写正是 F. H. M.。

后我就不知道自己在干什么说什么了。我都奇怪自己竟然没在圣坛前当场摔倒、昏过去。"

"穆尔顿太太，也许在您解释的时候希望我跟我的朋友回避一下？"

"如果允许我发表一点意见的话，"那位陌生的绅士这时说，"我觉得在这件事上那些秘密的东西已嫌太多了。就我而言，我倒希望全欧洲和全美国的人都来听听这件事的真相。"他身材不高、瘦长结实、晒得黑黑的，有一张很有棱角的脸，举止看来很是机警。

"那好，我这就把我们的故事从头道来，"那位女士道，"我跟这位弗兰克相识于一八八四年，在麦奎尔营地，靠近落基山脉，当时爸爸正在经营一块矿地。我们当时就订了婚，弗兰克和我；但后来爸爸挖到富矿一夜致富，而可怜的弗兰克经营的那块矿地的出息却越来越少，最后一点出息都没有了。爸爸越来越富，弗兰克却越来越穷；所以最后爸爸根本就不想认这门亲事了，就把我带到了旧金山。弗兰克却不想放弃，所以他一直跟着我到了旧金山，瞒着爸爸跟我见面。爸爸要是知道了准会气得发疯，所以我们只好私订终身。弗兰克发誓也要去寻找属于他的财富，赚不到爸爸那样的身家就不回来娶我。我就对天盟誓一定等他回来，只要他还活着就非他不嫁。'那我们干吗不现在就结婚？'他说，'这样一来我就不用老是悬着一颗心，非得等到我回来才能正式娶你了。'就这样，我们商量之后就这么办了，他把一切都安排得妥妥帖帖，请好了牧师，我们当即举行了婚礼；过后弗兰克离开我去奔他的前程，我则回到爸爸身边。

"我再次听到弗兰克的消息是他去了蒙大拿，然后他又去亚利桑那探矿，后来又听说他在新墨西哥。这之后报上登了一篇很长的报道，讲述一个采矿营地如何遭到阿帕奇①印第安人的袭击，我的弗兰克的名字就出现在死亡者名单上。我当时就昏死过去，此后一连数月都病得很重。爸爸以为我得了痨病，满旧金山大约一半的医生都带我去看过了。一年多又过去了，弗兰克还是音信全无，所以我再也不抱幻想，认为弗兰克是真的死了。然后圣西蒙勋爵就来到了旧金山，我们又来了伦敦，婚事就这么定了下来，爸爸非常高兴，但我无时无刻不觉得我的心早已给了我可怜的弗兰克，世上再没有一个人能取代他的位置。

　　"不过，我如果当真嫁给了圣西蒙勋爵，我当然还是会尽我做妻子的本分的。我们虽不能强求爱情，但总能相敬如宾。我就这样跟他走上圣坛，下决心尽心竭力做他的好妻子。但您也许可以想象，正当我走到圣坛的围栏前，回头一望竟然眼见着弗兰克就站在第一排长椅前望着我时，我会作何感想。起先我还以为那是他的鬼魂，但我定睛看去，他仍然站在那儿，目光中满是质询，像是在问我又见到他到底是觉得开心还是难过。我都奇怪当时竟然没有晕过去。我只觉得天旋地转，牧师的话在我听来就像是只蜜蜂在哼哼。我当时真不知该如何是好。我该立即停止正在举行的仪式，在教堂里闹出场风波来吗？我又望了他一眼，他似乎明白我正在想什么，因为他举起一根手指放到嘴唇上示意我不要作声。然后我看到他在一张纸上匆忙写了几个字，我知道他是

_____

①Apache，阿帕奇族，居住在美国西南部和墨西哥北部的一支美国原住民部族。

328

在给我写字条。走下圣坛的路上我故意把花束掉在他身上，他则在还给我花束的时候塞了一张字条在我手里。只有一行字，要我在接到他发出的信号之后再去跟他会合。我当然丝毫都不会怀疑我首要的职责就是跟着他走，于是决定下面一切都按他的指示行事。

"回去后，我告诉了我的女仆，她在加利福尼亚时就认识他，而且一直都是他的朋友。我嘱咐她什么也别说，不过要准备好几样东西和我的长外套。我知道我应该对圣西蒙勋爵有所交代，但面对他母亲和所有那些大人物我又怕得很。于是就决定先不辞而别，随后再解释。我在餐桌上坐了还没有十分钟就透过窗户看到弗兰克正站在马路的对面。他向我招了招手，然后就朝海德公园走去。我马上溜出去，换了装之后就去追他。这时有个女人找上我跟我说了些圣西蒙勋爵的闲话，我哪有心思听她啰嗦，但从听到的只言片语判断，他在结婚前像是也有自己的小秘密。我设法把她甩掉，不久就赶上了弗兰克。我们一道进了一辆出租马车，驱车去了他在戈登广场租下的住处。在经历了这么多年的等待之后，这才终于等到了我真正的婚礼。当初弗兰克是做了阿帕奇人的囚犯，后来终于逃脱，来到旧金山才发现我因为认为他已经死了，所以死心去了英国，他又跟我来到英国，终于在我举行第二次婚礼的早上见到了我。"

"我是在报上看到的，"那位美国人解释道，"登出了名字和教堂，但没提新娘住在哪里。"

"然后我们就讨论下一步该怎么做，弗兰克的意思是光明正大地把一切公开，但我却实在觉得难为情，巴不得就此彻底消失

"有个女人找上我跟我说了些圣西蒙勋爵的闲话"

再也见不到他们中的任何人——也许只给爸爸写张条子，表明我还活着。一想到所有那些勋爵和夫人都围坐在早餐桌旁等我回去，我就觉得实在太过意不去了。因此弗兰克就把我的婚礼礼服跟那整套东西都要了去捆成一包，扔到个没人找得到的地方，这样就断了别人找我的线索了。我们本来打算明天就去巴黎的，但这位好心的绅士福尔摩斯先生今晚却登门拜访，我怎么也无法想象他是如何找到我们的，他很清楚又很善意地让我们意识到我的想法是错的，弗兰克是对的，如果我们这么一直保密，真会铸成大错。然后他主动提供给我们一个跟圣西蒙勋爵单独谈谈的机会，我们就立刻赶到他这儿来了。好了，罗伯特，我把一切都和盘托出了，如果给你带来了痛苦，我真的很抱歉，我希望你不要把我想得太坏。"

圣西蒙勋爵那僵硬的态度丝毫没有缓解，不过在她讲述这个冗长的故事的过程中倒是一直皱着眉头紧绷着嘴唇专心听着。

"对不起，"他说，"但在大庭广众之前讨论我最私密的个人问题可不是我的习惯。"

"那你是不肯原谅我了？我走之前你不愿跟我握握手吗？"

"哦，当然可以，如果这能让您高兴。"他伸出手来冷淡地握了一下她伸出来的手。

"我本来还希望，"福尔摩斯建议说，"您肯赏光跟我们一道吃顿友好的便餐。"

"我觉得您的要求有点过分了，"勋爵阁下答道，"对近来的这些事端我虽然不得不逆来顺受，但您不能指望我竟然会乐在其中。我想，如果您允许，我该告辞了，祝各位晚安。"他向我们所有人鞠了一躬，然后大踏步走出房间。

"我确信至少您二位肯赏光共进晚餐吧，"夏洛克·福尔摩斯道，"能结识一位美国人我总是很高兴，穆尔顿先生，虽然很多年前我们出过一位荒唐的君主和一个笨伯首相①，我，还有很多人都

①指的是美国独立战争时期的英王乔治三世与首相诺斯勋爵。

331

"祝各位晚安"

坚信这并不能阻挡我们的子孙有朝一日成为一个共同的世界性国家
的公民，团结在由米字旗和星条旗联合拼成的共同旗帜下。"

　　"这个案子可真算得上有趣了，"等我们的客人都离开之后福
尔摩斯评论道，"它正可以清楚地证明一桩乍看起来几乎是无法索
解的事件，其答案其实可以是多么简单。再没有比那位女士讲述的
一系列事件更为自然的了，但单看其结果，在某些人眼里——比如
苏格兰场的雷斯垂德先生——竟是再匪夷所思不过了。"

　　"这么说来，你自己就从没被误导过吗？"

　　"从一开始，我就紧紧抓住了两个事实：一是那位女士本来
非常乐意举行婚礼，再就是几分钟后她一回家竟又反悔了。显然

是那天早上出了什么事，这才使她改变了主意。那会是什么事呢？她在举行婚礼前不可能跟任何人说过话，因为新郎一直陪伴左右。那么是不是因为看见了什么人？如果的确如此的话，那也一定是从美国来的什么人，因为她在英国才待了这么短的时间，不可能有任何人对她会有那么大的影响力，只不过一个眼神竟然就能让她把婚姻大事都抛诸脑后。你瞧，我们已经利用排除法得到了一个结论：她见到的应该是个美国人。接下来的问题就是，这个美国人可能是谁，他怎么会对她有这么大的影响力？可能性只有两个：要么是她的情人，要么就是她丈夫。据我所知，她又是在蛮荒之地长大的，教养几乎全凭天然。这些都是在盘问圣西蒙勋爵之前我就推测到的情况。当他告诉我教堂的第一排有个男人，新娘的情绪变化如此之大，新娘的花束凭空落地（那显然就是为了传递字条之用），还有她一回去就跟心腹女仆商量，还有她那个意义重大的所谓'跳出一种权利'——这是那帮采矿的人的行话，意思是占据别人原来已有的采矿权——如此一来，一切就已经水落石出了。她是跟一个男人跑出去的，而那个男人要么是她的情人，要么就是她原来的丈夫——后者的可能性更大些。"

"但你究竟又是怎么找到他们的呢？"

"本来可能很难，不过雷斯垂德老兄却碰巧拿到了最重要的情报，虽然他毫不自觉。姓名的缩写当然是最重要的，但更有价值的是它明白告诉我，那个男人那一周内一直住在伦敦一家非常高档的宾馆里。"

"你怎么判断宾馆高档与否？"

"当然是从账单上。住一晚八先令，一杯雪利酒要八便士，伦敦最昂贵的宾馆才敢这么要价。这一档次的宾馆在整个伦敦也没几家。我在诺森伯兰大街上问到第二家宾馆时，通过查阅登记簿就发现一位名叫弗朗西斯·H. 穆尔顿的美国绅士一天前刚刚离开。我在查阅他名下的账目时，发现了几项跟我在那张复写的账单上见过的一模一样的账目。遵照要求，他的信要转到戈登广场二二六号，于是我马上按图索骥赶到那里，幸好那对爱侣正好在家，我就斗胆以长辈的身份给他们提了几条建议，向他们指出，无论从哪方面讲，他们都该对公众，尤其是圣西蒙勋爵，将他们的情况稍作澄清。我邀请他们到这儿来跟他会面，而且，你也看见了，勋爵倒也如约前来。"

"但结果却并不理想，"我说，"他的举止肯定算不得高尚。"

"啊，华生，"福尔摩斯微笑着说，"换了你也未必高尚得起来，经过这么麻烦的求婚、结婚之后，一眨眼竟然发现老婆跟财富都不翼而飞了。我想我们对圣西蒙勋爵不妨慈悲为怀，而且为了我们永远不必陷入他那样的困境而谢天谢地吧。请你把椅子往前挪挪，把我的小提琴递给我，因为我们现在只剩下一个问题尚待解决，那就是如何消磨眼下这些凄冷的秋夜了。"

绿宝石王冠奇案

一天早晨，我站在我们寓所的拱形窗口往街上看。"福尔摩斯，"我说，"有个疯子走过来了。他的亲人竟让他一个人出门，真是可悲。"

我的朋友懒洋洋地从扶手椅上站起来，手抄在晨衣的衣袋里，从我身后往外看。这是一个晴朗干燥的二月清晨，前一天下过雪，地上积雪仍然很厚，在冬日的阳光下闪着明亮的光芒。贝克街中央的部分，积雪被过往的车辆碾成了灰褐色的疏松的一道，但街道和人行道两边雪堆得高高的，还像刚落下来时那样洁白。灰色的人行道上，雪已经清扫并且刮干净了，但路面仍然很滑，容易摔倒，因此路上行人比平常要少。的确，从大都会车站过来的方向，除了那位举止怪异、吸引了我注意力的绅士，就没有别的行人了。

那个人大约五十岁，身材高大魁梧，气度不凡，一张大脸，看起来个性强悍，架势盛气凌人。他衣着色调灰暗但质地昂贵，穿件黑色外衣，帽子闪闪发亮，褐色长靴很是整洁，珠灰色的裤子剪裁合体。但是他荒唐的举止却与这身体面衣着以及他高贵的气度形成相当鲜明的对比，他费力地奔跑着，间或弹跳一下，就像一个很少劳动腿脚的人走累了那样。他一边跑，一边猛烈地上下挥手，摇头晃脑，脸也扭曲成最为古怪的样子。

"他到底出什么事了？"我问，"他正抬头看门牌号码呢。"

"我相信他是要到我们这儿来。"福尔摩斯一边说，一边搓着手。

"我们这儿？"

"没错；我想他是为了业务上的事情来找我咨询的。我从他的症状上能看出来。哈！我说得没错吧？"他说话的时候，那个人已经气喘吁吁地到了我们门口，使劲拉铃，直到那铃声响彻了整幢房子。

一会儿工夫他就进了房间，仍然气喘吁吁，手势不断，但见他满眼净是悲伤和绝望的神情，我们的笑容马上转成了同情和惊骇之色。他有好一阵子说不出话来，只是摇晃着身体，使劲抓自己的头发，就像一个被逼得快要失去理智的人。然后他突然跳起来，猛地把头向墙上撞去，我们两个冲上前去，把他拖到房间中央。夏洛克·福尔摩斯推他坐到安乐椅上，自己在他身边落座，拍着他的手，用他所熟悉且擅长的那种教人放松、安慰的语调跟他交谈。

"您是来跟我讲您的故事的，对不对？"他说，"您一路匆忙，累坏了。请先歇息一会儿，让自己恢复过来，到那时，我都将很乐意去调查您派给我的任何小难题。"

那人坐在那里，继续喘息了一分钟左右，努力控制自己激动的情绪。随后他用手帕擦了擦额头，闭紧了嘴唇，转脸朝向我们。

"您一定以为我是疯了吧？"他说。

"我看得出您是遇到了大麻烦。"福尔摩斯回答。

"满眼净是悲伤和绝望的神情"

　　"上帝知道我遇到了什么麻烦——事情来得那么突然，那么可怕，足以使我丧失理智。我可能会落得个身败名裂，尽管我为人正派，品行上毫无瑕疵。家家有本难念的经，这也是命里注定的。但是这两者加在一起，并且事情发生得如此可怕，简直让我魂飞魄散。再说，此事不仅涉及我个人，若不能想办法解决这件可怕的事情，这个国家最为高贵的人都要受到连累。"

　　"先生，请您镇定一下，"福尔摩斯说，"请您讲清楚，您到底是谁，究竟发生了什么事。"

　　我们的客人回答说："我的名字可能你们听来耳熟。我是针线街上霍尔德和史蒂文生银行的亚历山大·霍尔德。"

　　这个名字我们的确是耳熟能详。他就是伦敦第二大私人银行的高级合伙人。到底发生了什么事，使伦敦最重要的市民之一沦落到这样狼狈的境地？我们都满怀好奇地等待着，直到他再次振作精神，开始讲述自己的遭遇。

"我觉得时间宝贵，"他说，"所以一听到警察局的探员建议我取得您的合作，我立刻就匆忙赶到这里来了。我是乘坐地铁，然后从车站跑着来的，因为下雪的关系马车跑不快。所以我才这么上气不接下气，因为我平时很少锻炼。现在我感觉好多了，我尽量将事实清楚简短地讲给您听。

"当然，你们知道得很清楚，一家成功的银行必须依赖两点，一是能为我们的基金找到有利可图的投资，二是增加业务联系以及储户的数量。我们投放资金获利最多的方式之一就是在绝对可靠的担保之下提供贷款。近几年来我们做了很多这样的业务，许多名门望族都曾以他们珍藏的名画、图书以及金银餐具作为抵押，向我们借过大笔的贷款。

"昨天上午，我坐在银行的办公室里，一个职员递进来一张名片，我一看那名字，吓了一大跳，因为他不是别人，他的名字，即便是对您，我最多恐怕也只能说这是一个全世界都家喻户晓的，大英帝国最为崇高、最为尊贵的大人物。他一进来，我深感受宠若惊，正想表达我这份崇敬之情，可他却开门见山就谈起业务来，像是想要快点完成一桩不愉快的任务似的。

"'霍尔德先生，'他说，'我听说您常办理贷款业务。'

"'只要抵押品价值够高，公司就会提供贷款。'我回答。

"他说，'我必须马上拿到五万英镑。当然，我可以从朋友那里很容易地借到这么一笔小数目，但我想公事公办，并且亲自处

338

理这笔业务。您很容易理解，以我的身份，随便接受别人的恩惠是很不明智的做法。'

"'容我问一句，您这笔钱要贷多久？'我问道。

"'下星期一我有一笔大款项到期，届时我必定将您预支的款子奉还，只要你认为适当，收多少利息都可以。但我必须马上拿到这笔款子，这对我至关重要。'

"'若不是这笔钱对我来说负担太重，不需进一步的洽谈，我都很乐意从我私人的钱包里借给您。但我是代表公司来承接这笔业务的，并且也是为了对我的合伙人负责，我必须坚持，即便对您，也应当采取整套业务上的担保程序。'

"'我正希望如此，'他说着，将自己放在椅子旁边的一个正方形黑色摩洛哥皮盒端了起来，'想必您曾听说过绿宝石王冠吧？'

"'那是我们帝国最为贵重的公共财产之一。'我说。

"'正是。'他打开了盒子，盒子里面铺着柔软的肉色丝绒，上面赫然放着他刚才说到的那件光辉夺目的珍宝。'上面有三十九颗大绿宝石，'他说，'单是这上面的镂金雕花，价值就无法估量。这王冠最低的估价也要两倍于我刚才要求的数目。我准备将它留给您作为贷款抵押。'

"我将这个珍贵的盒子接到手里，有点茫然不知所措，看看盒子，又转眼看看我那位高贵的客户。

"'您怀疑它的价值？'他问。

"'丝毫没有。我只是怀疑——'

"'我将它留给您是否恰当。这一点您尽可以放心。若非我绝对确信自己四天后就能够将它赎回，我做梦也不会想到要这么做

339

的。这纯粹只是个形式而已。这件抵押品够不够？'

"我将这个珍贵的盒子接到手里"

"'绰绰有余。'

"'霍尔德先生，您能明白，根据我听说的关于您的一切，我这样做充分证明了我对您的信任。我指望于您的，不仅是要小心谨慎，避免因此事而产生任何的流言蜚语，最重要的，是要采取一切可能的措施来保藏这顶王冠，无须赘言，若是它受到任何损坏，都会酿成一件重大的丑闻。任何局部的损坏都几乎跟整个丢失一样严重，因为这些宝石举世无双，想要替换它们根本不可能。但

我还是全权把它留给你，星期一上午我将亲自来将它赎回。'

"见到我的客户急于离去，我不再多说，当即叫来出纳员，令他支付五十张一千镑的钞票。当我重又独自一人待在办公室里，面对着桌子上那个珍贵的盒子，想到它带给我的重大责任，我不禁心怀忧虑。毫无疑问，由于这是件国宝，倘或它遭遇任何意外，将会是一场可怕的丑闻。我开始后悔不该同意负责保管此物。但事已至此，已经无可挽回，因此我将王冠锁在我的私人保险箱里，继续我的工作。

"傍晚的时候，我觉得将一件如此珍贵的宝物留在办公室里未免太不谨慎。此前银行的保险箱曾被撬开过，怎见得我的保险箱就不会被撬？万一真的出了这种事，我将陷入多么可怕的处境！于是我决定，接下去的几天里，来来去去我都随身带着这个盒子，让盒子寸步不离我的左右。打定主意以后，我叫了辆出租马车，将这件珍宝随身携带，驱车回我在斯垂坦姆的家。直到我将它拿上楼去，锁在我更衣室的柜子里，这才松了一口气。

"接下来谈一下我的家庭，福尔摩斯先生，因为我想让您对情况有个全面的了解。我的马夫和听差不在我家睡，因此这两个人可以撇开不谈。我有三个女仆，她们跟随我已有多年，都完全可靠，无须怀疑。还有一个当帮手的侍女名叫露西·帕尔，尽管在我家里服侍才几个月，但品格很好，令我很满意。她很漂亮，偶尔会招惹几个求爱的人在周围晃来晃去，这是我们发现她唯一的不足之处，但我们都相信，无论从哪一方面讲，她都绝对是个好姑娘。

"仆人的情况就是这些。我的家人本来就少，无须花费许多

341

时间来讲。我是个鳏夫，只有一个儿子名叫阿瑟。他很令我失望，福尔摩斯先生，这真教我伤透了心。毫无疑问这都是我的过错。人们说是我把他宠坏了。很可能的确如此。我的爱妻去世以后，我觉得世上只剩下他一个人教我疼爱，哪怕见到他片刻不高兴我都受不了。我对他是有求必应。也许，若是我待他更加严厉一些，对我们两个人都会更好，但我所做的一切都是为了他好。

"我自然希望他继承我的事业，但他没有生意方面的头脑。他放荡而又任性，而且，说实在的，让他处理大笔款子我是信不过的。他年纪尚小的时候就加入了一个贵族俱乐部，在那里，因为他举止风流潇洒，很快就跟一帮挥霍成性的富家子弟成了亲密朋友。他学会了在牌桌上下大赌注，在赛马场上乱花钱，乃至一次又一次地跑到我这里来要我预支他的津贴费用去偿还他的信用贷款。他也曾不止一次试着跟那帮害人的朋友断绝来往，但是每一次，因为他的朋友乔治·伯恩韦尔爵士的影响，他又被拉了回去。

"这个乔治·伯恩韦尔爵士能够对他有这么大的影响，说实在的，我丝毫不觉得奇怪。我儿子常带他去我们家，我发觉他风度非常迷人，连我都很难抗拒他的魅力。他比阿瑟要年长，是个玩世不恭之徒，哪里都去过，什么都见过，能说会道，而且相貌非凡。但是，当我撇开他仪容的魅力，冷静地考虑他的为人时，他那冷嘲热讽的言辞和他看人的眼神，都使我意识到他是个完全不值得信任的人。我是这么想的，我的小玛丽也这么想，她具有女性特有的直觉，善于洞察人的品性。

"现在只剩下她一个人的情况要说了。玛丽是我的侄女，五年前我的兄弟去世，留下这么一个女儿，孤苦伶仃地在这世上。我收养了她，从那以后便待她如同己出。她就是我家里的阳光——甜美，可爱，漂亮，持家有方，而且具有女性的温柔文雅和恬静温顺。她就是我的左膀右臂，我不知道如果没有了她我该怎么办才好。只有一件事她违背了我的意愿。我的儿子全心全意地爱着她，曾经两度向她求婚，但都被她拒绝了。我以为，如果说有人能够将我儿子引上正途，那也只有她才能做到，他们两人的婚姻可能会完全改变他的生活，可是现在，哎呀！事已至此——永远都无可挽回了！

"福尔摩斯先生，对我家里住的每个人您已经有了个大概的了解，接下来我要把这件不幸的事继续讲给您听。

"那天晚上吃过晚饭以后，我们坐在客厅里喝咖啡的时候，我把这件事讲给玛丽和阿瑟听，还说这件珍贵的宝物如今就在我们家里，只是没说我那位客户的名字。露西·帕尔进来送咖啡，我确信讲这件事的时候她已经离开了房间，但不能保证房门是关着的。玛丽和阿瑟都对这事非常感兴趣，想亲眼看看这顶著名的王冠，但我觉得最好还是不要乱动为妙。

"'您把它放在什么地方了？'阿瑟问。

"'在我的衣橱里。'

"'但愿今天晚上家里不要进来窃贼。'他说。

"'我上了锁。'我回答说。

"'哦，随便哪把钥匙都能开得了你那个衣橱。我小时候就曾经用储藏室里食橱的钥匙开过。'

"'他经常会乱说大话，所以听他这么说我也没太在意。但

343

是，那天晚上，他脸色沉重地跟随我进了我的房间。

"'听我说，爸爸，'他低垂着眼睛说，'能不能给我两百镑钱？'

"'不，不行！'我立刻回答，'在金钱问题上，我对你已经太过慷慨了。'

"'您的确很慷慨，'他说，'但是这一次我必须得到这笔钱，不然我以后就再也没法在俱乐部里露面了。'

"随便哪把钥匙都开得了你那个衣橱"

"'那样正好！'我叫道。

"'您说得对，但也不能让我走得丢人现眼啊，'他说，'那种羞辱我实在是受不了。我必须得想办法搞到这笔钱，您要是不肯给，我就不得不想别的办法弄钱了。'

"我很生气，因为这已经是本月之内他第三次跟我要钱了。

'你休想从我这里拿到一分钱。'我大声呵斥，他听了以后，不再多说，鞠了个躬离开了房间。

"他出去以后，我打开了衣橱，确信我的宝贝还安全地在那里，又把橱子锁上了。然后我开始四处巡视，看家里是否一切平安——通常这项工作我都是留给玛丽去做，但那天晚上我觉得还是亲自查看一番比较好。我下楼的时候，见玛丽一个人站在大厅一侧的窗户边上，见我走过来，她就关了窗户并且上了闩。

"'爸爸，请问，'她说话的样子在我看来稍微像是有点受到了惊扰，'您允许露西今天晚上出去了吗？'

"'绝对没有。'

"'她刚刚从后门进来。我能肯定她只是到边门那里去见了某个人，但我觉得这也不安全，应该制止她。'

"'你明天早晨必须跟她谈谈，要是你愿意我跟她谈也可以。你确信门窗都闩好了吗？'

"'我都查看过了。爸爸。'

"'那么晚安。'我吻过她就上楼回到了自己的卧室，很快就睡着了。

"福尔摩斯先生，我努力把一切，事无巨细，只要有可能跟这事有关联的，都讲给您听。要是我有哪一点没讲清楚，我请求您务必向我询问。"

"正相反，您讲得清楚无比。"

"以下我要讲到的部分，我尤其希望能表述清楚。我睡觉本来就不沉，而且我心怀焦虑，无疑令我睡得更加不安稳。大约凌晨两点钟的时候，我被房子里的什么响动给惊醒了。还没等我完全醒过来，声音就已经消失，但我恍惚中留下这么个印象，仿佛某处有个窗户轻轻关上了。我躺在那里竖起耳朵听了一会儿。突然，我听到清清楚楚的脚步声在我隔壁的房间里悄悄走动，不禁吓了一大跳。我蹑手蹑脚地下了床，吓得心脏突突直跳，朝我的更衣室一角偷偷望去。

"'阿瑟！'我大叫，'你这个坏蛋！你这个贼！你怎么敢碰那个王冠？'

"煤气灯光拧小了些，跟我离开时一样，我那不幸的孩子，只穿着衬衫和裤子站在灯旁，手里拿着那顶王冠。看上去他正在拼命扳它，或者是想把它拧弯。听见我的叫声，他一下子松开了手，转回头来，脸色白得血色全无。我一把抓过来，细细查看。其中一个金质棱角不见了，上面镶嵌的三块绿宝石也不知去向。

"'你这个流氓！'我怒火中烧大声吼叫，'你毁了它！你让我被耻蒙羞，一辈子都洗脱不掉！你偷走的那些宝石现在哪里？'

"'偷！'他叫道。

"'是啊，你这个贼！'我咆哮着，摇晃着他的肩膀。

"'没有丢。一颗也不可能丢失。'他说。

"'有三颗不见了。你知道它们在哪里。难道你单做贼不够，还非让我叫你撒谎的骗子不成？我眼看你正试图再掰下一块！'

"'你骂也骂够了，'他说，'我再也受不了了。既然你决计要这么侮辱我，这件事我一句话也不多说了。我明天一早就离开家，自己闯荡世界去。'

"'你得跟警察走！'我又是愤怒，又是伤心，几乎要发疯了。'这件事我要追查到底。'

"听见我的叫声，他一下子松开了手"

"'我什么都不会告诉你，'他显得非常激动，几乎有违他的本性。'如果你要叫警察来，那就让警察来查好了。'

"这时候，因为我暴怒中提高了声音，全家人都被惊醒了。玛丽第一个冲进我的房间，看到王冠还有阿瑟的脸色，她立刻明白了事情的原委，惊叫一声，晕倒在地。我让女仆去叫警察立刻来调查此案。当侦探和警官进门的时候，一直抱着胳膊沉着脸站着的阿瑟问我，是否打算告他盗窃。我回答说此事已不仅是一桩私人事务，而是个公共事件，因为被毁的王冠是件公共财产。我决计要依法处理这件事。

"'至少，'他说，'你不能让警察立刻就逮捕我。如果我能离开家五分钟的时间，对你我都有好处。'

"'好让你逃之夭夭，或者去藏起你偷走的东西。'我说。这时我突然意识到自己面临的可怕处境，我恳求他要考虑到此事不仅危及我的名誉，还关系到一个比我身份高得多的人；而且他此举可能引起一桩震惊全国的丑闻。只要他肯说出那三颗丢失的宝石的下落，就可以扭转这种局面。

"'你也要面对现实，'我说，'你是当场被抓获的，坦白交代并不会使你的罪行变得更严重。只要你尽自己的可能对此做出弥补，告诉我们宝石现在在哪里，我们将原谅你所做的一切，当作什么都没有发生过。'

"'谁要你原谅。'他冷笑一声，转开了脸。我眼看自己说什么也打动不了他。没有别的办法，只好叫侦探进来，将他扣押起来。警方立刻展开搜查，不仅搜他身上，还搜查了他的房间以及整幢房子他有可能藏匿宝石的任何一个角落；但是哪里都找不见宝石的踪影，无论我们怎么劝说，甚至威胁，那可怜的孩子都决计不肯开口。今天早上，警察将他带去关押起来，我一办理完警方的各项手续，就匆忙跑来找您，请您运用您的本领来揭开谜团。警方公开承认目前他们是无计可施。您尽管放手去做，多大的花销都没问题。我已经出了一千英镑的赏金。上帝啊，我该怎么办啊！一夜之间我就失去了我的荣誉、我的宝石，还有我的儿子。噢，我该怎么办啊！"

他双手抱着头，身体前后摇晃，像一个有苦难言的孩子一样低声喃喃自语。

夏洛克·福尔摩斯闷声不响地坐了几分钟，眉毛拧成一团，眼睛盯着炉火。

"您家里平时客人多吗？"他问。

"只有我的合伙人和他的家眷，偶尔还有阿瑟的朋友来访。乔治·伯恩韦尔爵士最近来过几次。我想再没别人了。"

"您在外面社交活动多吗？"

"阿瑟活动多。我和玛丽平时都在家。我们两个都不大喜欢社交。"

"对一位年轻姑娘来说，这可不太寻常。"

"她生性恬静。再说，她也不算年轻了。已经二十四岁了。"

"据您的说法，这件事情似乎对她震动也很大。"

"太大了！她甚至比我反应还要强烈。"

"你们两人对您儿子的罪行都确信无疑？"

"我亲眼看到他手里拿着王冠，我们又怎么能不认定是他干的。"

"可我觉得这点证据不足以作出结论。王冠其余的部分有损伤吗？"

"有，它整个扭曲了。"

"那您有没有想过，他也许是想把它掰直？"

"上帝保佑您！您是尽量想替我们父子说话。但这实在太难

349

了。他究竟在那儿干什么？如果他的用意是无辜的，他为什么不说出来呢？"

"的确。但如果他确实有罪，为什么他不肯假造谎言遮盖？他的沉默在我看来有几种不同的解释。这个案件有几处非常独特的地方。警方认为那吵醒您的声音是怎么回事？"

"他们觉得那可能是阿瑟关上自己卧室房门的声音。"

"说的跟真的似的！就好像一个作奸犯科的人还会大声关门，特意要吵醒全家人似的。关于失踪的宝石，他们又是怎么说的？"

"他们还在敲打地板，搜查家具，希望能找到它们。"

"他们有没有想要到房子外面找找看？"

"找过。他们劲头十足，整个花园都细致检查过了。"

"我亲爱的先生，"福尔摩斯说，"难道到现在您还看不出来，这件事远远比您和警方一开始认为的要复杂得多？在您看来这个案子很简单，但我觉得情况非常复杂。用您的理论设想一下。您假设令郎从床上起来，冒着很大的风险到了您的更衣室，打开您的衣柜，取出您的王冠，用尽全身气力掰下其中一小块，又跑到另外某个地方，把三十九颗宝石中的三颗藏了起来，藏得非常隐秘，乃至没人能找得到，然后带着剩余的三十六颗绿宝石重新回到那个房间，不惜冒着被发现的极大危险。现在我来问您，这个分析站得住脚吗？"

"可是还有别的可能吗？"银行家叫道，一边做了个绝望的手势，"如果他的动机是无辜的，那他为什么不开口解释呢？"

"这正是我们要做的工作，把事情弄清楚。"福尔摩斯回答说，"那么，霍尔德先生，如果您同意的话，我们现在就一起动身到您斯垂坦姆的家里去，花上一个小时更周密地查看一番。"

我的朋友坚持要我陪同他们一起去调查，我也非常热切地希望一同前往；刚刚听到的故事大大激起了我的好奇心和同情之感。我承认，在银行家的儿子是否是罪犯这个问题上，我跟他不幸的父亲看法是相同的，但同时我又对福尔摩斯的判断力深信不疑，所以，我觉得，既然他对公认的说法不满意，那么我就有理由相信这件事情还有希望。在前往南郊的路上，福尔摩斯几乎一言不发，只是低垂着头坐着，帽子挡在眼睛上，沉浸在思考之中。我们的这位客户，因为眼前现出一线希望，仿佛又有了新的勇气，甚至跟我闲聊起来，说到他业务上的一些事情。我们乘坐了一会儿火车，又步行了短短一段路程，就到了费尔班克——这位大银行家相对俭朴的宅邸。

费尔班克是一幢白石建造的方形大厦，稍稍离开大路一段距离。一条双行车道一直通到两扇大铁门紧闭的入口，车道两旁是积雪的草坪。右面有一小簇灌木丛，后面是两侧整齐的树篱夹出的一条狭仄小径，从大路一直通到厨房门，形成专供零售小贩进出的通道。左侧是一条小巷，通往马厩，小巷本身没包括在庭院之内，成了一条公共通道，尽管少有人走。福尔摩斯把我们撂在门口，自己慢慢地绕整幢房子走了一圈，从正门的方位开始，穿到那条小贩们进出的小径，绕过花园背后来到那条通马厩的小巷。他耽搁了那么久，霍尔德先生和我只好先进了客厅，在壁炉旁坐下来等他完事后进来。我们正一言不发地坐着，门突然开了，一位年轻的小姐走了进来。她个头高挑，身段苗条，黑头发和黑眼睛在她煞白的皮肤映衬下更显得宛若漆描墨画。我从没见过还有哪位小姐的面容有那么死白的。她的嘴唇也缺少血色，但眼睛却是明显哭红了的。当她默默地走进房间的时候，给我的印象是她比早上的银行家本人更加悲戚难耐，又因为她明显是一位具有坚强性格、善于自制的女性，她的悲戚也就更为动人。她毫未理会我的存在，径直走到她叔叔身边，把手放在他头上，温柔地抚慰他。

"您已经下命令给予阿瑟自由了，是不是，爸爸？"她问。

"不，不，我的女儿，这件事一定要追查到底。"

"但我敢肯定他是清白无辜的。您也知道女人的直觉是很灵验的。我知道他没做过任何亏心事，您会因为待他这么粗暴而后悔莫及的。"

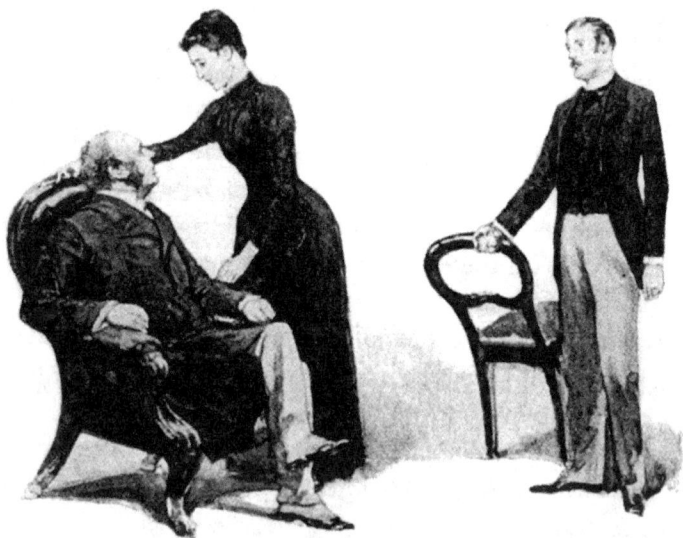

"径直走到她叔叔身边"

"那他为什么不置一辞呢，如果他是清白无辜的？"

"谁知道呢？也许因为他愤愤然于您竟然怀疑他。"

"我又如何能不怀疑？我亲眼看见他手里拿着那个王冠。"

"哦，可能他只是拿起来看看。哦，请您一定相信我的话，他肯定是清白无辜的。这件事就不要再追究下去了吧。想到咱们亲爱的阿瑟竟然身陷囹圄，简直让人受不了！"

"我决不放手，一定要把宝石找回来——决不，玛丽！你对阿瑟的爱蒙蔽了你的眼睛，这才会为了他强词夺理。我不但不想息事宁人，还特意从伦敦请了一位先生来调查此事。"

"是这位先生吗？"她问，转身望着我。

"不，是他的朋友。他希望我们不要打搅他调查。他现在正在通马厩的那条小巷里转悠呢。"

"马厩那边的小巷？"她漆黑的眉毛猛地一挑。"他能希望在那儿发现什么呢？啊！这位，我猜就是他了。先生，我坚信您会成功地证明我的确信是正确的：我堂兄阿瑟在这个罪案中是清白无辜的。"

"我完全同意您的观点，而且我确信，在您的帮助下，我们能够证明它，"福尔摩斯回应道，又回身在蹭脚垫上把鞋子上的雪擦干净，"我相信我正在荣幸地跟玛丽·霍尔德小姐谈话。我能问您几个问题吗？"

"请尽管问，先生，只要有助于把这件可怕的罪案查清。"

"昨晚您什么都没听到？"

"是的，一直到叔叔大声嚷嚷我才被惊醒。我听到声音就下楼来看看。"

"昨晚您把门窗都关好了吧？所有的窗户都闩紧了吗？"

"是的。"

"今天早上还都好好地闩着吗？"

"是的。"

"您的某位女仆有个情人？我想您昨晚曾向您叔父提到她出去私会情人去了？"

"是的，而且她就是在客厅伺候的。很可能听到叔叔提到那个王冠。"

"我明白了。据您推断她可能出去告诉了她的情人，很可能就是他们俩预谋了这次抢劫。"

"但所有这些空洞的理论又有什么用？"银行家不耐烦地叫道，"我告诉过您我亲眼看见阿瑟手捧着那个王冠。"

"少安毋躁，霍尔德先生。我们还是得再确证一下。关于那位姑娘，霍尔德小姐，我猜您是在厨房门口看到她回来的吧？"

"是的；当时我是去看看门有没有锁好，正好撞到她溜进来。我也看到了那个男人，在黑影里站着。"

"您认识他吗？"

"哦，认识！他就是日常供应我们蔬菜的菜贩子。名叫弗朗西斯·普罗斯珀。"

"他站在门的左边，"福尔摩斯道，"就是说，离开通厨房门的小路要有段距离，是吗？"

"是的，的确如此。"

"他有条木头假腿？"

有一丝类似恐惧的神情掠过那位年轻小姐极富表情的黑眼

睛。"天哪,您简直像个魔法师,"她说,"这您是怎么知道的?"她微微一笑,但福尔摩斯瘦削、焦急的脸上却没有一丝笑意。

"现在,我很愿意到楼上去看看,"他说,"可能还需要检查一下房子的外部。也许还是先看一眼这些底下的窗户再上楼不迟。"

他快步走过一个个窗户,只在可以从大厅看到马厩小道的那

"有一丝类似恐惧的神情略过那位年轻小姐极富表情的黑眼睛"

个大窗户前略一驻足。然后他把那个窗户打开，用他的高倍放大镜仔细检视了一番窗台。"现在我们该上楼去了。"他最后说。

银行家的更衣室是个陈设简单的小房间，铺着一块灰色地毯，一个巨大的衣柜，还有一面穿衣镜。福尔摩斯走到衣柜前，仔细研究衣柜的锁。

"开这把锁的钥匙呢？"他问。

"就是我儿子曾提到过的——储藏室食橱的钥匙。"

"在这儿吗？"

"梳妆台上的那把钥匙就是。"

夏洛克·福尔摩斯拿起钥匙把柜子打开了。

"这锁是没有声音的，"他说，"难怪开锁时没吵醒您。我猜这个匣子里装的就是王冠了吧。我们必须看看它。"他把匣子打开，把王冠取出来放在桌子上。真是一件珠宝工艺的完美典范，那三十六颗宝石我真是见所未见。王冠的一边缺了一角，连带也少了那一角上的三颗宝石。

"您看，霍尔德先生，"福尔摩斯道，"这边这个角跟不幸缺掉的那个角是完全对应的。我想请您试试看能不能把它掰下来。"

银行家吓得往后一缩。"我做梦都不敢碰一下。"他说。

"那就让我来试试吧。"福尔摩斯突然使尽全力去掰那一角，但没掰动。"我觉得稍微活动了点，"他说，"尽管我手指上的力气远远超过常人，我还是要竭尽全力才能掰动它。一个普通人是绝对做不到的。还有，假使我当真把它掰断了，您觉得会有什么结果，霍尔德先生？就会有一声巨响，不亚于一声枪响。您是想告诉我所有这一切都发生在距您的卧榻仅几码远的地方，而您竟丝毫没有听见吗？”

"我不知道该怎么想是好。我真是两眼一抹黑。"

"不过追查下去，事情也许会现出光明。您怎么想，霍尔德小姐？"

"我得承认我跟叔叔一样困惑不解。"

"您看到令郎的时候，他没穿鞋子或是拖鞋吗？"

"除了裤子和衬衫外他什么都没穿。"

"多谢。我们这次调查已经是非常走运了，如果还不能把事情查清楚，那就完全是我们无能了。霍尔德先生，请您允许我继续屋外的调查。"

他一个人出去了。这是他的要求，他解释说任何不必要的脚印都会给他的调查平添麻烦。他在外面待了有一个多小时，终于进屋的时候脚上沾着厚厚的积雪，神情还是跟以往一样莫测高深。

"我想，这儿该看的我都已经看到了，霍尔德先生，"他道，"为了能更好地为您服务，我想该回去了。"

"但那几颗宝石呢，福尔摩斯先生。它们到底在哪儿？"

"我说不上来。"

银行家绞着两只手。"我再也甭想见到它们了！"他叫道，"还有我儿子呢？您许给我希望吗？"

"我的看法仍然丝毫未变。"

"那，看在上帝的分上，昨晚我家里到底发生了什么倒霉事啊？"

"如果您明天能在九点到十点之间到我贝克街的寓所去一

趟，我将乐于尽我所能解释给您听。据我的理解，您赋予我处理此案的全权，只要我能把宝石找回来，您是不会限制我可能支取的任何数目的？"

"只要能把宝石找回来，要我的全部财产我都肯。"

"非常好。我将在明天约定的时间之前把事情调查清楚。再见了。不过也许傍晚前我还得再到这儿来一次也未可知。"

在我看来，我这位同伴肯定已经成竹在胸了，尽管他到底得出了什么样的结论我还一无所知。在回去的路上，我好几次试图探问一下他的看法，但他总是顾左右而言他，把我敷衍过去。没办法，我只得绝望地放弃了。我们回到寓所的时候还不到三点。他匆匆到他卧室去了，几分钟后，再次下来的就是个常见的流浪汉了。他把领子翻上去，身上是件磨得发亮了的破外套，红色领巾，破旧的靴子，简直就是个流浪汉的样本。

"我想这还凑合吧，"他道，朝壁炉上方的镜子里瞥了一眼，"真希望你跟我一块儿去，华生，但恐怕是做不到了。也许我能踩到线索，也许只是追着鬼火瞎撞，不管怎么说，我马上就能明白是怎么回事了。我希望几个小时之内就能回来。"他从边桌上放着的一大块牛肉上切下一片，夹在两片圆面包里，把这份粗陋的饭食往口袋里一揣就出发探险去了。

我刚喝完下午茶他就回来了，明显地兴致颇高，手里还晃荡着一只松紧带口的旧靴子。他把鞋子往角落里一扔，给自己弄了杯茶。

"我只是顺路过来看看，"他说，"马上就得走。"

"去哪儿？"

"再次下来的就是个常见的流浪汉了"

"哦，到西区另一边去。再要回来恐怕要有段时间了。不用等我，我可能会搞得很晚。"

"进展如何了？"

"哦，一般般吧。没什么可抱怨的。离家后我又去了斯垂坦姆，不过没进门。那可真是个甜蜜的小疑点呢，说什么我也不放过它。不过，我实在不该在这儿闲磕牙，我得把这身破衣烂衫换下来，重新变回原来的上等人模样。"

从他的举止可以看出，他可远比他乐于招供的要满意得多。他眼睛里闪着光，灰黄的面颊上都有喜色。他匆匆上楼，几分钟后我就听见门厅的大门砰的一响，表明他已经再次出发去进行他称心适意的追捕了。

我一直等到午夜，见他还没有回转来的任何迹象，只好回房睡觉去了。他一旦逮着什么蛛丝马迹就一连几天几夜地穷追不舍也算不得稀罕事，所以他迟迟不归我也丝毫没觉得奇怪。我不知道他是什么时候回来的，但我早上下来吃早餐的时候他就已经坐在餐桌旁了，一手端着一杯咖啡，一手举着份报纸，看起来再容光焕发不过了。

"抱歉，华生，没等你就自己先来了，"他说，"不过你该记得今天上午我们很早就跟银行家有个约会。"

"怎么，已经九点多了，"我回答，"我好像听到门铃响了，应该就是我们的客户到了。"

来人正是我们的银行家朋友。不过一见之下，我真为他外表的巨变吓了一跳，他那原本宽阔结实的脸紧缩起来，而且凹陷下去，他的头发都像是又白了一圈。他疲惫不堪、了无生气地走进来，显得比昨天早上那狂暴的样子更加痛苦，沉重地跌坐在我推给他的扶手椅里。

"我不知道是作了什么孽，竟然遭到这样残酷的报应，"他说，"两天前，我还是个快乐富有的好人，在这个世上一无挂虑。如今只剩下我孤零零一人，耻辱度日。祸不单行啊，真是一桩紧

360

接着一桩。我的侄女玛丽已经抛弃了我。"

"抛弃了您？"

"是呀。今天早上我发现她的床根本没睡过，她的房间里空无一人，后来才在门厅的桌子上找到她给我留的一张条子。昨天晚上我曾忧伤而不是气愤地埋怨她，说如果她当初肯嫁给我儿子，他也就不会出这种事了。也许我说的时候太欠考虑了。她条子上针对的显然就是我这句话：

我最亲爱的叔父大人：

　　我自感为您带来了苦恼，如果不是我行为失措，这可怕的不幸也许就永远不会发生了。我不能带着这样一种思虑再托庇于您的屋檐之下了，我自觉必须永远离开您。别为我的前途担心，因为我自有栖身之所；最重要的是，千万不要寻找我，因为那只能是徒劳，而且对我只有害处。无论是生是死，我永远都是

　　您亲爱的

玛丽。

她这张便条是什么意思，福尔摩斯先生？您觉得她会自杀吗？"

"不，不，绝不是这个意思。也许这倒是最好的解决办法。我确信，霍尔德先生，您的苦难就要到头了。"

"哈！您这么说！您肯定听说什么了，福尔摩斯先生；您肯定知道了什么！那几块宝石在哪儿？"

"您不会觉得为一块宝石付一千镑太贵吧？"

"我愿意出一万镑。"

"没这个必要。三千镑就解决问题了。我想，此外我还应该得到点报偿。您带着支票簿吗？给您钢笔。您就开四千镑好了。"

银行家神色茫然地如数开好支票。福尔摩斯走到他的桌子前，取出一个三角形的小金纸包，打开来，里面赫然就是那三块绿宝石，他随手把纸包往桌子上一扔。

我们的客户一声欣喜若狂的尖叫，一把把它抓起来。

"您弄到了！"他上气不接下气地说，"我得救了！我得救了！"

他狂喜的反应跟他曾经的痛苦一样强烈，他把失而复得的宝贝紧贴在胸口上。

"您还有一笔欠债至今未还，霍尔德先生。"福尔摩斯相当苛责地说。

"欠债！"他马上提起笔来。"说出数目来，我马上偿还。"

"不，这债不是欠我的。您欠那个高贵的小伙子一次谦卑的致歉，就是令郎，他一直把这千斤重担一肩扛起来，要是见到我自己的儿子能这么做我真会骄傲死的，如果我有儿子的话。"

"这么说来不是阿瑟拿的？"

"我昨天就告诉过您，今天我再重复一遍，不是他。"

"您肯定吗！那我们赶快去见他，让他知道真相已经大白。"

"这个他已经知道了。我把一切都弄清楚之后就去找过他一次，结果他不肯告诉我实情。我就把我知道的一切都跟他说了，他没办法，这才承认我说得没错，又补充了很少几个我尚不清楚的细节。您今天早上带来的消息必定能打消他的顾虑，让他把真相一一道出。"

"看在老天的分上，请您告诉我这个离奇的谜团到底是怎么回事吧！"

"我这就告诉您，而且还要向您说明我为了弄清真相而采取的步骤。首先我要告诉您，这话其实我最难出口，您也会最难接受：在乔治·伯恩韦尔爵士和您的侄女玛丽之间一直存在着一种默契。而且他们俩已经一起亡命天涯了。"

"我的玛丽？这不可能！"

"很不幸，已经不是可不可能的问题了，这是事实。您跟令郎在接纳他进入您的家庭时都不清楚那个人的本性。他是英国最危险的人物之一 —— 一个破产了的赌徒、一个不顾一切的恶棍、一个毫无心肝的卑鄙小人。令侄对这样的人物可说丝毫没有经验。当他在她耳边海誓山盟之时——他已经对不下一百个女人这样做过了，她自鸣得意，还以为只有她本人才真正触动了那个浪子的心。那个魔鬼最清楚他自己的誓言能值几个钱，但至少她心甘情愿地变成了他的工具，而且几乎每天晚上都偷偷跟他幽会。"

"我没法相信！我也不愿相信！"银行家面如死灰地大叫。

"那就让我来告诉您昨晚尊府到底发生了什么事情吧。令侄在以为您已经入睡之后，就溜下楼私会情人去了，两人就在通马厩的那扇窗户边隔着窗子讲话。他的脚印已经完全穿透了积雪，证明他在那儿待了很久。她跟他说了王冠的事，燃起了他对金子的邪恶贪欲，就逼她服从他的意愿。我毫不怀疑她是爱您的，但有些女人一旦燃起了对情人的爱，其他的爱都会相应地黯然失色，我想她肯定就是这么一个女人。她还没听完他的指示就看到您正往楼下走，于是她立刻把窗子关上并告诉您有一位女仆跑出去跟她的木腿情人幽会去了，这当然也是事实。

"令郎阿瑟在跟您谈过话后就上了床，但他因为挂念着在俱乐部里的债务而难以睡沉。半夜时分他听到有轻轻的脚步经过他门口，于是他就起身向外探视，惊讶地发现他堂妹正蹑手蹑脚地偷偷沿着走廊往前走，最后进了您的更衣室。小伙子都惊呆了，匆匆披上件衣服就等在黑影里想看清楚这件怪事到底所为何来。这时她又从更衣室里出来了，借着走廊的灯光他看到她手上捧着的赫然就是那顶珍贵的王冠。她继续朝楼梯走去，他真是给吓坏了，就跑出去藏身于您房间旁边的帘幕之后，从那儿他可以看到楼下大厅里的举动。他眼看着她偷偷地将窗户打开，将王冠递给了黑影中的什么人，然后再把窗户关上，匆匆返回自己的卧室，就从他藏身的帘幕旁边经过。

"只要她还在场，他就不能采取任何行动，因为那就等于是让他热爱的那个女人当场出丑。但她刚一走开，他就意识到这对您会造成多么可怕的灾难，所以一定要及时予以挽救。他光着脚就直冲下楼梯，打开窗户跃入外面的雪地，沿着小道直追下去，在月光下可以瞧见前面的黑影。乔治·伯恩韦尔爵士企图逃走，但阿瑟还是抓住了他，两人扭打成一团，令郎抓住了王冠的一角，他的对头紧抓着另一角。混战中，令郎揍了乔治爵士一拳，伤了他的眼。突然有什么东西嘎巴一声断了，令郎发现王冠到了自己手上，于是直冲回来，关上窗，上楼来到您的房间，这才发现王冠在撕打中已被扭歪了，他努力想把它扳正，您就在这时出现在了现场。"

"阿瑟还是抓住了他"

"这是真的吗？"银行家喘吁吁地说。

"在他认为自己很配得上您最热烈的感谢时，您却对他破口大骂，这激起了他的怒火。他只要说出实情，必然就会出卖其实并不值得他怜惜的那个女人。于是他选择了骑士风度，为了她而守口如瓶。"

"对了，怪不得她一见到王冠就一声惊呼昏了过去，"霍尔德先生叫道，"哦，我的上帝！我真是个瞎了眼的笨蛋！他还请求我允许他出去五分钟！这亲爱的孩子是想去看看那几颗宝石是不是遗落在了打斗的现场啊。我冤枉了他，这么狠心地冤枉了他！"

"当时我一到府上，"福尔摩斯继续道，"就立刻非常仔细地在房子周围审视了一番，看雪地上是否有什么蛛丝马迹可以有助于我的调查。我知道自从昨晚以来再没下过雪，而且还有严重的霜冻，很利于保存印记。我经过商贩们走的那条小径，但发现脚步杂沓，已经什么都无法辨识了。结果，在小径之外，离厨房门稍远一点的地方，我却发现一个女人曾站在那儿跟一个男人谈话留下来的痕迹，男的一边是脚印一边却是个圆形的印迹，显然他是安了条木腿。我甚至看得出来有人惊扰了他们，因为那个女的赶紧往门那边跑，她的脚印脚趾部分重而脚踵部分轻，而那个装木腿的男则又等了一会儿，然后才离去的。我当时就想，那可能就是您向我提到过的那个女仆和她的情人，后来问令侄证明确是如此。我围着花园转了一圈，除了有些杂沓的脚印外一无所获，那些脚印应该就是警察留下的；但当我转到通马厩的那条小径上时，竟发现我面前的雪地上就明白地写着一个复杂的故事。

"那里有两串穿靴子的男人留下的脚印，然而我惊喜地发现另外的两串脚印是个赤脚的人留下的。我当时立刻就从您告诉过我的情况推断出后者就是令郎的脚印。前一个人走了个来回，但后一个人是飞快跑过的，而且因为他的脚印在有些地方盖在了靴子印上，显然他是后来者。我跟着那两串脚印，一直追到大厅的窗口，窗户底下的靴子印把雪都踩化了，证明那人在窗前待了很久。然后我又返回去查看脚印的另一端，从小径走下去约有一百来码。在那儿靴子印一度转了过来，雪被踩得一片狼藉，像是发生过一场搏斗，而且，最后还有几滴鲜血留在雪地上，证明我猜得不错。然后靴子印沿着小径跑下去，印迹上的又一点血污证明受伤的是他。当他跑到对面的大路上时，我发现人行道已经清扫过了，线索也就到此中断。

"您应该还记得，进入房间后我用放大镜检查过那个窗户的窗台和窗框，我马上就看出曾有人从那儿出入过。我能辨认出一个脚迹，显然是进来时的一只湿脚留下的。正是在那时，我开始能够对发生的情况形成一个基本的概念了。一个人等在窗外；某个人给了他宝石；这一过程被令郎看到；他出去追那个贼；跟那个贼搏斗；他们俩各抓住王冠的一角，他们的合力使王冠被掰下一角，而一个人是绝对办不到的。他带着战利品返回房间，但却有一角被他的对头攥在了手里。我当时弄清楚的就是这些。当时我面临的问题的是，那个人到底是谁，那个把王冠偷给他的内奸又是谁？

"我历来就信奉一句座右铭，当你排除了那些绝对不可能的，剩下来的，无论表面看来多么不可能，也一定就是你要找的目标。我已经知道，您本人肯定不会这么干，那么剩下来的就只有令侄和女仆们了。但如果是女仆干的，令郎又何必委屈自己代她们受过呢？这显然绝对站不住脚。然而，因为他爱他堂妹，就大有理由为她守口如瓶了——尤其这件事很不光彩，他才更有理由要这么做。而且我又记起您曾在窗口看到过她，而且她后来一见那个王冠竟然晕了过去，此时，我的猜测就已经坐实了。

"而她的同谋又会是谁呢？显然是她的情人，除了情人，还有谁会压倒她对您必然怀有的热爱和感激呢？我知道您平常深居简出，您交往的圈子也非常有限。而乔治·伯恩韦尔爵士却正是您的座上宾。我此前就听说过这个人，不过他是作为专门勾引女性的登徒子而知名的。那个穿靴子并持有那几颗丢失的宝石的家伙一定就是他。尽管他也知道阿瑟已经发现了他的真面目，但他仍会认为自己可保无虞，因为那个小伙子一旦吐露真情，他的家庭也就会因此而蒙羞。

　　"好了，您自己也该想到我接着是怎么做的了。我扮成一个流浪汉来到乔治爵士的住处，设法跟他的贴身男仆搭上关系，从他那儿得知他主人前一天夜里伤了头，最后，我花六先令买了乔治爵士一双已经不要了的旧鞋子。揣着那双旧鞋子，我又返回斯垂坦姆，验证一下鞋子是不是正好跟脚印合辙。"

　　"昨天傍晚我确实看到一个衣衫褴褛的游民在马厩那条小径那儿晃荡来着。"霍尔德先生道。

　　"一点没错。那就是本人。验证的结果证明就是他无疑，于是我回到家里换上我平常的衣服。我当时要扮演的角色还实在有点复杂和微妙，因为我明白如果提出诉讼，就难免要引发丑闻，这却又是我们要竭力避免的；而且我很清楚以他这样狡猾的恶棍，肯定会看出我们是投鼠忌器。我亲自去见他。起先，当然了，他一切概不承认。但当我把事情的经过一件件历数出来之后，他竟想要威吓我，从墙上摘下一根护身棒。我早知道他是个什么货色，还没等他抢起大棒，就用手枪抵住了他的脑门。他这才变得通情达理了一点。我告诉他，我们愿出三千镑买他手里的

　　368

"用手枪抵住了他的脑门"

那三块宝石。他听了之后反而懊恼不已。'去它的,真是倒霉透顶!'他说,'我已经以每块六百镑的价格出手了!'没费多少劲儿我就把销脏人的地址套出来了,并向他保证我们不会提出诉讼。接着我就去找那个销脏人,经过好一番讨价还价之后我以每块一千镑的价格把我们的宝石买了回来。然后我专程去见令郎,告诉他一切顺利，等我终于能上床的时候已经是凌晨两点左右了，这一天可真算得上辛苦了。"

"这一天就把英国从一桩大丑闻里解救了出来，"银行家说着，站起身来，"先生，我都不知道该如何谢您才好，不过您会发现我绝非忘恩负义之辈。亲见之下，您的高超本领真是出神入化，远胜于闻名。现在，我得告退了，我必须马上飞奔到我那亲爱的孩子身边，为我对他的错待郑重道歉。至于您告诉我的可怜的玛丽的所作所为，那真是直戳到了我的心窝。就连神机妙算的您都无法告诉我她现在何处吗？"

"我想我们可以肯定地说，"福尔摩斯答道，"乔治·伯恩韦尔爵士在哪儿，她就会在哪儿。同样可以肯定的还有，不管她犯下了什么罪行，他们不久都将受到加倍的惩罚。"

紫山毛榉庄园奇案

"一个为艺术而爱艺术的人,"夏洛克·福尔摩斯把《每日电讯报》的广告版扔到一边说,"往往能从那些毫不重要和最平凡不过的表象中获得最强烈的乐趣。华生,我很高兴地注意到迄今为止你在费心劳力记录下来的那些小案子中都抓住了这一真理,我还得说,有时候你出于修饰的目的,对那么多我已然侦破的重要案件和轰动一时的审判都不甚注意,反而对那些本身也许无甚重要的小案子津津乐道,当然,这倒正好为我独擅胜场的演绎推论和逻辑综合能力留出了表现的空间。"

"说起来了,"我微笑着回答,"我确实是没法完全避免针对我案情记录的'煽情'指控。"

"你也许已经误入歧途,"他评论道,用火钳夹起一块炽热的煤核,点着他那个长柄樱桃木烟斗,他在情绪高、乐于跟人辩论的时候喜欢用它来代替那个旧陶土烟斗,在需要沉思默想的时候当然还是偏爱后者。"也许你一旦试图把色彩和生命注入你的叙述,而不是严格限于忠实客观地记录事件那唯一值得注意的因果关系、逻辑过程,你就已然误入歧途了。"

"在对你的记述上我好像一直都是秉持公心、绝对公道的。"我略显冷淡地说。我对我这位朋友的自我中心有些反感,据我观察,这还是他那绝无仅有的个性中的一大要素呢。

"用火钳夹起一块炙热的煤核"

"不，我可不是因为自私或是自负才这么说的，"他说，回应的与其说是我的言语还不如说是我私下里的念头，对此我也早就习以为常了，"如果说我对我的艺术要求绝对的公正，那是因为它是一种非个人的东西—— 一种超越了我自己的东西。犯罪司空见惯而逻辑却很稀罕。因此你应该立足于逻辑而不是犯罪。你把那些原本应成为一组教程的素材写成了一系列的故事。"

那是一个早春的寒冷清晨，在贝克街的老房子里用罢早餐后，我们俩分别占据了怡人的炉火的两边。一阵浓雾滚滚而来，将一排排深褐色房屋之间的空隙堵了个严实，对面的窗户在这片浓厚的黄色阴霾中若隐若现，就像在深夜中一般，晕成了模糊的一团，不成形状。我们点的煤气灯映着雪白的台布，隐隐有瓷器和金属刀叉的微光闪耀，因为我们还没收拾碗盏。夏洛克·福尔摩斯一早上都沉默寡言，不断翻着一份份报纸的广告栏，最后看来是没什么结果，终于放弃了，却又拿我所谓的文学性缺点教训了我一顿，看来是把我当成了出气筒。

"不过话又说回来了，"他顿了一会儿，一边不断地吞云吐雾一边目不转睛地盯着炉火。"指责你'滥情'也确实有失公正，因为在这些令你兴味盎然的案子中，有相当一部分根本算不得法律意义上的犯罪。我对波希米亚国王略尽绵薄的那桩小事，玛丽·萨瑟兰小姐匪夷所思的经历，那位歪嘴男人的难言之隐，还有那位单身贵族的突发事变，所有这些事件其实都在恢恢法网之外。不过刻意避免耸人听闻，也可能导致你迹近琐细。"

"结果可能真会如你所言，"我回答，"但我使用的方法一直都是力求新颖，起码我自己觉得有趣。"

"呸，我亲爱的老伙计，公众，那些根本没有观察力的广大公众才不会管你什么分析和演绎的微妙差别！他们不会从某个人的牙齿判断出他是个织工，也不会注意排字工的左手大拇指。我确实也不该埋怨你，因为如今连了不起的案子都压根儿没有了。人们，或者至少是作奸犯科的那些人连一丁点儿雄心和创意都没了。说到我自己的这点小业务，都快沦落成专门帮人找丢了的铅笔，或是给刚从寄宿学校出来的小姐提供建议的事务所了。我想我真是沦落到家了。我看，这张我早上收到的字条就正是我已跌落到零点的标志。读读吧！"他把一封折起来的信扔了过来。

信是昨晚从蒙塔格寄宿舍寄来的，内容如下：

亲爱的福尔摩斯:

　　我非常渴望就是否该接受一个家庭教师职位的问题向您请教。如果没什么不便，我将于明天上午十点半登门求教。

您忠实的

维奥莱特·亨特

"你认识这位小姐吗？"我问

"不认识。"

"现在已经十点半了。"

"是呀，拉门铃的肯定就是她了。"

"事情可能比你想的有趣。你还记得那个蓝宝石案吗？一开始不过纯粹是一时的奇思异想，后来还不是发展成了一次认真的调查？这件事没准儿也会如此。"

"好吧，但愿如此吧。不过我们的怀疑马上就会水落石出了，因为，除非我完全弄错了，那位小姐已经到了。"

话音未落，我们的房门已被推开，进来一位很年轻的小姐。她衣着简朴但很整洁，有一张聪明活泼的脸，满脸雀斑，简直就像颗鹌鹑蛋，举止干脆利落，一看就是位单靠自己闯天下的小女人。

"我肯定您会体谅我这么冒昧打搅的，"福尔摩斯起身相迎的时候她开口就这么说，"我的经历实在有点离奇，我又既没父母又无亲朋，连个商量的人都没有，我就想也许您会好心告诉我该怎么办好。"

"请坐吧，亨特小姐。但有能够效劳之处我一定尽力而为。"

看得出来，我们这位新客户的举止和言辞已经使福尔摩斯大生好感。他以一种探询的眼光打量了她一番，然后定下心来，手指搭在一起，嘴唇耷拉下来，听她讲她的故事。

"我做家庭教师已经有五年了，"她说，"在斯朋斯·芒罗上校家，但两个月前他接受了一项新任命去了哈里法克斯，在新斯科舍①，把他的几个孩子也一起带去了美洲，我也就因此而失业了。我登过也应征过求职广告，但都没成功；积攒的那点钱也快花完了，我真是一筹莫展，不知该如何是好。

"伦敦西区有个著名的家教中介所名叫韦斯塔维，我每星期都去一趟碰碰运气，看会不会碰上适合我的职位。韦斯塔维是中介所老板的名字，但实际上是斯托普小姐具体负责。她坐在她自己的小办公室里，那些过去找工作的小姐们就等在接待室里，然后一个接一个地被她召见，看她的登记簿里有没有适合她们的职位。

"呃，上个星期我像往常一样被她叫进去，却发现办公室里并不止斯托普小姐一个人，还有一个胖得惊人的五短身材的先生就坐在她身边，笑眯眯的一张大脸，下巴上的肥肉堆了不知道有多少层，鼻梁上架了副眼镜，非常认真地打量着依次进门的各位求职小姐。我一进门他就在椅子上惊跳了一下，然后马上转向斯托普小姐。

"'这个很合适，'他说，'再好也没有了。太棒了！简直太棒了！'他看起来非常兴奋，两只手再热诚不过地紧紧攥在一起。

---

① Nova Scotia，加拿大东部一省，包括一个大陆半岛和毗临的布雷顿角岛。

他那么和蔼可亲，光是看看他都会觉得非常愉快。

　　"'您正在找工作吗，小姐？'他问道。

　　"'是的，先生。'

　　"'做家庭教师？'

　　"'是的，先生。'

"太棒了"

　　"'您要求什么样的报酬呢？'

　　"'我上一个职位是斯朋斯·芒罗上校家的家庭教师，月薪四镑。'

　　"'哦，呸，呸！剥削——真是剥削！'他大叫，两只胖手举到空中，一副激愤难捺的神情，'对一位这么有魅力又这么有学识的小姐，一个人怎么忍心只付这么可怜的报酬？'

　　"'先生，我的学识可能没您想象中的那么高，'我说，'懂

一点法语，一点德语，音乐和绘画——'

"'呸，呸！'他又大叫，'这都不成问题。关键是，您的行为和举止是否堪称淑女呢？就这么简单一句话的问题。如果您称不上淑女，您就不适合做一个将来可能成为国之栋梁的孩子的老师。但如果您是，那么但凡是位绅士，又怎么能让您屈尊接受低于三位数的报酬呢？夫人，我给您的报酬将是一年一百镑。'

"或许您可以想象，福尔摩斯先生，对我来说，我现在穷成这样，这么高的薪水简直高得不像是真的。然而那位先生许是看到我脸上的惊疑神色，当场就掏出钱包取出了一张钞票。

"'这也是我的惯例，'他微笑着说，笑得如此愉快，两个眼睛都快眯缝成两条闪着光的小缝了，镶嵌在他那张大脸上无数雪白的肉褶子之间，'先将薪水的一半预付给年轻的小姐们，因为她们在路上和衣橱里可能都有些不时之需。'

"我觉得他简直再迷人再周详不过了。因为我已经开始赊账了，这笔预付金简直是雪中送炭。但整个事件的处理方式总让我觉得有些不自然，因此我觉得还是先更多地了解点详情再答应不迟。

"'能问一下府上何处吗，先生？'我说。

"'汉普郡。迷人的乡村田园。地方叫紫山毛榉，距温彻斯特最远的一端才五英里路。那可是最可爱的乡村田园，房子又是可爱的老式乡居。'

"'那我的职责呢，先生？我想还是心中有数为好。'

"'只有一个孩子—— 一个只有六岁的小皮蛋。哦，您要是能亲眼看他拿拖鞋打蟑螂就好了！啪！啪！啪！你眼睛还没来得及眨，他已经干掉了三个！'他往椅背上一靠，眼睛又笑成了两条肉缝。

"我对那个孩子的娱乐方式稍感震惊，但父亲的大笑又使我觉得他可能不过是在开玩笑。

"'那我唯一的职责就是照看一个孩子吗？'我问。

"'不，不，不是唯一的，这不是您唯一的职责，我亲爱的年轻小姐，'他叫道，'您的职责将是，我确信您也不会反对，服从我妻子可能给您的任何小小的指示，这些指示执行起来绝不会超越一位淑女应有的本分。您觉得没什么问题吧，呃？'

"'我很高兴能为您的家庭效劳。'

"'这就好。比如说到着装，我们都是讲求时尚的人士，您知道——讲时尚但心地善良。如果要求您穿我们提供给您的服饰，您想来不会反对我们小小的心血来潮吧，呃？'

"'当然不会。'我说，都很惊讶他竟然会这么说。

"'或者要求您坐这儿、坐那儿，这也不会冒犯您吧？'

"'哦，不会。'

"'如果要求您在到我们家之前把头发剪得很短呢？'

"我简直不敢相信自己的耳朵。您或许也注意到了，福尔摩斯先生，我的头发长得相当丰茂，呈一种相当特别的栗色。大家一直都称赞我的头发漂亮。我做梦都没想到会这么随随便便就把它给牺牲掉。

"'这个要求恕难从命。'我答道。他的两个小眼睛一直都急切地望着我，我可以看出我说这句话时他脸色明显地一沉。

"'恐怕这一点还相当重要，'他说，'这是我妻子的小偏

好，而女士们的小偏好，您知道，夫人，女士的偏好是一定要予以尊重的。这么说来您是不肯把头发剪掉了？'

"'是的，先生，实在恕难从命。'我语气坚定地回答。

"'啊，很好；那么这件事也就只能免谈了。真是遗憾，因为在其他方面您真的做得好极了。既然如此，斯托普小姐，我最好还是再多见几位您这儿的小姐吧。'

"在此之前那位女主管一直忙着整理她的文件，跟我们俩谁都没搭过腔，但此时她满脸愠怒地瞅了我一眼，我忍不住揣测我这一拒绝，肯定害她白丢了一大笔佣金。

"'您还希望在登记簿里保留您的名字吗？'她问。

"'如果您不反对的话，斯托普小姐。'

"'喔，说真的，看来也不过是多此一举，既然您这么轻率地就拒绝了这么好的机会，'她语气尖刻地说，'您很难期待我们再能为您找到条件同样好的空缺了。那就再见了，亨特小姐。'她敲了一下桌上的铃，我就被一个听差带出去了。

"就这样，福尔摩斯先生，我回到了自己的寄宿处，发现食橱里几乎空空如也，桌子上还有两三个账单等着付。我开始自问是不是干了蠢事。毕竟，如果那些人有些奇怪的爱好，希望别人在最不可思议的方面予以服从，他们至少准备为他们的心血来潮付钱。在英国，很少有家庭教师能有一年一百镑的收入。而且，我留着漂亮的头发又有什么用呢？很多人都为了工作方便把头发剪短了，也许我也该这么做。第二天，我已经倾向于认为自己做了蠢事，到第三天我已经确信自己是做错了。我都几乎要不顾自尊再回介绍所去问问那个职位是否仍然空缺了，就在这时我收到了那位先生本人写的这封信。我把它带来了，想读给您听听：

亲爱的亨特小姐：

　　斯托普小姐很帮忙地给了我您的地址，我就从敝处冒昧写信请问您是否已重新考虑了您的决定。我妻子非常急切地盼望您能前来，因为她很为我对您的描述所吸引。我们愿意一季度付您三十镑或一年一百二十镑薪水，以补偿我们的奇思异想可能给您带来的小小不便。它们毕竟没有什么大碍。我妻子很喜欢电火花蓝的特殊色泽，很希望您能在上午的室内穿这样一件衣服。您不必自己破费，我们亲爱的女儿爱丽丝就有这么一件（她现在在费城），我想您穿起来一定很合身。至于说到要您坐这儿坐那儿，或是别的您会觉得有趣的指示，都并不会给您带来实际的不便。当然，要您把头发剪短，确实非常可惜，因为就在我们会面的那短短几分钟内，连我都忍不住对它的美丽赞叹不已。但我恐怕仍然必须坚持这一点，因此只能寄希望于增加的那点薪水能略微补偿一二。您看护一个孩子的实际工作实在算不得繁重。请尽可能来吧，我将在温彻斯特备下马车相迎。请告知您的车次。

您忠实的

杰夫罗·卢卡瑟尔

寄自紫山毛榉庄园，近温彻斯特

　　"这就是我刚刚收到的那封信的内容，福尔摩斯先生，而且我已经打定主意要接受这个职位。不过，在迈出最后一步之前我想我还是应该把整件事的过程讲给您听听，向您讨个主意。"

"哦，亨特小姐，既然您已经打定了主意，那这个问题也就已经解决了。"福尔摩斯微笑着道。

"但您不建议我拒绝吗？"

"说实话，如果是我妹妹，我不会高兴她接受这样一个职位。"

"但这葫芦里到底卖的什么药？"

"啊，我并没掌握具体的资料，说不上来。您或许已经有您自己的看法了吧？"

"哦，在我看来只有一种可能的答案。卢卡瑟尔先生看起来是个心地善良、非常好性儿的人。也许他妻子精神不正常，他不想声张，怕他妻子被送到精神病院，所以只好迁就她的奇思异想以便息事宁人？"

"不无可能——事实上，以现有的事态发展而言，这倒是最有可能的解释。但不管怎么说，对于一位年轻的小姐来说这都算不得一个完满的家庭。"

"但有那么多钱呢，福尔摩斯先生，那么多钱！"

"是呀，报酬当然非常优厚——太优厚了。正是这一点让我不安。明明只需要一年四十镑就能做到的事，他们干吗要出一百二十镑？这背后肯定有文章。"

"我之所以想把这些情况讲给您听，是希望以后万一需要您的帮助时，您能心中有数。只要觉得有您在背后帮我，我就觉得有信心多了。"

"哦，您尽可这么想。我向您保证，您这个小难题倒是数月以来我碰到的最有趣的问题。很显然，其中有些很新奇的背后文章。如果您一旦心生疑虑或是遇到危险——"

"危险！您觉得会有什么危险？"

福尔摩斯神情严峻地摇了摇头。"一旦我们识破机关，也就不会有危险了，"他说，"您记住，任何时候，无论是白天还是深夜，只要您发一个电报我就会出现在您身边。"

"福尔摩斯神情严峻地摇了摇头"

"这我就放心了。"她轻快地从椅子上站起来，脸上的焦虑一扫而光。"我现在可以心无挂虑地去汉普郡了。我立刻就给卢卡瑟尔先生写信，今晚先把头发牺牲，明天就起程前往温彻斯特。"她谢了福尔摩斯，向我们两人道了声晚安就急匆匆地走了。

听着她下楼梯时迅速坚定的脚步声，我说："她虽然年轻，但至少看起来能照顾好自己。”

“她确实需要照顾好自己，”福尔摩斯神色严峻地说，“除非我大错特错，我想要不了多久她就会向我们求援的。”

确实没过多久，我朋友的预言就坐实了。那是在半个月后，在此期间，我经常发现自己会不由自主地想到她，好奇于这个孤女到底遭遇到了何种离奇事件。高得离谱的薪水，神秘兮兮的境遇还有过于轻松的工作，在在都透着不正常，不管到底是心血来潮还是设计陷害，也不管那个人是个慈善家还是个恶棍，我们都实在无法预知。说到福尔摩斯，我注意到他经常一坐就是半个钟头，眉头紧锁、兀自出神，但我一提到脑子里的疑惑他就不耐烦地挥挥手。“事实！事实！我需要事实！”他烦躁地大叫，“巧妇难为无米之炊啊！”不过他又总会嘟嘟囔囔地找补一句，说他才不会让他妹妹去接这么个活儿干呢。

电报终于到的时候正是某一天的深夜，我刚刚想上床睡觉，福尔摩斯则又要搞个通宵的化学实验——这在他是常事。我离开他的时候他正俯身在一个曲颈瓶和一个试管上，第二天一早我下来用早点的时候发现他竟然还是同一个姿势。他把黄色的信封打开，瞥了一眼，扔了过来。

“查查火车时刻表吧。”他说，又回头继续他的化学研究。

求助的电报简短而又刻不容缓。

（上面写着）明天中午请于黑天鹅旅馆一晤。切切！我真是计尽智穷了。

亨特

"你跟我一起去吗？"福尔摩斯问道，抬头看了我一眼。

"乐于从命。"

"那就查查时刻表吧。"

"九点半有一班车，"我浏览了一下列车时刻表说，"十一点半到温彻斯特。"

"那正好。我看最好还是把丙酮的分析先放放，明天可能需要我们精力充沛地去应付。"

第二天上午十一点钟的时候，我们已经快要抵达英国旧都了。一路上福尔摩斯一直埋头于一大堆晨报中，不过在进入汉普郡之后他也开始欣赏起沿途的景色。那天春光正好，碧蓝的天空中自西向东飘浮着几点如絮的白云。阳光明媚，不过空气中仍有一丝令人神清气爽的凉意，使人精神倍增。奥尔德肖特周边起伏的山丘之外，广阔的乡间、遍布的新绿丛中到处可见农舍小小的红色和灰色屋顶。

"多新鲜，多漂亮啊！"我兴奋地大叫，因为刚刚摆脱贝克街的浓雾，感受格外敏锐。

但福尔摩斯却严肃地摇了摇头。

"你知道吗，华生，"他说，"有类似我这种癖性、头脑的人也是该当报应，就是我无论看什么都必定要跟我自己的特定专业联系到一起。我看到这些乡间的景色，脑子里却只想到这些房舍都太孤立，很容易造成有人犯了罪却受不到应有惩罚的恶果。"

"我的老天！"我叫道，"谁会把犯罪跟这些田园牧歌般的村舍联系到一起呢？"

"你的这些田园牧歌却总令我深感不安。我是这么看的，华生，是建立在我的经验基础之上的，那就是：伦敦那些最偏僻最龌龊的窄街陋巷都远不如这田园牧歌般的乡村更适合可怕罪行的滋长。"

"你吓死我了！"

"其实理由很简单。在城镇里，有些坏事即使法律惩戒不到，还有公众的舆论去施加压力。即使在最偏僻的陋巷，遭受虐待的孩子的哭喊和醉汉的打架斗殴都自会招致邻居的同情和义愤，而且整个司法机构就近在咫尺，一声抱怨就足以使它运转起来，在犯罪和被告席之间只有一步之遥。但你看看这些孤零零的房舍，每幢房子都位于它自己的田地中间，大部分居民都是些无知无识的穷苦农民，根本没有法律意识。想想那些可能正在实施中的地狱般的残忍，那些暗藏的邪恶，年复一年，就在这样的地方发生，神不知鬼不觉。如果这位向我们求助的小姐是在温彻斯特做家庭教师，我就丝毫不会为她耽着一份心了。就因为有了那五英里的乡村，情况才变得危险起来。不过好在她的个人安全显然还没受到威胁。"

"这倒是。她既然能跑到温彻斯特来会我们，她也就能逃走。"

"是这么回事。她还有行动自由。"

"既然如此，那会是什么问题呢？依你之见会是什么事？"

"依我之见至少有七种截然不同的解释，以我们已然掌握的事实来看都能说得通。到底哪一种猜测能站住脚得全凭她提供的新材料决定，我们只要一见到她本人也就清楚了。你瞧，那边就是教堂的尖塔，我们马上就能获知亨特小姐要告诉我们的一切了。"

黑天鹅旅店在高街上相当有名，就在火车站左近，亨特小姐已经恭候我们多时了。她订了一个起居室，桌上已经为我们摆好了午餐。

"真高兴你们如约前来。"她满怀诚挚地说，"你们两位真是太好了；我也确实是走投无路，不知如何是好了。你们两位的建议对我来说简直是无价之宝。"

"请跟我们说说到底发生了什么事。"

"我这就从头说起，我还得抓紧时间，因为我向卢卡瑟尔先生保证三点前回去的。我今天早上向他请假进城，不过他并不知道我所为何来。"

"按顺序讲，把一切都告诉我们。"福尔摩斯把他那两条瘦削的长腿往壁炉那儿一伸，摆出一副洗耳恭听的架势。

"首先我应该说，总体说来，卢卡瑟尔先生和太太并没有实际地虐待我。公道地说也就不过如此。但我实在搞不懂他们，而且我思想上总是对他们深有戒备。"

"具体说来你什么事情搞不懂？"

"他们所作所为的动机。事情发生得实在莫名其妙，你又只能照单全收。我一下火车，卢卡瑟尔先生就在这儿候着了，用他的单马车把我接到紫山毛榉庄园。那地方确实正如他所言，环境非常优美，但庄园本身却说不上优美，那是一幢巨大的四方形建筑，用石灰刷成白色，但因为潮湿和阴雨，到处都是晕渍和污痕。周围是田地，三面被树林环绕，一面是一道缓坡，向下延伸

"真高兴你们如约前来"

至南安普敦的公路,到前门约有一百码的距离。门前的这块地属
住宅所有,但三面环绕的树林则是索瑟顿勋爵的财产。紧挨着房
子门厅的是一丛紫山毛榉,想来就是房子名称的来源。

　　"我的雇主一路上都一如既往地亲切和蔼,晚上他将我介绍
给他的妻子和孩子。我在您贝克街家里的臆测大错特错了,福尔
摩斯先生。卢卡瑟尔太太不是个疯子。她是个沉默寡言、面容苍
白的女人,看起来比她丈夫要年轻得多,我觉得不会超过三十
岁,而他则至少有四十五了。从他们的谈话中我得知他们结婚有
七年了,他当时是个鳏夫,他跟头一位妻子生的唯一一个孩子就
是已经去了费城的那个女儿。卢卡瑟尔先生私下里告诉我,她之

所以跑到美国去是因为毫无道理地跟继母不和。由于他这个女儿至少也该有二十岁了，我不难想象面对她父亲新娶的年轻妻子，她的位置肯定会非常尴尬。

"在我看来，卢卡瑟尔太太不但面目模糊，而且几乎没给我留下任何印象，既没有好印象，也谈不上坏印象。她简直就等于不存在。很容易看出她对丈夫和幼子都一片深情，她那双浅灰色的眼睛不断地在丈夫和儿子之间来回移动，注意看他们有没有任何要求，可能的话在他们提出之前就给予满足。他对她也很不错，方式同样地直露、喧闹，总体说来，他们像是理想的一对儿。但她却总显得有些难言的悲哀，那个女人。她经常会陷入沉思中不能自拔，脸上显出最为悲戚的神色。有不止一次我都惊讶地发现她在独自饮泣。我有时候想，那可能是因为她儿子的脾性让她深感忧虑，因为我从没见过一个被娇宠到这种程度的小东西，性情坏到极点。按他的年龄来说他个头算小的，脑袋却奇大，看来很不协调。他要么就是粗暴地发作他野蛮的热情，要么就是陷入阴沉的愠怒，此外别无他事可做。而肆意折磨任何比他弱小的生物就成为他最主要的娱乐，他在如何捕获老鼠、小鸟和昆虫上面倒是表现得颇有天分。不过我倒宁肯不谈这个小东西，福尔摩斯先生，而且，他也确实跟我的故事没什么相干。"

"所有的细节我都乐于了解，"我的朋友道，"不管在您看来相干不相干。"

"我尽量避免漏掉任何重要的情况。那幢房子中令人不快的情况之一就是它的外观和仆人的做派，这是我一到那儿就马上意识到的。仆人只有两位，一个男仆外加他妻子。男仆托勒是个粗鲁笨拙的人，头发和胡子都已经灰白了，身上总散发出酒气。就我所见他已经有两次烂醉如泥了，然而卢卡瑟尔先生却似乎对这一情况视而不见。他妻子个头很高，看起来很结实，一张酸脸，跟卢卡瑟尔太太一样沉默寡言，而且还没有她和蔼可亲。他们算得上是最令人不快的一对儿了，但幸运的是，我大部分时间都待在儿童房和我自己的房间里，那两个房间紧挨着，都缩在那幢建筑的角落里。

"我抵达紫山毛榉庄园的头两天里太平无事；第三天，卢卡瑟尔太太在早餐刚用罢后走下楼来，跟他丈夫耳语了几句。

"'哦，是的，'他说着转向我，'亨特小姐，我们对您为了满足我们的心血来潮就把您的头发剪了很是感激。不过我向您保证，这丝毫都未能影响到您可爱的容颜。我们现在想看看您穿上那件电火花蓝的长裙会是什么样子。裙子已经放在您卧室的床上了，如果您肯赏光试上一试，我们两人都将感激不尽。'

"我发现他们为我准备的那条裙子的蓝色很是特别。质地极佳，是某种哔叽呢做的，不过很明显别人曾经穿过。穿上之后竟然非常合身，简直像是量身定做的。卢卡瑟尔先生和太太一见之下都惊喜不已，热心的程度看来实在有些夸张。他们在客厅等我，客厅是个很大的房间，占据了整幢房子的前面部分，有三面巨大的落地窗。中间的落地窗前已经放好了一把椅子，背朝窗台。我被要求坐在那把椅子上，然后卢卡瑟尔先生就在客厅的另一头踱起步来，开始给我讲一连串的滑稽故事，我真是闻所未闻。您想象不到他是多么好笑，我笑得都筋疲力尽了。然而卢卡瑟尔太太却明显一点幽默感都没有，期间连嘴都没咧一下，一直把手搁在膝头，脸上竟是悲哀焦虑的神情。过了大约一个小时，卢卡瑟尔先生突然告诉我该开始当天的工作了，我可以换掉衣服去儿童室找小爱德华了。

"两天以后，同样的表演又在几乎完全相同的环境下进行了一次。我重又换上裙子，重又坐在窗口，重又被我的雇主的滑稽故事逗得开怀大笑，看来他的保留节目还真不少，而且他讲述的方式实在高明。然后他递给我一本黄皮廉价小说，而且把我的椅子稍微移得偏过去一点，这样我的身影就不会落在书页上了。他请我大声为他朗读小说。我读了大约有十分钟，从某一章的中间开始，然后突然间，一句话正读到中间的时候他命令我停下来，要我把裙子换掉。

"您可以想象，福尔摩斯先生，我是多么想弄明白这一非同寻常的表演到底所为何来。我观察到，他们总是很小心地使我的脸背朝窗户，正因此我非常渴望能看看我背后到底在搞什么鬼。起先，这似乎很难做到，但不久我就想出了个办法。我的小手镜正好不小心跌碎了，我灵机一动，就把一小块镜片藏在了手帕里。碰到下次表演，我就在狂笑中间把手帕举到齐眉高，再稍稍移动一下角度就能看到我背后的情景了。我得承认我大失所望。我背后什么都没有。至少我的第一印象如此。但仔细看去，我感觉有个男人站在南安普敦路上，一个个头不高的蓄须男人，穿着一身灰色套装，像是在朝我的方向张望。那是条交通干道，经常会有人来人往。然而那个人却明明靠着圈出紫山毛榉庄园土地的栏杆，神情急切地朝上望着。我把手帕放低一点，瞥了卢卡瑟尔太太一眼，发现她正目光锐利地紧盯着我。她什么都没说，但我

"我读了大约有十分钟"

确信她已经知道我手里藏着块小镜子而且已经看到我身后那个人
了。她立刻站了起来。

　　"'杰夫罗，'她说，'路上有个不相干的人在盯着亨特小
姐呢。'

　　"'是不是您的一位朋友，亨特小姐？'他接着问道。

　　"'不是，这地方我谁都不认识。'

"'天哪！那可真是不相干的闲人了！劳驾您转身示意他走开吧。'

"'肯定还是根本不理睬的好。'

"'不，不，这会纵容他总在这儿闲荡的。还是劳驾您转身像我这样挥挥手把他赶走吧。'

"我照他的吩咐做了，与此同时卢卡瑟尔太太就把百叶窗放了下来。那是一星期前的事，从那以后我就再没坐到那个窗户前，也再没穿那条裙子，再没见到路上的那个人。"

"请继续，"福尔摩斯道，"您后面的经历肯定更加有趣。"

"我恐怕您会发现它其实相当不连贯，而且在我讲到的种种小事件之间可能根本就没什么联系。在我到紫山毛榉庄园的第一天，卢卡瑟尔先生就带我去看一个厨房门边的小棚子。刚一走近，我就听到铁链尖锐的喀啦喀啦声响，还有某种大型动物四处移动的声音。

"'往里面看看！'卢卡瑟尔先生说，指着两块厚板条之间的缝隙，'它够漂亮的吧？'

"我透过缝隙望进去，感觉有两只眼睛在烁烁放光，黑暗中还蜷伏着一个模糊的身影。

"'别害怕，'我的雇主道，嘲笑我的惊骇状，'那是卡尔罗，我的獒犬。我虽然说是"我的"，但它实际上是老托勒的，因为唯有我这位男仆才能要它干吗它就干吗。我一天就喂它一次，而且故意不喂饱它，这样它才总能干劲十足。托勒每到晚上就把它放出来，上帝保佑那些总想侵入别人家领地的恶棍吧。您也千万要牢记，不论出于什么原因都不要在夜里跨出大门一步，因为

您有可能会为此付出生命的代价。'

"这个警告可不是说着玩玩的，因为两天之后，我碰巧在凌晨两点钟的时候往卧室的窗外看了看。那是个月光朗照的美丽夜晚，房子前的草坪上面如同镀了一层银，几乎就像白天一样明亮。我不禁站在窗前，沉醉于这一静谧平和的美景之中，这时突然觉察到紫山毛榉的阴影下有什么东西正在移动。一直等那个东西来到了月光下，我才认出那是什么。就是那头巨獒，看起来像头小牛，黄褐色的毛，面颊耷拉下来，口鼻部分乌黑，巨大的骨骼往外撑着。它慢慢地穿过草坪消失在另一侧的阴影中了。那个可怕的门卫让我脊梁根都直冒冷气，恐怕何等厉害的夜贼都对付不了它。

"下面我要告诉您一件非常奇怪的事。您知道，我在伦敦就把头发给剪了，把剪下的部分缠成一大团塞到了箱子最底下。有天晚上，那个孩子睡觉之后，我就开始以查验我卧室的家具，重新整理一下我自己的小东西来消磨时间。我的卧室里有个旧衣橱，上面两个抽屉空着，没上锁，第三个抽屉却锁着。上面两个抽屉我用来放衣物，已经满了。因为我还有些东西没地方放，所以自然很恼恨第三个抽屉就那么空关着。我突然想到，那个抽屉没准儿是无意中随便锁上的，于是我就取出我那一串钥匙试着看能不能把它打开。第一把钥匙竟然就把锁给开了，于是我拉开了抽屉。里面只有一样东西，但我打赌您无论如何也猜不出那样东西到底是什么。竟是我那卷头发。

"我把它拿起来仔细检查了一下。同样的颜色，同样的浓密。但我直到那时才突然一下子明白过来，这怎么可能？我的头

393

发怎么可能锁在这个抽屉里？我两手哆嗦着把我的箱子打开，把东西都倒出来，我的头发还好好地在里面搁着。我把那两束头发摆在一起，我向您保证它们简直一模一样。这难道还不够稀奇吗？这闷葫芦里到底卖的什么药？我真是百思不得其解。我把那束头发又原样放回抽屉里，这件事我一个字都没对卢卡瑟尔夫妇提起，因为如果他们知道了我擅自打开了他们锁好的抽屉，我的处境会非常尴尬。

"我天生事事留心，您可能也注意到了，福尔摩斯先生，没过多久，我对整幢房子就有了相当清楚的概念。然而房子有一侧似乎根本没住人。有一扇门正对着托勒夫妇住的房间，是通向这组房间的，却总是锁着。但有一天，我上楼的时候正碰上卢卡瑟尔先生穿过那道门往外走，钥匙就在他手上，他脸上的神情跟平常简直判若两人，看起来根本就不是那个我所熟悉的总是快快活活的小胖子了。他脸颊通红，眉头因为愤怒而纠结在一起，因为激动太阳穴上的青筋都很清楚地凸显出来。他锁上那道房门，步履匆匆地从我面前走过，一句话都没说。

"我不禁好奇心大盛，所以在我带着那个孩子出来散步的时候，我就在能看到那一侧房屋窗户的地界来回溜达。那一侧一排有四个窗户，其中三个很脏，但第四个却放着百叶窗。显然那几个房间都没人住。就在我来回溜达，时不时对那几扇窗户瞥上几眼的当口，卢卡瑟尔先生突然跑到我身边，看起来跟平常一样开心快活。

"'啊！'他说，'我亲爱的年轻女士，如果我经过您面前的时候没跟您打招呼，您可千万别就认为我不懂礼貌。我当时正为

"我把它拿起来仔细检查了一下"

生意上的事烦心呢。'

"我向他保证我根本没放在心上。'随便说一句,'我说,'您看来倒是有一排房子都空在上面呢,其中一间还放着百叶窗。'

"对我的这番话他看起来颇有些吃惊,甚至可以说有点震惊。

"'我的一项业余爱好是摄影,'他说,'我把暗房设在那儿了。不过，老天爷！您可真是位目光敏锐的年轻小姐，看来甭想有什么事瞒过您了。谁想得到，谁想得到啊？'这话虽是用开玩笑的口气说的，但他盯着我的目光里却丝毫没有开玩笑的意思。我只看到猜疑和恼怒，绝没有玩笑。

"福尔摩斯先生，自从我认定那侧耳房里必定有什么我不知道的秘密之后，我就一心一意想把谜底给揭开。这还不只是好奇心的问题，虽然我确实好奇心盛；其中还有一种责任感—— 一种我一旦深入那块秘密之地就能给某些人带来福祉的感觉。人们都在说女人的直觉，也许正是我作为女人的直觉让我产生了这一感觉。不管怎么说，它就在那儿，跑不了，我自管密切关注，抓住一切机会通过那扇禁门就成了。

"一直到昨天，我才等到机会。我还可以告诉您，除了卢卡瑟尔先生，托勒还有他妻子看来都跟那几间废弃的房子有瓜葛，有一次我就看见他扛着一个很大的麻布袋从里面出来。他近来酒喝得很凶，昨晚简直烂醉如泥；我上楼的时候看见钥匙就插在锁孔里。毫无疑问就是他落在那儿的。卢卡瑟尔先生和太太当时都在楼下，孩子也跟他们在一块儿，真是天赐良机。我轻轻地转动钥匙，打开门，就溜了进去。

"我发现面前是一道小走廊，既没裱糊也没铺地毯，过道尽头转弯的地方是个直角。转过这个角是并排三扇房门，第一扇和第三扇都开着，门内的房间都是空的，又脏又暗。其中一间有两个窗户，另外一间有一个窗户，窗上尘土积得老厚，傍晚的阳光只能勉强透进来。中间一扇门不但关着，门外还横挡着一根铁床上的粗铁杠，一端锁在墙上的一个环上，另一端用一根粗绳子绑着。而且那扇门还锁着，锁孔里也没有钥匙。这扇层层设防的门对应的显然就是从外面看到的那个下着百叶窗的窗户，但门底下竟然隐约有些亮光，所以房间里不可能一片黑暗。显然那个房间顶上还有个天窗，可以透进阳光。正当我站在过道里盯着那扇险恶的大门，琢磨着里面到底会隐藏着什么样的秘密时，我突然听到那个房间里竟传来脚步声，而且眼见着一个人影衬着门底下透出的微光来回走动。一见之下我心中陡然升起一阵发狂般的无名恐惧，福尔摩斯先生。我过度紧张的神经突然一下子崩溃了，我转头狂奔——感觉就像一只可怕的手在后面扯着我的裙子边似的。我冲下走廊，冲出大门，径直投向卢卡瑟尔先生的怀抱，他正等在外面呢。

"'这么说来，'他笑容可掬地道，'刚才是您喽。我一看门开着就想到一定是您。'

"'哦，我真是吓死了！'我气喘吁吁地说。

"'我亲爱的年轻小姐！我亲爱的年轻小姐！'——您都想象不到他的态度是何等的亲切、何等的令人宽心——'到底是什么把您吓成这样，我亲爱的年轻小姐？'

"但他的语调却有点做作，简直像在哄孩子。他做过头了。我是一直小心防着他的。

"'我贸然跑到空房子那边可真是太蠢了，'我回答，'在这么暗的光线下，那里真是太凄凉太可怕了，我吓得又跑出来了。哦，那里边太静了，简直瘆人！'

"'就这些？'他问，目光锐利地盯着我。

"'怎么？您以为是什么？'我反问。

"'哦，我真是吓死了！'我气喘吁吁地说"

"'您认为我为什么把门锁起来？'

"'我确实不知道。'

"'就是免得闲人随便进去。您明白了？'他仍然笑容可掬，态度无比亲切。

"'如果我早知道，我肯定——'

"'好了，您现在知道了。如果您再随便跑到那扇门里头去，'——那一瞬间他的微笑凝固成了狞笑，脸上的表情就像魔鬼一样朝下紧盯着我——'我就把您扔给那头獒犬。'

"我当时真被他吓坏了，自己都不知道当时做了什么。想来肯定是从他身边一路狂奔到了我的卧室。我什么都不记得了，直到发现自己躺在自己的床上打哆嗦。然后我就想到了您，福尔摩斯先生。我再也不能就这么懵懵懂懂地在那儿待下去了，我需要您的指教。我害怕那幢房子，那个男人那个女人，那两个仆人，甚至那个孩子。他们每个人都让我感到害怕。你们要是能亲自去看看就好了。虽然我也可以干脆溜之大吉，但我的好奇心又实在太强，简直跟我的恐惧旗鼓相当。于是我决定给你们发个电报。我戴上帽子，穿好外套，径直去了电报局，那儿距离紫山毛榉庄园不过半英里路，在往回走的路上我就如释重负了。在临近大门的时候我突然很是恐慌，担心那条大狗已经被放出来了。但我又记起托勒那天晚上喝得烂醉，也就放心了，因为我知道只有托勒一人还能对付得了那只凶残的畜生，除了他，谁都没胆量把它给放出来。我平安无事地溜进房里，后半夜就睁着眼躺在床上，兴奋地想着第二天就能见到你们了。今天早上我请假来温彻斯特倒是没费力气，不过三点前一定要回去，因为卢卡瑟尔先生和太太晚上要出去做客，整个晚上都不在，我得照看孩子。好了，我已经把我所有的历险都告诉您了，福尔摩斯先生，如果您能告诉我这到底是怎么回事，尤其是告诉我自己该怎么做，我将不胜感激。"

福尔摩斯跟我一直入神地听着这个离奇的故事。这时我的朋友站起身来，在房间里来回踱着，手抄在口袋里，脸上的神情极为复杂沉重。

"托勒现在还醉着吗？"他问。

"是的。我听见他妻子告诉卢卡瑟尔太太她拿他一点办法都没有。"

"这样正好。卢卡瑟尔夫妇今晚上要出去？"

"是的。"

"那幢房子里有没有可以锁得很牢的地下室？"

"有，有个地下酒窖。"

"在我看来，您自始至终都表现得既勇敢又有心，亨特小姐。您还想不想再立奇功？如果不是觉得您实在是个了不起的女人，我也就压根儿不会问您了。"

"我愿意一试。要我怎么做？"

"今晚七点我们将抵达紫山毛榉庄园，我的朋友跟我都去。那时候卢卡瑟尔夫妇已经走了，而托勒，我希望他还人事不省。只剩下了一位托勒太太，她可能会报警。如果您能假托某项差使把她骗到酒窖，然后把她反锁在里面，您将会立一大功。"

"我一定做到。"

"太棒了！到时候我们就可以彻底调查一下这件奇事了。当然，可行的解释只有一个。您被请到那儿去是为了要您假扮某个人，真人就囚禁在那个房间里。这是显而易见的。至于那个被囚禁的人，我可以断定就是他女儿——爱丽丝·卢卡瑟尔，如果我没记错的话，据说她去了美国。您之所以被选中，毫无疑问是因为您无论在身高、外型还是头发的颜色上都跟她十分相像。她的头发被剪掉了，很可能是因为患过什么病，所以，您的头发也必

400

须得牺牲。您竟然找到了她的头发这纯属意外。路上的那个男人无疑是她的某位朋友——很可能就是她的未婚夫——同样毫无疑问的是，既然您穿着那位姑娘的裙子，而且那么像她，只要他看到您，就会从您的笑容以及随后的姿态中认定卢卡瑟尔小姐非常快乐，再也不需要他的关注了。晚上把那条狗放出来是为了防他不顾一切地去跟她接触。所有这些都已经相当清楚了。但这个案子里最严重的一点就是那个孩子的性情。"

"这关孩子什么事？"我忍不住插嘴道。

"我亲爱的华生，你作为医生，应该知道要想了解一个孩子的性格倾向，就得从研究他父母入手。你没想到反其道而行也同样成立吗？我时常就是从研究孩子入手了解到他们父母的真正性情的。这个孩子的性情残忍到不正常的地步，简直是为了残忍而残忍，他这种性情要么拜他那个笑眯眯的父亲所赐——我倾向于这一解释，要么就是他妈妈的功劳，不管是何种情况，都预示着被他们捏在手掌心里的那个姑娘前景不妙。"

"我确信您所言极是，福尔摩斯先生，"我们的客户大叫道，"经您这么一说，我一下子想起无数件小事，使我坚信您确实正中鹄的。哦，我们别再浪费一分一秒了，赶快去帮助那个可怜的人儿吧。"

"我们一定要审慎周到，因为我们要对付的可是个狡猾透顶的家伙。七点前我们什么都不能做。一到七点，我们就会跟您会合，要不了多长时间我们就能彻底揭开这个谜团了。"

我们说到做到，七点刚到就到达紫山毛榉庄园，双轮马车已寄放在一个路边的小旅店里。那一丛树木的深色叶子在落照的辉映下像是闪亮的金属熠熠生辉，亨特小姐即便没微笑着站在台阶上迎候，我们也绝不会找错地方。

"安排妥当了？"福尔摩斯问道。

这时，一阵响亮的撞击声从楼下的某处传来。"那是酒窖里的托勒太太在闹，"她道，"她丈夫现在正躺在厨房的地毯上打鼾呢。这就是他的钥匙，跟卢卡瑟尔先生的那串一模一样。"

"您干得实在漂亮！"福尔摩斯充满热情地大叫，"现在请头前带路，我们马上就能看到这桩邪恶勾当的结局了。"

我们走上楼梯，打开房门，穿过一道走廊，来到亨特小姐曾描述过的那道重重设防的门前。福尔摩斯把绳子割断，将横闩着的铁杠移开。然后他挨个试了手上所有的钥匙，但没有一把合适。里面声息全无，意识到这一点，福尔摩斯不禁沉下脸来。

"我确信我们并未来迟，"他说，"我想，亨特小姐，您最好先等在这儿，让我们先进去看看。华生，我们一起用肩膀撞门，看能不能撞开。"

那扇门本已老朽不堪，我们合力一撞之下马上就塌了。我们一起冲进了房间。里面空空如也。除了一张小床、一个小桌子和一小篮衣物外别无家具。屋顶的天窗开着，囚犯已经不见了。

"这其中一定有恶毒的阴谋，"福尔摩斯道，"那个老妖精已经猜到亨特小姐的用意，先下手把他的囚犯掳走了。"

"但怎么掳走的？"

"通过天窗。我们马上就能明白他是怎么做到的了。"说着，他亲自爬上屋顶。"啊，没错，"他大叫，"屋檐上靠着一架极长的轻便扶梯，头就通到天窗这儿。他就是这么干的。"

"但这不可能呀，"亨特小姐道，"卢卡瑟尔夫妇走的时候那儿还没梯子呢。"

"肯定是他半途又折回来干的。我告诉过你他既狡猾又危险。如果楼梯上的脚步声就是他本人的，我也不会感到吃惊的。我想，华生，你也该把左轮手枪准备好了。"

他话音未落，一个人已经出现在房门口，一个非常肥胖结实的家伙，手里握着根沉重的手杖。亨特小姐一见到他就发出一声尖叫，退缩到了墙根，但夏洛克·福尔摩斯却跨前一步跟他面对面站好。

"你这个恶棍！"他说，"你女儿在什么地方？"

那个胖子四周打量了一番，然后抬头看到了开着的天窗。

"这话应该由我来问你，"他尖声大叫道，"你们这帮贼！贼探子！可让我抓到你们了，不是吗？你们现在可落入我的手掌心了。我这就给你们点厉害尝尝！"他转过身去，乒乒乓乓地飞奔下楼。

"他放狗去了！"亨特小姐大叫。

"我手里有枪呢。"我说。

"最好把前门关上。"福尔摩斯叫道，我们一起冲下楼梯。刚跑到门厅，我们就听到一头猎犬的咆哮，然后就是一声痛苦的尖叫，再然后是一阵可怕的撕咬声，我们都不忍卒听。一个上了年纪的红脸膛男人挥舞着胳膊跌跌撞撞地从边门走了出来。

"我的上帝！"他大叫，"有人把狗给放出来了。已经两天没喂它了。快，快，要不然可就来不及了！"

福尔摩斯和我飞奔出去，然后绕过屋角，托勒在后面紧跟。

"'你这个恶棍！'他说，'你女儿在什么地方？'"

眼前正是那个饿极了的畜生，黑色的狼吻直埋进卢卡瑟尔的咽喉，他就在当地下翻腾、惨叫。我跑上前去一枪把它的脑袋打开了花，它翻身倒地，但锋利的白牙仍然嵌在他脖子上的肥肉里。我们费了好大力气才把他们俩分开，把他抬进房间。他虽然还活着，但已被咬得惨不忍睹。我们把他安置在客厅的沙发上，派已经清醒过来的托勒去给他妻子报信，我尽我所能为他减轻痛苦。我们在他身边围成一圈，这时门开了，一位高大、憔悴的女人走了进来。

"托勒太太！"亨特小姐叫道。

"是的，小姐。卢卡瑟尔先生回来后先把我放了出来，然后才去找你们的。啊，小姐，可惜你没早让我知道你的打算，否则

"我跑上前去一枪把它的脑袋打开了花"

就不用这么白费心思了。"

"哈!"福尔摩斯道,目光锐利地注视着她,"显然托勒太太比我们任何人知道得都多。"

"是的,先生,的确如此,而且我很想把我知道的情况告诉诸位。"

"那就请吧,坐下来,从头道来,因为坦白说来,我还有几个疑点至今未明。"

"您很快就什么都明白了,"她说,"如果我不是被人关到酒窖里的话,我也早就和盘托出了。如果这件事要闹上治安法庭,请记住我是站在您朋友这一边的,我也是爱丽丝小姐的朋友。

"自从她父亲再娶之后,爱丽丝小姐在家里的日子就没有一天快活过。没有一个人真心爱她,她对什么事都没有发言权,不过这一切尚能忍受。直到她在一位朋友家认识了福勒先生后,事情才一发不可收拾了。据我所知，根据遗嘱爱丽丝小姐是有她自己的权利的，但她为人太过澹泊谦和，她从没争过什么，把一切都交到卢卡瑟尔先生手上。他也清楚她本人对他没有任何威胁，但一旦她结了婚，她丈夫就会将法律许给她的一切从他手里生生夺去，于是她父亲就决定出面阻挠事态的发展了。他本想让她签一份文件，讲明无论她婚否他都有权用她的钱。但她拒绝了，于是他就一直拿这事纠缠她，直到她得了脑膜炎，她有整整六个星期徘徊在死亡线上。她终于还是缓了过来，可人都瘦成了个影子，漂亮的长发也剪去了；但这一切都丝毫未能改变她那位年轻人的心志，他仍旧对她一往情深。"

"啊，"福尔摩斯说，"我想您好意告诉我们的这些已经使事情相当清楚了，由此我就能推测出剩下的部分了。我猜，接下来卢卡瑟尔先生就把爱丽丝小姐囚禁起来了吧？"

"是的，先生。"

"还把亨特小姐请来，就是为了彻底根除福勒先生的一片痴情。"

"是这么回事，先生。"

"但福勒先生确实是位锲而不舍的好小伙子，不愧是个优秀的水手，他黏上了这幢房子，认识您之后，他就通过跟您讲理、许您钱财等等的手段，说服您相信您的利益跟他是一致的。"

"福勒先生确实是位言谈可亲、手头阔绰的绅士。"托勒太太镇定地道。

"如此一来，他又设法让您当家的不缺酒喝，在您主人外出时备好扶梯。"

"真让您说着了，先生，简直分毫不差。"

"我想我们真是该向您郑重致歉，托勒太太，"福尔摩斯道，"因为您已经使困扰我们的所有问题都豁然开朗了。啊，我想是乡村医生和卢卡瑟尔太太到了。华生，我们最好还是护送亨特小姐回到温彻斯特，因为我们几位的在场权都很成问题呢。"

那桩发生在门前植满紫山毛榉的险恶宅子里的奇案就这么解决了。卢卡瑟尔先生幸免于难，不过精神完全垮了，全靠他那位忠心耿耿的妻子的照顾苟活于世。他们仍然跟那两位老仆一起度日，他们对卢卡瑟尔先生的过去知道得那么清楚，使他觉得很难将他们辞退。福勒先生和卢卡瑟尔小姐在他们出走的第二天就在南安普敦申请到特许证书，正式成婚。福勒先生现在毛里求斯岛担任一政府职务。至于维奥莱特·亨特小姐，待她一旦不再是他案件的中心人物之后，我的朋友福尔摩斯就对她兴味索然了，颇令我感觉失望。她现在是沃尔索尔一所私立学校的校长，我相信她确实干得相当不错。

Airmont 版导言

罗伯特·A.W. 卢恩兹

对那些眼睛只盯着政治、战争、经济和技术问题的英国历史家而言，一八八七年值得注意的事件可能有如下几条： 伦道夫·丘吉尔勋爵①从内阁辞职，英国的公共政策因此而一大变；一项公开发布的官方报告指出英国在科学和技术方面已严重落后于德国；整个教育体系也需要全面检讨和改进。这样一位历史家可能也会注意到是年一本短篇小说集的出版——《山中的平凡故事》，作者是位名叫卢迪亚·吉卜林②的年轻人，不过他后来成为一位英帝国主义哲学的官方发言人。

但是，论到对整个世界产生的影响之大，我们的历史家眼里这些生死攸关的大事却都远远逊色于如下这件小事： 一八八七年圣诞前夕，市面上出现了一本名叫《比顿圣诞年鉴》的纸面本小书，买这本书的读者发现里面有篇小说唤作《血字研究》，副标题是"医学博士、前任陆军医疗部军医约翰·H. 华生回忆录之重印"。数家报纸都对这篇小说发表了评论，但正如文森特·斯达雷特在他为 Heritage 出版社的权威版《福尔摩斯全集》写的导言中提到的： 既无恶评也没人欢呼雀跃。

他引一八八七年十二月十日的《图画》杂志对这篇小说的评

论，节选如下："模仿得绝不算坏，但如果本来没有爱伦·坡[3]、加博里约[4]和史蒂文森[5]等人的原创，也就根本不会有这个故事了。……喜爱侦探小说而又没有见识过那些伟大原创作品的读者会读得兴味盎然。结构讲究、结局巧妙。"斯达雷特接下去还引了评论中出现的三个错误，最重要的是，评论者竟然称《血字研究》是匿名发表的。当然不是匿名发表的，小说明确标明作者为A. 柯南·道尔，而且要不了几年，全世界如痴如醉的读者都会竞相询问："这位A. 柯南·道尔到底是何许人也？"

阿瑟·柯南·道尔生于一八五九年五月二十二日，是画家兼建筑师查尔斯·道尔的长子，具有贵族血统。生在那个时代（维多利亚时代）的人一般被认为精神警觉、勤奋用功，而且性情温和、优柔寡断。这种观点无论是否武断，用在道尔身上倒非常恰当。学龄前，母亲给他的教育是完全浪漫主义的：纹章学、封建时代骑士阶层的礼法等等；早期的教育来自罗马天主教的预科学校，强调的是代数、拉丁文和希腊文，再就是自己偷偷摸摸大量

---

① Lord Randolph Churchill（1849—1895），英国保守党重要人物，曾任印度事务大臣（1885—1886），财政大臣兼下院领袖（1886），发动第三次英缅战争（1885），兼并缅甸。为温斯顿·丘吉尔之父。

② Joseph Rudyard Kipling（1865—1936），英国小说家、诗人，作品表现英帝国的扩张精神，有"帝国主义诗人"之称，著名作品有《丛林故事》、长篇小说《吉姆》、诗歌《军营歌谣》等。获一九〇七年度诺贝尔文学奖。

③ Edgar Allan Poe（1809—1849），美国诗人、小说家、文艺评论家。因创作《莫格街凶杀案》等侦探小说而被认为是现代侦探小说的创始人。

④ Emile Gaboriau（1832—1873），法国作家，被称为法国侦探小说之父，主要作品有《勒鲁日案件》《勒考克先生》等。

⑤ Robert Louis Steveson（1850—1894），英国作家，十九世纪末新浪漫主义的代表，主要作品有小说《金银岛》《化身博士》《绑架》等。

阅读的沃尔特·司各特①爵士的小说和麦考利②的文章，哪里会想到后一代的年轻人都能大模大样地读福尔摩斯。这不但使他后来将写小说看作增加收入的来源之一，而且还希望借此赢得不朽的声名。

道尔一家的经济状况一直不够稳定，不过尽管玛丽·福伊尔·道尔一肚子浪漫派的教养，在照顾自己孩子的衣食和教育等实际问题上她倒是非常能干的。小阿瑟因为读书成绩优秀，得了笔奖学金，是奥地利一家耶稣会学校提供的；结果他注册了一家医科学校。他父亲本希望他经商的，但他妈妈喜欢把儿子想象为医生。由此也不难推测道尔家到底谁说了算。

道尔一家是爱尔兰人，但住在苏格兰。阿瑟进入爱丁堡大学接受他的医学教育，在那儿他受到一个人的庇护，此人肯定可以被认为是夏洛克·福尔摩斯的亲祖父：约瑟夫·贝尔，医学博士，皇家外科医师学会会员，皇家儿童疗养院和医院的顾问外科医师。在《血字研究》中，夏洛克·福尔摩斯被华生医生描绘为："最漫不经心的人也会对他和他的外表印象深刻。身高远远超过六英尺，但由于实在太瘦，看起来还要高得多。他目光锐利，似乎能穿透人心……他瘦削的鹰钩鼻给他的表情平添了一丝机警和坚定。他的下颌突出并且呈方形，更使他显得坚定果断……然而他同时又具有超凡敏锐细腻的感受力……"

---

①Sir Walter Scott（1771—1832），英国苏格兰小说家、诗人，历史小说的首创者，浪漫主义运动的先驱。主要作品有长诗《码密恩》《湖上夫人》与历史小说《威弗利》和《艾凡赫》等。

②Thomas Babington Macaulay（1800—1859），英国政治家、历史学家，著有《英国史》《古罗马之歌》等。

这实在跟对贝尔医生的描述相去不远，更重要的是那种使贝尔成为整个大学的传奇人物的特质。后来道尔曾这样写到过他这位良师益友："他惯常坐在他的诊室里，脸红得像个印度人，对鱼贯进门的患者一一作出诊断——有时患者自己都无须开口，他就能讲出他们的症状甚至列举出他们生活的细节，极少出错。"

一八八五年，道尔不但取得了他的医学学位，还娶到了妻子路易丝·哈金斯。他开始自己开业行医，但求医者并不算多，不过，他因为一直忘不了贝尔医生，于是开始腾出时间来写侦探小说，主人公的原型就取自他热爱的那位导师。如果读者得知那位全世界最著名的大侦探竟然差一点被赐名谢瑞福德·福尔摩斯（Sherrinford Holmes），肯定会吓一大跳；幸好在《血字研究》手稿送编辑审订前道尔放弃了这个名字，最终选定了夏洛克（Sherlock）。

编辑大人的反应却并不尽人意。《血字研究》在被《比顿圣诞年鉴》接受前竟遭到数次退稿，而《比顿圣诞年鉴》的条件也算得苛刻，出二十五英镑就买断了这部小说的一切权利。除此以外道尔再没因这部小说得着一先令。

他第二部以福尔摩斯为主角的小说《四签名》于一八九〇年二月在《利平科特月刊》刊出，这次读者和评论界的反应要热情得多。跟《血字研究》一样，《四签名》也是一篇所谓的"框架故事"。基本内容是故事套故事。道尔当时显然对公众是否能接受一个首尾贯穿的长篇侦探故事心里没底；结果，《血字研究》以华生医生和夏洛克·福尔摩斯开篇，抛出一个谋杀奇案的谜团，到第六章结束的时候，福尔摩斯已经圆满地破了案而且抓住了罪犯。接着我们就进入第二部分《圣徒之乡》了，那是个关于摩门教徒的完整短篇，从中我们得以获悉福尔摩斯已经侦破的那个谋杀案的背后隐情。只有到了最后，我们才重返福尔摩斯和华生的基本框架。在《四签名》中，大框架中套的小故事再次将我们拖离我们的主人公，尽管这次与基本框架的距离并不太远。

不过从此以后，受到鼓励的道尔开始写起了短篇小说，在这些小说中我们自始至终都不会跟福尔摩斯和华生有片刻分离了。第一篇是《波希米亚丑闻》，一八九一年七月在《河滨杂志》一刊出就受到热烈欢迎。道尔以每周一个故事的速度写出了前五个短篇，正在劲头上却因流行感冒卧床不起。从病床上爬起来之后，道尔就做了个决定，从此弃医从文。也许他的同代人因此少了个名医，但全世界都不会为他的这个选择感到遗憾。

最初的十二个短篇于一八九二年在伦敦和纽约以精装本的形式同时出版发行，题为《福尔摩斯历险记》。不过在书出版前，道尔已经开始"专型"写他认为更有意义的小说类型——浪漫主义历史小说了。描写蒙默斯①反叛的小说《弥迦②克拉克》一八八年出版；描写迪·盖克兰③时代的罗曼司《白色连队》紧随其后。但公众以持续高涨的热情紧追不放的仍然是夏洛克·福尔摩斯的探案故事，于是道尔发现自己面临着一个难题：尽管他本人也决不轻看他那个著名的侦探角色，但他内心深处始终想效法沃尔特·司各特爵士的榜样，总想把从他母亲那儿学到的骑士知识派

---

①J. S. Monmouth（1649—1685），英王查理二世私生子，为谋王位率农民军反叛詹姆斯二世，兵败被俘斩首。

②Micah，《圣经》人物，前八世纪的希伯来先知。

③Du Guesclin（1320—1380），法国军事统帅，百年战争前期与英军作战，收复大量失地，曾两次被俘，死于征战中。

上用场。

如果说一八八七年的圣诞对侦探小说迷来说是个盛大的节日的话，那么一八九三年的圣诞就称得上是世界末日了。因为那一年的十二月，《河滨杂志》的英国读者和《麦克鲁尔杂志》的美国读者读到了《大结局篇》，夏洛克·福尔摩斯竟然死了！他和他那个最大的对头莫里亚蒂教授冤家路窄，殊死搏斗，最后一起跃下艾兴巴赫瀑布，同归于尽了！在那个可怕的月份里，全世界到处是强烈的抗议和呐喊，连列克星敦和康科德的枪声①与其相比都算不得什么了。一位涕泗横流的女读者给道尔写信，一上来就破口大骂：“你这个畜生！”

遭到四面围攻的作者硬起心肠，只肯稍作让步，又写了一部《巴斯克维尔的猎犬》，也是他四部长篇里唯一一部情节自始至终都围绕福尔摩斯和华生这著名的一对展开的小说。这是一九〇一年的事。一九〇二年，道尔因撰文为英国在布尔战争②中的作为辩护而受封为爵士。

小说的出版使道尔悲痛万分的读者得到了宽慰，但还远没有满意；福尔摩斯仍然是死人一个——这个案子是他生前发生的，华生医生是在回忆。

一九〇三年秋，《河滨杂志》（在美国是《科利尔杂志》）刊登了《空屋奇案》——道尔终于让步了。华生被骗了，福尔摩斯根

---

① 传统上认为美国独立战争最初就在列克星敦和康科德这一片打响。

② Boer War，英国对南非布尔人的战争。布尔人是南非荷兰人的后裔，十九世纪在南非建立奴役黑人的德兰士瓦共和国和奥兰治自治邦。一八九九年十月英国发动战争，布尔人战败，一九〇二年媾和。德兰士瓦和奥兰治被英国吞并，一九一〇年并入英国自治领南非联邦。

本就没落下悬崖。尽管此后道尔仍不断地想在其他的小说门类中扬名立万，尽管晚年皈依唯灵主义，花了不少时间搞通灵研究，还写了不少这方面的文章，他却再也没打算把他那个著名的侦探埋葬。最后一个福尔摩斯的探案故事发表于一九二七年，此时距作者逝世只有三年了。最后这个故事讲的是一战爆发后不久福尔摩斯和华生从退休状态中重新出山，挫败一个德国间谍的过程。

正如詹姆斯·布里什指出的，那种以某个人物为中心的系列小说可分为两类。其一是所谓"样板"型，主人公在一个接一个的故事中一成不变，他们既不会长一岁年龄，也不会在任何方面有丝毫改变，所以，你是否按顺序读这一系列故事差别不大。另一类是所谓"发展"型，其中的主人公不但会马齿渐长，其性格也会逐渐发展甚至会"变质"。福尔摩斯和华生即属发展型性格。夏洛克·福尔摩斯的故事总体说来具有一种传记体因素，由此赋予了这组系列小说以深度和广度。发展型系列小说的一个重要特点是，即使此系列中较次要的故事也总在描述人物上刻意用力，而样板型系列小说中较弱的环节（这类小说总难于做到均衡一致）则毫无价值可言。

按照 W. S. 巴林-古尔德编制的福尔摩斯年表，福尔摩斯跟华生初次见面是在一八八一年，而构成《福尔摩斯历险记》的十二个案件则发生在一八八三年一八九〇年间。（福尔摩斯的热爱者编制过不止一份故事年表，在具体日期上时有不同意见；巴林-古尔德的年表最令人信服，也最知名；参见他的专著《贝克街的夏洛克·福尔摩斯》。）《波希米亚丑闻》将我们带入一桩跨国绯闻，属罗曼蒂克型；在《红发会》中我们见识了一桩匪夷所思的骗局之后的真正目的；《身份案》揭露了一桩恬不知耻的欺诈；在《博斯库姆谷之谜》中目睹了一桩谋杀案的始末；在《五粒橘核》中跟一个杀人不眨眼的秘密组织展开生死搏斗；在《歪嘴男人》中面对一个大活人离奇消失的难题。《蓝宝石奇案》《斑点带子奇案》《工程师大拇指奇案》《单身贵族奇案》《绿宝石王冠奇案》和《紫山毛榉庄园奇案》这六桩奇案中的秘密同样令人费解，令人着迷，也同样揭示了极为深刻的人性问题。

因《福尔摩斯历险记》的初版而认识夏洛克·福尔摩斯的那一代年轻人读到的是他们同时代的故事。如今，就连《最后的谢幕》都早已成为遥远的过去了。但这并没什么要紧；无论老幼妇孺，仍然会被这一段只存在于纸上的维多利亚时代的英国所深深吸引，其中，追捕罪犯是在双轮马车上展开的，真正的大侦探侦破罪案靠的主要是引人入胜的分析推理，而不是机枪扫射——虽然亲历险境、身体力行同样不容轻视。但无论是初次邂逅还是再次重温，《福尔摩斯历险记》都堪称历久弥新的侦探小说门类中的瑰宝。

阿瑟·柯南·道尔爵士终其一生都在尝试小说、戏剧、散文、小册子以及历史研究的写作，他本指望这些作品会比夏洛克·福尔摩斯更具有文学价值，更能传诸久远。他的这种期望往最好里说也只能算是差强人意：只有那些有特殊兴趣的读者才知道他福尔摩斯和华生故事之外的作品。科幻小说迷们知道他的查林杰①教授，这个人物出现在他的《失落的世界》和几个不同的短

---

① Challenger，原意是"挑战者"。

篇中，还有《马拉科特深渊》，讲的是阿特兰提斯岛①的沉没。神秘小说的拥趸可以不必借助福尔摩斯和华生之助，因他的几个短篇如《透特②之环》而知道他。迷恋历史罗曼司的读者会觉得他的《弥迦克拉克》等小说清新可读；历史家可能会参考他论述布尔战争的作品和他在一战期间为协约国写的宣传，唯灵论者会珍视他的《蒙蔽之地》和他的两卷本《唯灵主义史》。但当他于一九三〇年与世长辞之时，整个世界所沉痛哀悼的还是那位创造了夏洛克·福尔摩斯和华生医生的阿瑟·柯南·道尔。

①Atlantis，传说位于大西洋中的一神秘岛屿，最先由柏拉图提及，臆断在直布罗陀海峡以西，据说最后陆沉海底。
②Thoth，埃及神话中的月神。